/ 20

D0947759

L'épouse de lord Mackenzie

Du même auteur
aux Éditions J'ai lu

LA FOLIE DE LORD MACKENZIE
N° 9416

Jennifer ASHLEY

L'épouse de lord Mackenzie

ROMAN

*Traduit de l'américain
par Daniel Garcia*

Titre original
LADY ISABELLA'S SCANDALOUS MARRIAGE

Éditeur original
A Berkley Sensation Book, published by The Berkley Publishing Group,
a division of Penguin Group Inc., New York

Merci à mon éditrice, Kate Seaver, ainsi qu'à son assistante éditoriale, Katherine Pelz, pour tous leurs efforts. Je tiens également à remercier toutes les « petites mains de l'ombre » qui ont permis de transformer mon manuscrit en livre imprimé.

Je n'oublie pas bien sûr mon mari, Forrest, toujours à mes côtés.

1

Tout Londres a été stupéfait d'apprendre le mariage soudain de lady I** S** et de lord M** M**, frère du duc de K**, en pleine nuit. La jeune lady en question sera donc apparue dans le monde et se sera mariée le même soir. Après un tel événement, nul doute que les débutantes imploreront leurs parents pour que leur premier bal soit aussi retentissant.

D'après un journal mondain londonien,
février 1875

Septembre 1881

Le valet d'Isabella tira la sonnette de la porte d'entrée de la maison de lord Mac Mackenzie, située sur Mount Street, tandis qu'Isabella attendait dans son landau, se demandant pour la énième fois si elle avait raison d'agir ainsi.

Mac était peut-être sorti. Il était si imprévisible qu'il avait même pu partir à Paris ou en Italie, où l'été s'attarderait encore quelques semaines. Après tout, Isabella pourrait très bien éclaircir le mystère toute seule. D'ailleurs cela vaudrait mieux.

Juste au moment où elle allait rappeler son valet, la porte s'ouvrit enfin, et le valet de Mac, un ancien pugiliste à la carrure impressionnante, passa sa tête par l'entrebâillement. Le cœur d'Isabella se serra. Si Bellamy était là, cela voulait dire que Mac s'y trouvait également, car Bellamy ne lâchait jamais son maître d'une semelle.

Il jeta un regard en direction du landau, et un air d'étonnement se peignit sur son visage couturé de cicatrices. Isabella n'était pas revenue dans cette maison depuis le jour où elle s'en était enfuie, trois ans et demi plus tôt.

— Milady? fit-il, dévalant le perron à sa rencontre.

Isabella accepta la main qu'il lui offrait pour l'aider à descendre de voiture. Il n'était plus temps de reculer.

— Comment va votre genou, Bellamy? lui demanda-t-elle, gravissant le perron. Je n'ose croire que mon mari soit à la maison?

Sans même attendre de réponse, elle s'engouffra à l'intérieur, feignant d'ignorer la soubrette et le valet qui, poussés par la curiosité, avaient passé leur tête à la porte du salon.

— Mon genou va beaucoup mieux, milady, merci. Et milord…

Il hésita, avant d'ajouter :

— Il peint, milady.

— Si tôt? C'est incroyable !

Isabella monta l'escalier en pressant le pas, pour ne pas se donner le temps de réfléchir car, si elle commençait à méditer ses gestes, elle retournerait s'enfermer chez elle.

— Il est dans son atelier? lança-t-elle. Inutile de m'annoncer. Je connais le chemin.

— Mais, milady, argumenta Bellamy, qui tentait de la suivre.

Son genou, cependant, l'empêchait de la rattraper. Isabella avait déjà atteint le deuxième étage, qu'il n'était pas encore au premier.

— Milady, il a demandé à ne pas être dérangé !

— Je ne serai pas longue. Je veux juste lui poser une question.

— Mais, milady, il est…

Isabella s'immobilisa, la main déjà sur la poignée de la porte de l'atelier.

— Ne vous inquiétez pas, Bellamy. Je prends sur moi la liberté d'interrompre milord.

Et là-dessus, elle ouvrit la porte et pénétra dans la pièce. Mac était là, en effet, debout devant un chevalet, en pleine séance créative.

Isabella en resta un instant interdite. Elle avait presque oublié la beauté saisissante de son mari. En tout et pour tout, Mac n'était vêtu que d'un vieux kilt, maculé de taches de peinture. Des gouttes de sueur ruisselaient sur son torse nu et bronzé – il avait passé l'été sur le continent. Il avait noué un foulard sur sa tête, à la mode tzigane, pour protéger ses cheveux de la peinture. C'était son habitude, se souvint la jeune femme, avec un petit pincement au cœur. Ce foulard faisait ressortir ses pommettes et mettait en valeur la beauté de son visage. Même ses chaussures, maculées elles aussi de peinture, étaient familières à Isabella.

Mac peignait avec une telle énergie qu'il ne s'était même pas aperçu qu'elle avait poussé la porte. Sa palette dans la main gauche, il barbouillait la toile de coups de pinceau énergiques. Mac était un homme captivant, et jamais aussi séduisant que lorsqu'il était absorbé dans une tâche qu'il affectionnait.

Isabella avait eu coutume, autrefois, de s'asseoir sur le vieux canapé aux coussins élimés de ce même atelier, pour le regarder peindre. Mac ne lui disait pas un mot pendant qu'il travaillait, mais elle adorait regarder son dos musclé, ou la façon dont il se barbouillait le visage de peinture, quand il se grattait distraitement les joues. Après une séance fructueuse, il se tournait vers elle avec un grand sourire, et il la prenait dans ses bras, sans se soucier de la couvrir, *elle aussi*, de peinture.

Isabella était elle-même si absorbée à contempler Mac qu'elle ne réalisa pas tout de suite ce qu'il peignait. Ce n'est que lorsqu'elle s'obligea à détourner son regard de l'artiste, qu'elle découvrit qu'il s'inspirait d'un modèle de chair et d'os.

Une jeune femme reposait, alanguie, sur une estrade drapée de rouge et de jaune. Elle était entièrement nue, ce qui n'était pas surprenant en soi : Mac ne peignait le plus souvent que des femmes dénudées, ou très peu vêtues. Mais Isabella ne l'avait jamais vu peindre quelque chose d'aussi explicitement érotique. La jeune femme était allongée sur le dos, les cuisses écartées. Elle avait posé une main sur son intimité, mais son geste semblait moins destiné à préserver sa pudeur, qu'à signifier au contraire qu'elle était prête à s'offrir sans la moindre gêne.

Bellamy finit par arriver à son tour, tout essoufflé. Cette fois, Mac l'entendit, mais ne se tourna même pas vers la porte.

— Bon sang, Bellamy, je t'avais dit que je ne voulais pas être dérangé ce matin !

— Je suis désolé, monsieur. Mais je n'ai pas pu la retenir.

Le modèle redressa la tête, regarda Isabella et sourit.

— Oh, bonjour, milady.

Mac jeta un premier coup d'œil derrière lui, puis un deuxième, et son regard se riva sur Isabella. Une goutte de peinture coula de son pinceau sur le plancher.

Isabella s'arma de courage.

— Bonjour, Molly, répondit-elle, à l'intention du modèle. Comment se porte votre petit garçon ? Tout va bien, Bellamy, vous pouvez nous laisser. Je n'en aurai pas pour longtemps, Mac. Je suis juste venue te poser une question.

Enfer et damnation !
Pourquoi Bellamy l'avait-il laissée monter ?

Isabella n'avait plus remis les pieds à Mount Street depuis trois ans et demi – c'est-à-dire depuis le jour où elle était partie, en ne laissant derrière elle qu'un petit mot d'explication. Et voilà qu'elle surgissait, en chapeau et gants, comme une visiteuse mondaine. Précisément le jour où il avait décidé de peindre Molly Bates dans toute la gloire de son anatomie.

Isabella portait une veste cintrée, bleu foncé, qui soulignait les rondeurs de sa poitrine, sur une jupe grise plissée. Son chapeau était un arrangement savant de fleurs et de rubans et ses doigts fins, que Mac rêvait d'embrasser, étaient cachés par des gants gris foncé.

Isabella avait toujours su s'habiller, et porter des couleurs qui flattaient son regard d'artiste. Aussi, Mac avait beaucoup aimé l'aider à se vêtir chaque matin. Du temps de leur mariage, il lui était souvent arrivé de congédier sa cámériste, pour lacer lui-même sa robe. L'opération, à chaque fois, réclamait plus de temps que nécessaire, et ils descendaient très en retard pour prendre leur petit déjeuner.

Près de quatre ans plus tard, Isabella lui faisait toujours autant d'effet. Mac sentit son membre se durcir. Nom d'un chien ! Allait-elle s'en apercevoir ? Et éclater de rire ?

Isabella alla ramasser le peignoir que Molly avait laissé tomber sur le plancher.

— Vous feriez mieux de remettre cela, ma chère, dit-elle au modèle. Il fait un peu froid, ici. Mac oublie toujours de ranimer le feu. Pourquoi ne descendriez-vous pas vous réchauffer avec une tasse de thé, pendant que je m'entretiens avec mon mari ?

Molly se releva avec un grand sourire. C'était une très belle femme, du moins selon les critères généralement admis par les hommes : poitrine opulente, belle tournure de hanches et yeux de biche. Mais comparée à Isabella, elle semblait presque fade.

— Volontiers, répondit-elle. Je commençais à avoir des crampes, à force de rester immobile.

— Quelques petits-fours devraient vous redonner de l'énergie, lui suggéra Isabella, tandis que Molly enfilait le peignoir. La cuisinière de Mac a toujours des gâteaux frais, au cas où. Demandez-lui son choix du jour.

Le sourire de Molly s'élargit encore.

— Vous me manquez beaucoup, milady. Pour de vrai. Milord ne pense jamais que nous devons aussi manger pour vivre.

— Je vois qu'il n'a pas changé, s'amusa Isabella.

Molly quitta le studio sans rien ajouter. Bellamy lui emboîta le pas, et referma la porte derrière lui.

Isabella tourna alors les yeux vers Mac.

— Tu gouttes, lui dit-elle.

— Quoi ? fit-il, interloqué, avant de s'apercevoir que son pinceau s'écoulait goutte à goutte sur le plancher.

Il marmonna un juron, avant de reposer sa palette sur la table, et de jeter le pinceau dans un pot de térébenthine.

— Tu as commencé tôt, ce matin, commenta Isabella.

Pourquoi s'obstinait-elle à garder ce ton strictement amical, comme s'ils n'étaient que des connaissances se croisant à un thé mondain ? se demandait Mac, furieux.

— La lumière était bonne, grommela-t-il.

— Oui, pour une fois, il fait soleil. Ne t'inquiète pas, je ne vais pas te retenir longtemps. Je voulais juste recueillir ton avis.

— Mon avis sur quoi ? Sur ton nouveau chapeau ?

— Pas du tout. Encore que je te remercie de l'avoir remarqué. Non, je voulais ton opinion sur ça.

Mac se perdit quelques instants dans la contemplation de ses yeux verts – ces yeux qui l'avaient fasciné, dans une salle de bal, quelques années plus tôt. À l'époque, Isabella n'était qu'une débutante, et elle ne se doutait pas un seul instant de leur effet dévastateur. Pourtant, un seul regard d'elle suffisait à faire naître chez n'importe quel homme les rêves érotiques les plus fous.

— Sur ça, Mac, s'impatienta-t-elle.

Elle sortit un petit mouchoir blanc, au centre duquel se nichait un morceau de toile de peintre, d'environ un centimètre de côté, et recouvert de jaune.

— À ton avis, quelle est cette couleur ? lui demanda-t-elle.

— C'est du jaune. Tu as fait tout ce chemin, depuis North Audley Street, pour que je te confirme qu'il s'agit bien d'un jaune ?

— Je sais que c'est du jaune, bien sûr. Mais quel genre de jaune, précisément ?

Mac regarda plus en détail. La teinte était vibrante.

— Jaune cadmium.

— Mais encore ?

Elle agitait son mouchoir, comme si ce mouvement pouvait dévoiler le mystère.

— C'est du *jaune Mackenzie* ! Lâcha-t-elle finalement, comme Mac restait muet. Ce jaune extraordinaire, que tu as inventé pour ton propre usage, et dont tu n'as jamais révélé la formule à personne.

— Oui, c'est bien mon jaune, confirma Mac, qui à cet instant, face à Isabella, et enivré par son parfum, se moquait bien de savoir s'il s'agissait de jaune ou de noir. Te serais-tu amusée à découper l'une de mes toiles ?

— Ne dis pas de bêtises. J'ai prélevé cet échantillon sur l'un des tableaux accrochés dans le salon de Mme Leigh-Waters, à Richmond.

Mac commençait à se sentir piqué par la curiosité.

— Je n'ai jamais donné de peinture à cette Mme Leigh-Waters de Richmond.

— C'est bien ce dont je me doutais. Quand je lui ai demandé la provenance du tableau, elle m'a répondu qu'elle l'avait acheté chez un galeriste du Strand, M. Crane.

— C'est impossible. Je ne vends jamais mes toiles. Et surtout pas à Crane.

— J'en étais sûre ! s'exclama Isabella, avec un sourire de triomphe, qui intensifia un peu plus l'excitation de Mac. Le tableau est signé Mac Mackenzie, mais ce n'est pas toi qui l'as peint.

Mac contempla de nouveau le petit morceau de toile jaune au milieu du mouchoir.

— Comment sais-tu que je ne l'ai pas peint ? Probablement que la fripouille à qui je l'avais donné l'aura revendu pour se faire de l'argent, ou rembourser une dette.

— C'est un paysage italien. Une vue de Rome, depuis une colline environnante.

— J'ai peint plusieurs paysages romains.

— Je sais. Mais pas celui-là. C'est ton style, tes couleurs, mais tu ne l'as pas peint.

Mac s'empara du mouchoir qu'elle agitait toujours sous son nez.

— Qu'est-ce qui te permet d'être aussi affirmative ? Comment pourrais-tu connaître tout mon travail ? J'ai peint plusieurs autres vues de Rome, depuis que…

Il ne put se résoudre à dire à haute voix « depuis que tu m'as quitté ». Il était parti à Rome pour apaiser son chagrin, et il avait peint la ville jusqu'à en avoir la nausée et ne plus supporter cet endroit. Il avait alors gagné Venise, et il avait fait de même, jusqu'à ne plus supporter la vue d'une seule gondole.

À son retour à Londres, il avait continué sa vie de débauché commencée en Italie, et il avait encore abusé quelque temps de l'alcool. Puis il s'était retiré un moment en Écosse, et il en avait profité pour se sevrer. Il avait remplacé son addiction pour le pur malt par une consommation exclusive de thé. Désormais, il ne buvait que du oolong, que Bellamy avait appris à infuser comme un maître oriental.

Devinant la fin de sa phrase, Isabella avait rougi. Mac en ressentit une certaine jubilation.

— Alors, comme cela, tu connais tout ce que je peins ? C'est gentil à toi de t'intéresser de si près à mon travail.

Elle rougit un peu plus.

— Il m'arrive de lire les revues d'art, d'écouter les gens qui me parlent de tes toiles.

— Et tu es devenue si experte avec mon œuvre, que tu peux même savoir ce que je n'ai pas peint ? s'amusa Mac. Voilà qui est inattendu, de la part d'une femme qui, il n'y a pas si longtemps, était capable de changer d'hôtel quand elle apprenait que j'étais descendu dans le même établissement qu'elle ?

Mac n'aurait pas cru qu'Isabella puisse devenir encore plus cramoisie.

— Inutile de te moquer, répliqua-t-elle. Je suis observatrice, c'est tout.

Ainsi, elle avait tout de suite compris qu'il n'avait pas pu peindre la toile accrochée dans le salon de Mme Leigh-Waters. Mac souriait aux anges.

— Ce que j'essaie de te faire comprendre, c'est que quelqu'un produit des faux Mac Mackenzie, ajouta-t-elle, s'impatientant.

— Pourquoi ce quelqu'un s'amuserait-il à un tel jeu ?

— Pour l'argent, évidemment. Tu commences à être célèbre.

— Je suis célèbre, parce que je suis scandaleux, objecta Mac. À ma mort, mes tableaux ne vaudront plus rien, sinon la valeur des souvenirs.

Il posa le mouchoir sur la table.

— Puis-je le garder, ou comptais-tu le rendre à Mme Leigh-Waters ?

— Ne sois pas idiot. Je ne lui ai évidemment pas avoué que j'avais découpé un petit morceau de sa toile.

— Si je comprends bien, le tableau est toujours au mur, mais avec ce morceau en moins ? Crois-tu qu'elle ne s'apercevra de rien ?

— Le tableau est accroché assez haut. Et j'ai pris mes précautions pour qu'on remarque le moins possible mon larcin, expliqua Isabella.

Elle reporta son attention sur la toile fixée au chevalet et ajouta :

— C'est particulièrement ragoûtant. On dirait une araignée.

Mac en avait presque oublié son travail, mais il faillit sursauter en jetant lui aussi un regard à la toile. Isabella avait raison : c'était affreux. Ces derniers temps, toutes ses peintures étaient monstrueuses. En fait, il n'avait pas été capable de peindre une seule toile correcte depuis qu'il était redevenu sobre. Et il se demandait bien pourquoi il s'était imaginé que celle-ci serait meilleure que les autres.

Il soupira, ramassa un chiffon maculé de peinture, et le lança contre le chevalet. Le chiffon atterrit sur le ventre de Molly, et des éclaboussures brunes maculèrent sa peau rose.

Abandonnant le tableau, Mac se retourna juste à temps pour voir Isabella s'éclipser de la pièce. Il courut après elle et la rattrapa dans l'escalier. Lui barrant le chemin, il plaqua une main sur la rampe, et l'autre sur le mur. De la peinture tacha le papier peint choisi par Isabella, lorsqu'elle avait redécoré la maison, six ans plus tôt.

La jeune femme lui lança un regard glacial.

— Laisse-moi passer, Mac. J'ai des courses à faire avant le déjeuner, et je suis déjà en retard.

Mac respira lentement, pour tenter de se dominer.

— Attends, *s'il te plaît*, l'implora-t-il, s'obligeant à la politesse. Descendons au salon. Je vais demander à Bellamy de nous préparer du thé. Nous parlerons de ces faux tableaux.

Il était prêt à toutes les concessions pour la retenir, car il devinait que, si elle franchissait maintenant la porte, elle ne reviendrait plus jamais dans cette maison.

— Je ne vois pas ce qu'il y a de plus à en dire. Je voulais simplement t'informer.

Mac était conscient que toute sa maisonnée les espionnait. Aucun domestique ne serait assez goujat pour regarder directement dans l'escalier, mais tous devaient être embusqués derrière les portes, dans les recoins sombres, à attendre la suite. Ils adoraient Isabella, et c'est tout juste s'ils n'avaient pas porté le deuil le jour où elle était partie.

— Isabella, la pressa-t-il encore, à voix basse, reste.

Le regard de la jeune femme s'adoucit légèrement. Mac savait qu'il lui avait fait beaucoup de mal. S'il voulait avoir une chance de la reconquérir, il devrait commencer par ne plus jamais la blesser.

— S'il te plaît, ajouta-t-il.

Il n'osa préciser : « J'ai tellement besoin de toi. »

Molly choisit ce moment pour apparaître.

— Êtes-vous prêt à continuer, milord ? Je peux reprendre la pose ?

Isabella ferma brièvement les yeux. Mac explosa.

— Bellamy ! cria-t-il, par-dessus la rampe. Pourquoi l'as-tu laissée sortir de la cuisine ?

Molly arrivait à leur hauteur. Ils pouvaient entendre les froissements de son peignoir.

— Oh, milady ne se soucie pas de moi, assura-t-elle, avec un grand sourire. N'est-ce pas, milady ?

Et elle poursuivit son chemin vers l'atelier.

— Non, Molly, acquiesça Isabella, d'une voix glaciale. Je ne me soucie pas de vous.

Et elle releva ses jupes, dans l'intention de descendre les marches. Mac voulut lui attraper le bras.

Isabella poussa un petit cri. Non pas tant en raison de son geste, que parce que sa main était couverte de peinture.

Mac recula et s'adossa au mur. Il ne pouvait quand même pas la faire prisonnière. D'autant que ses domestiques épiaient la scène.

Isabella passa devant lui en prenant garde de ne pas le toucher.

Mac la suivit.

— Je vais renvoyer Molly chez elle. Reste déjeuner. Mes domestiques se chargeront de tes courses.

— Ce sera difficile. Certaines de ces courses sont très personnelles, objecta Isabella.

Elle était parvenue au rez-de-chaussée, et elle récupéra l'ombrelle qu'elle avait accrochée au portemanteau à son arrivée.

«Bellamy, ne t'avise pas d'ouvrir cette porte.»

Bellamy ouvrit la porte en grand. Le landau d'Isabella attendait au bas du perron. Son valet avait déjà ouvert la portière.

— Merci, Bellamy, dit-elle, d'une voix très calme. Je vous souhaite une bonne journée.

Et elle sortit.

Mac aurait voulu courir après elle, l'enlacer et la forcer à rentrer dans la maison. Puis il demanderait à Bellamy de mettre un cadenas à la porte, pour qu'elle ne puisse plus s'échapper. Au début, bien sûr, elle le haïrait. Mais elle finirait par comprendre que sa vraie place était toujours ici, auprès de lui.

Cependant, Mac laissa Bellamy refermer la porte derrière elle. Les pratiques qui avaient réussi à ses ancêtres barbares des Highlands seraient sans effet sur Isabella. Il suffirait qu'elle darde sur lui l'un de ces regards sans appel dont elle avait le secret, pour qu'il se prosterne à ses pieds – comme il l'avait fait si souvent autrefois. Non sans en retirer un certain bénéfice, d'ailleurs. Car alors elle se mettait à rire, et il l'entraînait avec elle sur le tapis, où ils s'embrassaient…

Mac s'assit lourdement sur la dernière marche de l'escalier et plongea sa tête dans ses mains. Tout s'était mal passé. Isabella l'avait cueilli par surprise, et il avait raté la magnifique opportunité qu'elle lui avait tendue.

— Le tableau est tout gâché! s'exclama Molly, qui redescendait l'escalier dans un froufroutement de soie.

— Rentre chez toi, Molly, lui dit Mac. Je te paierai ta journée entière.

Il pensait que Molly crierait sa joie et s'éclipserait sans demander son reste, mais elle se laissa choir à côté de lui.

— Oh, pauvre chéri! Tu veux que je te remonte le moral?

Mac ne voulait désirer personne d'autre qu'Isabella.

— Non, merci, dit-il.

— Comme tu voudras, fit Molly, lui caressant les cheveux. C'est terrible, hein, quand elles ne vous aiment pas?

Mac ferma les yeux, s'enfermant dans sa colère et son chagrin.

— Oui, tu as raison. C'est terrible.

Lord et lady Abercrombie donnaient, le lendemain soir, un bal où se précipitèrent tous les gens à la mode. Isabella s'y rendit avec une certaine nervosité, s'attendant à y trouver son mari, car Maude, sa caমériste, lui avait appris qu'il avait également reçu une invitation. Maude avait obtenu l'information directement auprès de son vieil ami Bellamy.

Depuis qu'elle avait revu Mac la veille, à demi nu dans son atelier, et aussi beau qu'un dieu, la jeune femme était profondément ébranlée. En sortant de chez lui, elle avait renoncé à ses courses et était rentrée directement à son domicile, pour se jeter en larmes sur son lit. Elle avait passé le restant de la journée prostrée dans sa chambre, à s'apitoyer sur son sort.

Ce matin, elle s'était réveillée avec la ferme intention d'affronter la réalité en face. Deux solutions s'offraient à elle. Soit elle décidait d'éviter complètement Mac, ainsi qu'elle l'avait fait jusqu'alors, soit elle prenait le risque de le croiser dans Londres, au gré des soirées et des réceptions mondaines. Ils pouvaient se conduire poliment, se comporter comme des amis. Il suffirait pour cela qu'Isabella s'habitue à le voir, pour que sa présence ne lui fasse ni chaud ni froid. En d'autres termes, que son cœur soit immunisé contre lui, afin qu'elle ne se sente plus chavirer au moindre de ses sourires.

Ce ne serait pas facile, bien sûr. Mais Isabella était capable d'y parvenir. Et elle refusait de s'enfermer chez elle, comme un lapin apeuré. C'est pourquoi elle avait accepté l'invitation des Abercrombie, même s'il y avait de fortes chances pour que Mac se rende également à leur réception.

Elle avait demandé à Maude Evans de lui préparer sa nouvelle robe de bal de satin bleu moiré, avec des roses de soie jaune cousues sur son bustier et sa traîne. Maude, qui pouvait se targuer d'avoir habillé quelques actrices célèbres, plusieurs cantatrices, une duchesse et une hétaïre, était entrée au service d'Isabella le lendemain matin de sa fuite avec Mac. Maude était arrivée chez Mac, où Isabella, sa bague de mariée au doigt, portait encore sa robe de bal de la veille au soir, faute d'avoir pu emporter avec elle le moindre petit vêtement pour se changer. D'un seul regard, ayant jaugé la situation, et l'innocence d'Isabella, Maude s'était donné pour mission de la protéger.

Je suis encore acceptable, pour une « vieillarde » de vingt-cinq ans, se dit Isabella, se regardant dans le miroir, pendant que Maude fixait une rivière de diamants à son cou. Je n'ai certainement pas à avoir honte de moi.

Malgré tout, elle n'en menait pas large au moment d'arriver chez les Abercrombie. À peine eut-elle pénétré dans la salle de bal, qu'elle commença par chercher Mac des yeux. Elle ne tarda pas à repérer quelqu'un de sa taille – grand, très large d'épaules –, vêtu d'une veste noire de soirée et du kilt des Mackenzie, qui se tenait près de la cheminée.

Le cœur d'Isabella bondit dans sa poitrine, avant qu'elle ne réalise qu'il ne s'agissait pas de Mac, mais de Cameron, son frère aîné. Soulagée et ravie, elle quitta les amis avec lesquels elle papotait, et se faufila à travers la foule pour le rejoindre.

— Cameron, que faites-vous donc ici ? Je vous croyais à Doncaster, mobilisé par les préparatifs de la Saint-Léger ?

Cameron jeta son cigare dans la cheminée, prit les mains d'Isabella et se pencha pour l'embrasser. Il sentait le tabac et le whisky. Comme d'habitude. Souvent, il empestait également le cheval. Cameron possédait l'une des meilleures écuries de courses de toute l'Angleterre.

Second des quatre frères Mackenzie, Cameron était un peu plus grand et plus large d'épaules que Mac, et une cicatrice lui barrait la joue. Ses cheveux d'un brun roux étaient les plus sombres de la fratrie, et ses yeux étaient presque dorés. Il était connu comme le mouton noir de la famille, une réputation difficile à tenir quand on savait que tous les Mackenzie défrayaient régulièrement la chronique de leurs frasques. Il était de notoriété publique que Cameron, veuf et père d'un garçon de quinze ans, changeait de maîtresse tous les six mois, recrutant ses proies parmi les actrices, les courtisanes ou les veuves de haut rang. Isabella avait depuis longtemps cessé de tenir la liste de ses conquêtes.

— Oh, ma présence n'était plus nécessaire, répondit-il, avec un haussement d'épaules. Les entraîneurs ont mes instructions. J'y retournerai la veille de la première course.

— Vous mentez très mal, Cameron Mackenzie. C'est Hart qui vous a envoyé, n'est-ce pas ?

Cameron ne prit même pas la peine de paraître embarrassé.

— Hart s'est inquiété d'apprendre que Mac avait voulu vous suivre après le mariage de Ian. Il ne vous importune pas ?

— Non, assura Isabella.

Elle aimait les frères de Mac, mais ils avaient la fâcheuse tendance à se mêler des affaires des uns et des autres. Non pas qu'elle eût à le déplorer, du reste. Quand elle avait quitté Mac, trois ans et demi plus tôt, ils auraient pu lui tourner le dos, alors qu'ils avaient pris au contraire son parti. Hart, Cameron et Ian avaient fait savoir qu'ils la considéraient toujours comme un membre de la famille. Et en tant que telle, ils avaient, à son égard, le comportement protecteur de frères aînés.

— Donc, Hart vous a bien envoyé pour jouer les nounous ?

— Oui, répondit en souriant Cameron. Vous devriez me voir, avec mon bonnet et mon tablier. J'ai fière allure.

Isabella éclata de rire, et Cameron se joignit à elle. Il avait un rire un peu rauque.

— Comment va Beth ? demanda-t-elle. Tout se passe bien pour Ian et elle ?

— Quand je les ai quittés, ils se portaient à merveille. Ian est enchanté à l'idée de devenir père. Il en parle à peu près toutes les cinq minutes.

Isabella sourit de ravissement. Ian et Beth, sa jeune épouse, étaient si heureux ensemble qu'Isabella était impatiente de tenir leur bébé dans ses bras. Cette perspective, cependant, lui occasionna un petit pincement au cœur, qu'elle s'empressa d'ignorer.

— Et Daniel ? demanda-t-elle encore. Il est venu avec vous ?

Cameron secoua la tête.

— J'ai laissé Daniel à Kilmorgan, dans les mains d'un tuteur qui a pour mission de lui inculquer un minimum de connaissances avant la Saint-Michel.

— Vous l'avez privé de Saint-Léger ? Le pauvre garçon doit être furieux.

— Oui. Mais s'il ne travaille pas ses leçons maintenant, il ne pourra jamais entrer à l'université.

Malgré sa réputation, Cameron semblait un père si attentif qu'Isabella rit encore.

— Il essaie de vous imiter, Cameron.

— Précisément. Et c'est bien ce qui m'inquiète.

L'orchestre attaqua une valse, et des couples de danseurs s'élancèrent sur la piste de danse. Cameron lui offrit son bas.

— Si nous dansions, Isabella ?

— Volontiers… accepta la jeune femme.

Au même instant, une poigne de fer se referma sur son coude. Elle reconnut le parfum du savon de Mac – mélangé à un reste d'odeur de térébenthine – avant même de se retourner.

— Cette valse est pour moi, lui dit-il à l'oreille. Et ne vous avisez pas de refuser, ma chère femme.

2

La résidence d'un célèbre lord écossais, et de sa jeune épouse, sur Mount Street, a subi une transformation complète. Quelques invités privilégiés – parmi lesquels on comptait quelques princes étrangers, des Parisiens en visite et plusieurs vedettes de la scène – ont déjà pu admirer les nouveaux papiers peints, les tapis et les objets d'art choisis par la jeune lady avec un sens exquis du raffinement.

Avril 1875

Isabella n'aurait pas su dire comment elle réussit à atteindre la piste de danse sans marcher sur sa traîne. Mac l'avait enlacée, et elle se retrouva comme propulsée au milieu des danseurs. L'idée de faire semblant d'être blasée de le voir lui parut tout à coup totalement ridicule.

Elle avait toujours aimé valser, et par-dessus tout dans les bras de Mac. Il la guidait avec une telle dextérité qu'elle se laissait glisser en musique, avec l'impression de flotter sur le parquet.

— Tu as été grossier, lui fit-elle remarquer. Je prenais plaisir à parler avec Cameron.

— Cameron n'était là que pour tenir la chandelle.

L'image d'un Cameron, homme à femmes s'il en était, tenant la chandelle, avait de quoi faire rire, mais Isabella était trop obnubilée par Mac pour s'en amuser. Ils avaient beau porter, chacun, plusieurs épaisseurs de tissu sur le corps, elle avait l'impression que la peau la brûlait partout où la touchait Mac. Et elle se détestait de réagir ainsi.

— Je suppose que tu es content de toi, dit-elle, s'obligeant à parler d'un ton badin. Tu savais bien que je ne pouvais pas te refuser une danse sans provoquer une scène qui aurait fait des gorges chaudes dans tout Londres. Les gens adorent dégoiser sur notre compte.

— L'appétit insatiable des Londoniens pour les ragots est l'une des meilleures armes de mon arsenal, reconnut Mac.

Isabella ne trouvait pas le courage de le regarder droit dans les yeux. Elle préférait se concentrer sur son menton, couvert de poils d'un roux doré. Hélas, le souvenir – nostalgique – de leur goût ne l'aida guère à se ressaisir.

— C'est intéressant, et aussi insultant, de savoir que tu penses notre relation en termes guerriers.

— Ce n'était qu'une métaphore. Cette salle de bal est un champ de bataille, notre danse une escarmouche, et ton arme *à toi*, c'est cette robe qui te va si bien.

Le regard de Mac glissa sur les épaules dénudées de la jeune femme et s'arrêta sur les roses jaunes de son bustier. Isabella avait toujours privilégié les roses jaunes, après que Mac l'eut peinte environnée de telles fleurs au deuxième jour de leur mariage.

— Et toi, c'est ton kilt.

— Mon kilt ?

— Tu es très élégant, en kilt.

Mac sourit.

— Oui, je me souviens que tu aimais regarder mes jambes. Et une autre partie de mon anatomie par la même occasion. Tout le monde sait bien qu'un véritable Écossais ne porte rien sous son kilt.

Isabella se remémorait en effet certains matins où il ne portait rien sur lui, sinon un kilt drapé autour de sa taille, pour lire la presse matinale. Mac était séduisant en habit de soirée mais, déshabillé, il était irrésistible.

— Tu devines trop mes pensées, avoua-t-elle.

— Veux-tu que nous sortions sur la terrasse, pour que tu puisses satisfaire ta curiosité sur cette autre partie ?

— Il n'est pas question que j'aille sur la terrasse en ta compagnie, merci.

C'était sur la terrasse de son père, après s'être invité à son bal de débutante, que Mac l'avait embrassée pour la première fois.

Un sourire carnassier étira ses lèvres.

— Tu considères que c'est un champ de bataille plus dangereux ?

— Si tu veux poursuivre la métaphore, oui, j'estime que la terrasse te donnerait un avantage tactique.

Mac la serra un peu plus contre lui.

— Pourtant, tu as toujours eu l'avantage contre moi, Isabella.

— Franchement, j'en doute fort. Qu'est-ce qui te fait dire cela ?

— Parce que tu es capable de m'ôter tous mes moyens, simplement en entrant dans une pièce – comme tu l'as fait hier dans mon atelier. Voilà trois ans et demi que je vis comme un moine, et de te sentir tout à coup si près de moi… Tu devrais avoir davantage pitié d'un pauvre célibataire.

— Tu aurais pu avoir des maîtresses, mais tu n'as pas voulu.

Mac rivait ses yeux sur elle, et la jeune femme se décida à accrocher son regard. Elle y lut une sorte de sérénité qu'elle ne lui connaissait pas.

— Non, en effet. C'était mon choix.

Isabella aurait pu nommer une bonne douzaine de femmes prêtes à sauter dans le lit de Mac Mackenzie dès l'instant où elles auraient compris qu'elles y étaient les bienvenues. Cependant, elle savait qu'il n'avait courtisé aucune d'entre elles, ni avant ni après qu'elle l'eut quitté. Car si cela avait été le cas, les mauvaises langues n'auraient pas manqué de le lui rapporter. Or, tout le monde s'accordait pour reconnaître que Mac était resté fidèle à sa femme, même après son départ.

— Je devrais peut-être changer de parfum, suggéra-t-elle.

— Ton parfum n'y est pour rien, assura Mac.

Il était si près d'elle qu'elle pouvait sentir le souffle de sa respiration au creux de son épaule.

— Et j'apprécie que tu portes toujours la même essence de rose, ajouta-t-il.

— J'aime les roses.

— Je le sais bien. Et plus particulièrement les jaunes.

Isabella faillit trébucher, obligeant Mac à la serrer plus fort à la taille.

— Fais attention, lui dit-il gentiment.

— Je me sens gauche, ce soir. Mes escarpins ne sont pas adaptés à la valse. Allons plutôt nous asseoir.

— Pas avant la fin du morceau. Cette danse est ma récompense, et je veux en profiter jusqu'au bout.

— Ta récompense pour quoi ?

— Pour avoir résisté à la tentation de t'embrasser devant tout ce monde. Sans parler d'hier, dans l'escalier.

Isabella sursauta.

— Tu m'aurais embrassée hier, contre ma volonté ?

— Tu le désirais presque autant que moi, Isabella. Je te connais bien.

Isabella ne répondit pas, car il disait vrai. Elle avait bien failli, en effet, le laisser l'embrasser dans l'escalier de cette maison qu'ils avaient autrefois partagée ensemble. Si Molly ne les avait pas interrompus, nul doute qu'ils auraient fini dans les bras l'un de l'autre.

— S'il te plaît, Mac, arrêtons. Je commence vraiment à avoir chaud.

— Tu es rouge, en effet. Et je ne connais qu'un remède contre cela.

— Un siège et une boisson fraîche ?

— Non, dit-il, avec ce même sourire qui avait séduit Isabella le soir de ses débuts dans le monde.

Et, l'entraînant vers l'une des portes-fenêtres, il ajouta :

— Un petit tour sur la terrasse.

— Mac...

Il ignora évidemment ses protestations et la conduisit jusqu'à l'extrémité de la terrasse, à l'écart des lumières.

— Maintenant, passons aux choses sérieuses.

Isabella se retrouva plaquée contre le mur, les deux bras solides de Mac l'emprisonnant de part et d'autre.

La poitrine d'Isabella se soulevait, gonflant son décolleté. Ses diamants brillaient sur sa peau nue.

Ils se tenaient exactement ainsi, sur la terrasse de son père, le soir où ils s'étaient rencontrés : Isabella dos au mur et Mac lui bloquant tout mouvement. Elle n'avait que dix-huit ans, alors, et elle était vêtue d'une robe blanche de vierge, avec un seul rang de perles pour tout ornement. Elle ressemblait à une sirène intouchable.

Mais bien sûr, la tentation de la toucher avait été la plus forte. En réponse à un pari, Mac s'était lancé un défi, ce soir-là – entrer chez le comte Scranton sans invitation, danser avec la jeune débutante en l'honneur de qui le bal était donné, et lui voler un baiser.

Simplement, Mac avait pensé tomber sur une oie blanche aux manières insupportables. Mais il avait découvert Isabella. Et c'était comme s'il avait déniché un papillon flamboyant au milieu d'insectes incolores.

Dès l'instant où il l'avait vue, il avait désiré la connaître, lui parler, tout apprendre d'elle. Il se rappelait comment elle l'avait regardé, avec ses yeux verts, traverser la foule dans sa direction. Ses amies murmuraient à côté d'elle, sans doute pour la mettre en garde contre lui, dans l'espoir qu'elle opposerait une rebuffade au scandaleux lord Roland « Mac » Mackenzie. Isabella, Mac l'avait appris plus tard, était douée pour les rebuffades.

Il s'était arrêté devant elle. Dès cet instant, sans même avoir ouvert la bouche, Isabella l'avait fasciné. Ses cheveux cascadaient sur ses épaules dans un déluge de feu, ses yeux pétillaient d'intelligence. Mac aurait voulu danser avec elle, la peindre, lui faire l'amour. L'entraîner avec lui dans le monde délicieux du péché.

Avisant un ami qui passait par là, il l'avait obligé à les présenter, sachant qu'une jeune lady digne de ce nom aurait refusé d'adresser la parole à un inconnu. Puis, Mac avait tendu la main, et avait demandé poliment :

— Milady, m'accorderez-vous cette valse ?

Elle l'avait gratifié d'un regard glacial.

— Malheureusement, mon carnet de bal est complet, avait-elle répondu, agitant le carnet en question sous son nez.

Mac n'avait eu aucune peine à la croire. C'était la débutante idéale : la fille aînée du comte Scranton, un excellent parti. Les prétendants devaient se battre pour obtenir ses faveurs.

Mac s'était emparé du carnet de bal de la jeune femme, avait sorti un crayon de sa poche, et il avait rayé tous les noms d'un trait en diagonale. Puis il avait inscrit son propre nom – Mac Mackenzie –, avant de lui rendre son carnet.

— Dansez avec moi, lady Isabella.

Il s'était plus ou moins attendu à ce qu'elle le congédie vertement. Voire à ce qu'elle appelle les valets de son père pour leur ordonner de le jeter dehors.

Au lieu de cela, elle avait placé sa main dans la sienne. Quelques heures plus tard, ils s'enfuyaient ensemble.

Ce soir, dans la pénombre de la terrasse de lord Abercrombie, les cheveux d'Isabella évoquaient toujours une cascade flamboyante, en revanche ses yeux étaient dans la pénombre. Mais elle ne s'était pas dérobée le soir de leur rencontre, et elle ne se déroberait pas maintenant.

Sur la terrasse de son père, elle avait affronté courageusement son regard, sans ciller. Mac lui avait alors effleuré les lèvres – juste effleuré : il ne l'avait pas vraiment embrassée. Mais quand il s'était redressé, Isabella avait paru sous le choc.

Il n'avait pas été moins bouleversé. Son intention, à l'origine, était de s'amuser un peu avec elle, puis de la laisser tranquille. Mais après avoir effleuré ses lèvres, il n'avait plus eu la force de les quitter. Rien n'aurait pu le faire partir, pas même s'il avait été attaché à l'un des chevaux de Cameron.

À la deuxième tentative, Isabella avait entrouvert ses lèvres, dans l'intention de lui rendre son baiser. Mac avait souri de triomphe, avant de s'emparer complètement de sa bouche. Mais ce n'était encore pas assez. Il l'avait voulue dans son lit, dès cette première nuit. Il avait toutefois été conscient qu'il ruinerait irrémédiablement sa réputation s'il ne l'épousait pas dans la foulée. Or, Mac n'avait aucune envie de gâcher la vie de la jeune femme.

Donc, il l'avait épousée.

Cette nuit-là, après leur baiser, Isabella avait murmuré son nom dans la nuit. Ce soir, la jeune femme demanda :

— As-tu commencé d'enquêter sur cette histoire de faux tableaux dont je t'ai parlé hier ?

Le présent se rappela à Mac comme une douche froide.

— Je t'ai expliqué, Isabella, que je me moque éperdument qu'un quidam imite mes peintures et les signe de mon nom.

— Même s'il les vend ?

— Tant mieux pour lui si ça lui rapporte de l'argent.

Isabella semblait incrédule.

— Mais il ne s'agit pas seulement d'argent, Mac. Il – ou elle – te vole une partie de toi-même.

— Crois-tu ?

Mac se demandait bien quelle partie de lui on pouvait encore lui voler. Isabella avait tout pris lorsqu'elle l'avait quitté.

— Bien sûr. Peindre est toute ta vie.

Non. Peindre avait été toute sa vie. Mais le portrait de Molly était raté. Et les tableaux qu'il avait peints à Paris cet été étaient si mauvais qu'il avait fini par les détruire. Mac devait bien s'y résoudre : son talent l'avait abandonné, lui aussi.

— Tu devrais savoir que je ne me suis mis à la peinture que pour faire enrager mon père, répondit-il, d'un ton qui se voulait léger. C'était il y a longtemps. Aujourd'hui, ce vieux bougre n'est plus là pour me reprocher mon passe-temps.

— Mais tu es tombé amoureux de la peinture, insista la jeune femme. Tu me l'as avoué, un jour. Tu as peint des toiles magnifiques. Ne me dis pas que tu n'en as pas conscience, je ne te croirais pas.

— Mais j'ai perdu le goût de peindre, depuis.

— Pourtant, quand je suis arrivée, hier, tu déployais beaucoup d'énergie avec ton pinceau.

— Pour un résultat, tu l'as toi-même souligné, qui s'est révélé détestable. J'ai demandé à Bellamy de détruire la toile.

— Dieu du ciel ! Ce n'était pourtant pas si horrible. Juste un peu étrange, quand on connaît ton style habituel.

Il haussa les épaules.

— Ce tableau correspondait à un pari. Juste avant que je ne parte pour la France, quelques petits malins fréquentant mon club m'avaient mis au défi de produire une composition érotique. Ils étaient persuadés que je n'y arriverais pas, que j'étais devenu trop prude pour cela.

Isabella éclata de rire. Son rire raviva aussitôt la nostalgie de Mac. Il se remémora avec tristesse la façon dont elle riait, autrefois, dans ses bras.

— Toi ? s'étrangla-t-elle. Prude ?

— J'ai accepté le pari, pour sauver mon honneur, mais je vois bien que je cours au désastre.

Son échec l'affectait bien plus qu'il ne voulait le reconnaître. Hier, Mac avait réalisé qu'il n'était tout simplement plus capable de peindre.

— Qu'arrivera-t-il, si tu perds ? voulut savoir Isabella.

— J'ai oublié les détails. Je suppose que je devrai chanter quelques couplets avec un chœur de l'Armée du Salut, ou quelque chose d'aussi ridicule.

Isabella rit de plus belle.

— C'est parfaitement ridicule, en effet.

— Un pari est un pari.

— Je ne comprendrai jamais rien à cette coutume typiquement masculine. Encore que nous ayons eu l'habitude de nous lancer des défis, à l'Académie de Mlle Pringles.

— J'imagine que Mlle Pringles était choquée.

— Même pas. Juste fâchée. Mais elle découvrait toujours ce que nous tramions.

— Brave Mlle Pringles.

— Ne te moque pas d'elle. C'est une femme très intelligente.

— Oh, ce n'est pas mon intention. Je l'admire, au contraire. Si tu es le produit de son Académie, toutes les jeunes ladies devraient se faire un devoir de la fréquenter.

— Elle n'aurait pas de place pour tout le monde. De toute façon, elle trie les candidates sur le volet.

Cela avait toujours été ainsi entre eux : ils étaient capables de parler de tout et de rien, même des sujets les plus futiles, pendant des heures. Ils s'étaient souvent attardés au lit, à badiner, à rire, à discuter sans fin de n'importe quoi.

Bon sang, comme Mac aurait voulu revivre ces moments d'enchantement !

Isabella lui manquait dans sa chair depuis l'instant fatal où Ian était arrivé avec la lettre.

— Qu'est-ce que c'est ? avait demandé Mac, de mauvaise humeur – il souffrait de migraine, après avoir passé la nuit à boire. Isabella te confie des mots doux, à présent ?

Ian avait regardé ses pieds, n'osant affronter son regard.

— Isabella est partie. Elle t'explique tout dans cette lettre.

— Partie ? Comment cela, partie ?

Mac avait décacheté la lettre et lu les quelques mots terribles qu'elle contenait. *Cher Mac. Je t'aime. Et je t'aimerai toujours. Mais je ne peux plus vivre avec toi…*

Il avait jeté à terre, dans un mouvement de rage, ses pinceaux et ses pigments, sous le regard impassible de Ian. Puis, quand il s'était un peu calmé, il avait relu la lettre et Ian, qui n'aimait pas beaucoup le contact physique, avait posé une main sur son épaule.

— Elle a eu raison de partir, avait-il dit.

Les larmes étaient venues plus tard. Quand Mac, une fois ivre, s'était affalé dans un fauteuil, la lettre roulée en boule posée sur la table à côté de lui.

Isabella frissonna soudain, le tirant de ses pensées.

— Tu as froid ! s'exclama-t-il.

La température avait chuté, et la robe très décolletée d'Isabella pouvait difficilement la protéger de la fraîcheur nocturne. Mac se défit de sa veste, pour la draper sur les épaules de la jeune femme.

Son désir pour elle était intact. La terrasse était déserte. Personne ne pouvait les voir. De toute façon, elle était sa femme, et il avait désespérément envie de la caresser. Danser avec elle avait été une erreur : cela lui avait donné un petit avant-goût d'Isabella, et maintenant, il en voulait plus. Beaucoup plus. Il voulait défaire sa coiffure élaborée, voir ses cheveux flotter librement sur ses épaules, il voulait la dénuder, et il voulait par-dessus tout la voir lui sourire et qu'elle le regarde avec des yeux languides pendant qu'il lui donnerait du plaisir.

Mac l'avait peinte, la première fois, le matin qui avait succédé leur mariage hâtif. Il avait saisi Isabella assise, nue, au bord du lit, les draps enroulés sur elle. Elle avait emporté cette toile lorsqu'elle était partie, et Mac ne lui avait jamais demandé de la lui restituer. Il le regrettait, à présent. Car il aurait pu l'avoir tous les jours sous les yeux. Et mieux se souvenir.

— Isabella, murmura-t-il, et c'était presque un gémissement. Tu me manques tellement.

— Tu me manques aussi, Mac, assura-t-elle, lui caressant la joue.

« Alors, pourquoi m'as-tu quitté ? »

Mais il se retint de poser la question à haute voix. La moindre remontrance ne ferait que raviver le ressentiment de la jeune femme, et c'était bien la dernière chose qu'il désirait.

— Tu ne fais pas assez d'efforts pour qu'elle revienne, lui avait dit Ian, peu de temps auparavant. Je n'aurais jamais cru que tu étais stupide à ce point.

Mais Mac savait qu'il devait procéder par étapes. S'il poussait Isabella dans ses retranchements, elle lui échapperait aussi sûrement que s'il tentait d'attraper un arc-en-ciel dans ses mains.

Il s'éclaircit la voix.

— En fait, dit-il, je t'ai amenée ici pour une raison précise.

Elle sourit.

— Pour que je puisse prendre l'air après notre danse torride ?

— Non. Pour te demander ton aide.

3

D'après ce que nous avons pu apprendre, le lord de Mount Street n'a pas renoncé à son hobby pour la peinture. Il semblerait, au contraire, qu'il peigne avec encore plus de vigueur depuis son mariage.

Mai 1875

Isabella cligna des yeux de surprise.

— Mon aide ? En quoi pourrais-je donc être utile à un aristocrate de ton rang ?

— Oh, ce n'est pas très compliqué, assura Mac. J'ai simplement besoin d'un conseil.

Le sourire qui éclaira les lèvres de la jeune femme incendia les veines de Mac.

— Bonté divine ! Mac Mackenzie demande conseil, à présent ?

— Pas pour moi. Pour un ami.

Tout à coup, son idée lui parut stupide, mais il n'avait pas trouvé mieux.

— Un certain gentleman de ma connaissance souhaite faire la cour à une lady, expliqua-t-il. Je voudrais que tu m'expliques comment procéder.

Isabella haussa les sourcils.

— Pourquoi aurais-tu besoin de mes conseils à ce sujet ?

— Parce que je ne connais pas grand-chose au flirt. Nous nous sommes fait la cour combien de temps, avant notre mariage ? Environ une heure et demie, si je ne m'abuse. Et puis, l'affaire est un peu délicate. La dame en question le déteste. Car cet homme lui a fait beaucoup de mal, quelques années plus tôt. Elle aura besoin d'être cajolée. Beaucoup cajolée.

— Les femmes n'aiment pas forcément être cajolées, objecta Isabella. Elles préfèrent qu'on les admire et qu'on les respecte.

Tu parles ! Elles aimaient surtout qu'on les adore, et que les hommes bavent à leurs pieds.

— Très bien, dit Mac. Que penserais-tu d'un beau cadeau ?

— Les femmes apprécient les cadeaux dès lors qu'il s'agit de marques d'affection. Encore faut-il trouver le cadeau approprié, ce qui ne signifie pas forcément extravagant.

— Mais mon ami est très riche. Et il aime se montrer extravagant.

— Ce n'est pas nécessaire pour impressionner une femme.

Mon œil ! Les femmes roucoulent à la vue d'une rivière de diamants, ou d'une débauche d'émeraudes du même vert que leurs yeux. Mac avait acheté une fois une parure d'émeraudes à Isabella. Il se souvenait encore de leur éclat sur sa peau nue.

— Dans ce cas, je lui expliquerai la différence entre «approprié» et «extravagant», assura-t-il. Quoi d'autre ?

— Le temps. Les femmes ont besoin de temps pour réfléchir. Elles détestent la précipitation.

Le temps. Il avait déjà bien trop coulé, au goût de Mac. Des semaines, des mois, des années, pendant lesquels il aurait pu serrer Isabella contre lui dans son lit, et se repaître de son corps.

— Tu veux dire que mon ami devra prendre son temps pour lui manifester sa dévotion ? Ou que la dame profitera de tout ce temps pour le rendre complètement fou ?

— La dame en question aura besoin de temps pour déterminer si sa dévotion est sincère ou non.

— C'est à la femme d'en décider ?

— Oui, toujours.

Mac paraissait sceptique.

— Les femmes sont donc censées savoir ce que les hommes ont en tête, mieux que les hommes eux-mêmes ?

— Tu m'avais demandé un conseil, lui répliqua Isabella, un peu sèchement.

— Mais à supposer que mon ami soit vraiment amoureux, et qu'il ne doute pas un seul instant de ses sentiments ?

— Si c'était le cas, il ne lui aurait jamais fait de mal par le passé.

Une lueur de chagrin voila furtivement ses beaux yeux verts, et Mac, troublé, dut détourner le regard. Oui, il lui avait fait du mal. Mais Isabella lui avait rendu la monnaie de sa pièce.

— Ce que je te propose, c'est de m'expliquer, point par point, ce que mon ami devrait faire. Donne-moi des leçons de flirt. Et je rapporterai à mon ami ce que j'ai appris.

Mac attendit, tandis qu'elle pinçait les lèvres. C'était sa réaction habituelle, lorsqu'elle réfléchissait, et Mac avait toujours adoré ce léger froncement de sa bouche. Il approchait alors ses lèvres des siennes, jusqu'à ce qu'elle éclate de rire en disant quelque chose comme « Arrête Mac, tu es idiot ! ».

— Tu as très mal commencé, finit-elle par répondre. On ne demande pas à une femme de danser, en l'arrachant au cavalier qu'elle vient juste d'accepter. Et quand elle a chaud, on la raccompagne jusqu'à une chaise, et on va lui chercher un rafraîchissement. On ne l'entraîne pas sur la terrasse, à l'abri du regard des autres.

— Pourquoi donc ?

— Ce n'est plus du flirt, mais de la séduction. Tu aurais pu ruiner la réputation de la dame.

— Ah. Si j'ai bien compris, j'ai échoué à ma première leçon ?

— Presque, répondit-elle, avec un sourire qui le fit chavirer. Mais tu t'es montré très flatteur, ce qui est toujours un bon point en faveur des gentlemen.

— Je pourrais encore faire mieux. Je pourrais te dire que tes cheveux sont une traînée de feu, que tes lèvres sont plus délectables que le plus pur des nectars, que ta voix coule en moi pour réveiller tous mes désirs.

Il la vit déglutir.

— Une lady respectable pourrait se choquer d'images aussi audacieuses.

— J'ai connu une lady parfaitement respectable qui n'hésitait pas à me parler de ses seins, et du jardin extraordinaire qu'elle abritait entre ses cuisses.

— Alors, ce n'était pas vraiment une lady respectable, murmura-t-elle.

Mac se pencha à son oreille.

— Une lady convenable serait-elle choquée d'apprendre que j'ai envie de la posséder, ici et maintenant, sans me soucier de qui pourrait surgir sur cette terrasse ?

Elle battit des cils.

— Je ne pense pas que cela serait très pratique, avec une telle robe.

— Ne me provoque pas, Isabella. Je suis très sérieux.

— Je n'ai jamais su résister à la tentation de te provoquer, répliqua-t-elle, avec un nouveau sourire qui lui pinça encore le cœur. Mais j'ai beaucoup réfléchi à nous deux, Mac. Nous nous sommes si bien renfermés dans notre coquille, toi et moi, que nous ne sommes presque plus capables de nous parler. Nous devrions peut-être nous réhabituer à nous voir, ne plus fuir les soirées où nous sommes tous les deux supposés nous rendre – comme aujourd'hui. Cela nous aiderait sans doute à nous sentir plus à l'aise l'un avec l'autre.

Mac fronça les sourcils.

— Plus à l'aise ? Qu'entends-tu par là ?

— Que si nous étions davantage habitués à la compagnie l'un de l'autre, tu réclamerais moins de choses. Et nous serions tous les deux moins nerveux.

Mac hésitait entre l'envie d'éclater de rire, ou celle d'exploser de rage.

— Bon sang, Isabella, tu ne penses quand même pas que notre difficulté de relation tient uniquement à ce que je te désire ?

— Je sais que ça n'est pas aussi simple que cela. Mais, encore une fois, je suis convaincue que si nous nous… fréquentions plus souvent, nous n'aurions pas ces mêmes frémissements chaque fois que nous nous voyons.

— J'en doute fort, objecta Mac. Je « frémis » pour toi depuis le soir où nous nous sommes rencontrés. Et je ne suis pas près d'arrêter, même si j'avais le bonheur de te glisser tous les soirs dans mon lit.

Isabella paraissait surprise. Se pouvait-il vraiment qu'elle ait pu s'imaginer que la solution à leur dilemme pût être aussi simple ? Que s'ils se croisaient plus fréquemment, Mac ne la désirerait plus ? Certains hommes – des imbéciles, à coup sûr – cessaient de s'intéresser à une femme dès qu'ils avaient couché avec elle. Mais Mac ne se voyait pas réagir ainsi. Pas avec Isabella.

— Ma chère Isabella, reprit-il, avec son sourire de prédateur, je veux bien prendre ta suggestion au pied de la lettre. Tu ne tarderas pas à t'apercevoir de ce qui arrive, quand on veut jouer avec le feu. Désormais, je vais faire en sorte que nous puissions nous voir souvent. Très souvent. Et je te promets que ni l'un ni l'autre n'en sera blasé. J'ajoute que le jour où je pourrai enfin te ramener chez moi, ce sera pour toujours. Et il ne sera pas seulement question d'être « à l'aise » l'un avec l'autre. Nous serons mari et femme, dans toute l'acception du terme. Point final.

Isabella le gratifia d'un regard hautain. C'était tout elle : elle préférait combattre, plutôt que de se plaindre.

— Si je comprends bien, c'est toi qui définis les règles du jeu ?

Mac effleura les lèvres de la jeune femme avec son doigt.

— Tu as tout deviné, ma chère. Et quand j'aurai gagné, car je vais gagner, je te promets que ce sera pour de bon.

Isabella voulut répliquer, mais il la réduisit au silence par un petit baiser furtif.

— Bonne nuit, chérie, dit-il, se redressant. Tu peux garder ma veste.

Et il tourna les talons. Mais la quitter, alors qu'elle était si délectable dans cette robe affriolante, fut l'une des épreuves les plus difficiles qu'il ait jamais surmontées. À chaque pas, il espérait qu'elle le rappellerait, qu'elle le supplierait de revenir, ou même qu'elle l'injurierait.

Mais Isabella ne dit pas un mot.

Mac désirait toujours autant Isabella quand il rentra chez lui. Il grimpa l'escalier jusqu'à son atelier et se figea au milieu de la pièce pour contempler le décor. Son tableau raté était encore accroché au chevalet. Ses pinceaux, parfaitement nettoyés, étaient à leur place sur la table, à côté de sa palette et de ses pigments. Même lorsqu'il s'emportait, et balançait des objets à travers son atelier, Mac prenait toujours grand soin de ses pinceaux. Ils étaient comme une extension de sa main, lui avait un jour assuré le vieux peintre un peu fou qui avait fait son éducation, et ils méritaient donc d'être traités avec respect.

Il entendit, à sa respiration laborieuse, que Bellamy l'avait suivi dans l'escalier. Ôtant sa cravate et sa redingote, il les tendit à son valet, quand celui-ci pénétra à son tour dans la pièce. Bellamy faisait la grimace. Ce n'était pas la première fois que Mac peignait en rentrant d'une soirée mondaine, mais Bellamy lui avait un jour expliqué sèchement, avec son accent faubourien, qu'il ne saurait plus être tenu pour responsable de l'état des vêtements de son maître, si celui-ci s'obstinait à les souiller de peinture à l'huile.

Mac ne se souciait guère de sa garde-robe, ce qui n'était pas le cas de Bellamy, aussi entassa-t-il tous ses vêtements sur les bras de son valet, avant de le congédier. Une fois que Bellamy eut refermé la porte, Mac s'empara du vieux kilt qu'il gardait pour peindre et se drapa dedans.

Puis il jeta le tableau honni par terre, posa une toile vierge sur le chevalet et se mit à dessiner au fusain.

En quelques traits, il esquissa l'image qu'il avait en tête – le visage d'une femme, des yeux remarquables et une ample chevelure cascadant jusque sur les épaules. Se reculant pour apprécier le résultat, il fut lui-même saisi par la beauté et la simplicité du dessin.

Il s'empara alors de sa palette, mélangea les couleurs, et commença à peindre la femme qui l'obsédait. Il multiplia les nuances de blanc pour rendre l'ivoire de sa peau, mais ajouta du noir au vert de ses yeux, afin d'obtenir leur éclat exact.

Il n'avait pas encore terminé lorsque l'aube filtra par la verrière. Son travail enfin achevé, il jeta sa palette sur la table, plongea ses pinceaux dans une solution nettoyante et contempla son œuvre.

Il exultait. Après une longue – trop longue – éclipse, son talent, ou du moins le talent qu'avait distingué chez lui son professeur, ressurgissait.

La femme du tableau pointait le menton d'un petit air de défi. Ses lèvres ébauchaient un sourire. Sa chevelure semblait flamboyer, et elle jetait sur le spectateur un regard à la fois dédaigneux et séducteur. Des boutons de roses jaunes – de ce jaune vibrant, qui était la signature de Mac – pendaient de ses cheveux ébouriffés, comme si elle rentrait, épuisée, d'un bal où elle aurait dansé toute la nuit.

Il n'avait pas peint la robe qu'elle portait hier soir : il s'était contenté de la suggérer par des à-plats de bleu qui remplissaient le bas du tableau.

C'était ce qu'il avait peint de plus beau depuis des années. Le tableau semblait sortir du cadre de la toile, comme s'il était animé d'une vie propre.

Mac promena quelques instants ses doigts encore maculés de peinture au-dessus du portrait de la femme, presque à l'effleurer. Puis il tourna résolument les talons, et quitta l'atelier.

Le lendemain matin, Isabella enfila rapidement ses gants, et vérifia sa tenue dans le miroir de l'entrée. Son cœur battait la chamade, mais elle était déterminée à agir. Si Mac ne voulait rien faire au sujet de ces faux tableaux, elle s'en chargerait à sa place.

Son majordome lui ouvrit la porte.

— Merci, Morton. N'oubliez pas de faire nettoyer la veste de milord, et de la lui faire porter dans l'après-midi.

Puis elle descendit les marches du perron, s'appuya sur la main de son valet et s'installa dans son landau. Quand le véhicule eut démarré, elle s'accorda enfin le droit de souffler un peu.

Elle avait très peu dormi, à son retour du bal des Abercrombie. Le départ de Mac l'avait affectée plus qu'elle ne l'aurait imaginé.

Elle aurait voulu lui courir après, et le supplier de rester. Elle s'était retenue. Mais elle s'était consolée avec sa veste. Isabella s'était couchée avec, la posant sur son oreiller, pour la toucher et se repaître de son odeur. Elle était restée longtemps éveillée, avant de sombrer finalement dans des rêves peuplés des sourires et des baisers de Mac.

À son réveil, elle avait confié la veste à Maude, avec mission de la remettre à Morton pour la faire nettoyer.

Elle ordonna à son cocher de la conduire sur le Strand, à la galerie Crane et Longman. M. Longman n'existait plus depuis longtemps : il était mort, et M. Crane dirigeait désormais seul la galerie, mais ce dernier n'avait jamais retiré le nom de l'enseigne.

C'était un petit homme aux mains douces et parfaitement manucurées. Il accueillit Isabella avec chaleur.

— Monsieur Crane, lui dit-elle, je suis venu vous entretenir de Mac. Parlez-moi encore de ce tableau que vous avez vendu à Mme Leigh-Waters.

Crane pressa ses mains l'une contre l'autre et pencha légèrement la tête, ce qui le fit ressembler à un petit oiseau bien dodu.

— Ah oui, *Rome depuis la colline du Capitole*. Un excellent travail. L'un de ses meilleurs tableaux.

— Pourtant, vous savez bien que Mac ne vend jamais ses tableaux ! Il les a toujours donnés au gré de ses affections. N'avez-vous pas été étonné de voir apparaître celui-ci à la vente ?

— Je dois avouer en effet que j'ai été très surpris quand milord Mackenzie nous a demandé de le vendre, répondit M. Crane.

— Mac aurait décidé lui-même de le vendre ? Qui vous a dit cela ?

M. Crane cligna des yeux.

— Je vous demande pardon ?

— Qui vous a apporté le tableau, en vous expliquant que Mac souhaitait le vendre ?

— Lord Mackenzie en personne.

Ce fut autour d'Isabella de cligner des yeux.

— Vous en êtes sûr ? Mac vous a lui-même remis le tableau ?

— En vérité, pas à moi. J'étais sorti. Mon assistant l'a reçu, et l'a aussitôt inscrit à notre catalogue. Il m'a précisé que lord Mackenzie ne se souciait pas du prix que nous pourrions négocier.

Isabella se sentit tout à coup perdue. Elle avait pensé que la manœuvre serait simple : convaincre M. Crane qu'il avait vendu un faux et lui demander de proposer des compensations financières. À présent, elle s'interrogeait. Mac avait-il réellement peint le tableau en question, avant d'ordonner de le vendre ? Et dans ce cas, pourquoi ?

— Votre assistant connaît-il Mac de vue ? Je suppose qu'il n'aura pas conclu que le vendeur était Mac Mackenzie sans le lui avoir demandé ?

— Milady, j'étais aussi surpris que vous, mais mon assistant m'a décrit précisément son visiteur. J'ai reconnu lord Mackenzie jusque dans sa façon nonchalante de parler de son art. Un tel détachement, alors qu'il possède autant de talent ! Je dois avouer que j'étais très heureux d'avoir obtenu une toile de sa part.

Isabella ne savait plus quoi dire. Elle était convaincue, en arrivant à la galerie, que Mac n'avait pas pu peindre cette vue de Rome. Mais, à bien y réfléchir, Mac n'avait ni confirmé ni infirmé qu'il en était l'auteur, lorsqu'elle lui en avait parlé.

— Ah, milord ! s'exclama M. Crane, avec un grand sourire. Vous tombez bien. Nous parlions justement de vous, et de cette ravissante petite vue de Rome. Bienvenue dans mon humble galerie.

Isabella se retourna vivement. L'imposante carrure de Mac bloqua la porte.

Il entra dans la galerie, ôta son chapeau et décocha à Isabella un sourire qui lui coupa le souffle.

— Expliquez-moi, Crane, ce qui vous a pris de vendre des faux tableaux signés de mon nom ?

4

Le nouveau marié de Mount Street a offert à sa jeune épouse un ravissant cottage dans le Buckinghamshire, où elle profite des beaux jours pour donner des garden-parties de charité. La meilleure société a déjà pris l'habitude de fréquenter ces réceptions de plein air.

Juillet 1875

M. Crane bafouillait, mais Mac n'éprouvait déjà plus aucune colère contre le galeriste. Toute son attention était concentrée sur Isabella. Elle portait une toilette toute simple, pour le matin, marron et crème, mais elle resplendissait autant que lorsqu'elle était parée de sa robe de bal en satin et ornée de ses diamants.

Si Mac devait la peindre dans ce costume, il utiliserait la terre de sienne pour la robe, toute la palette des jaunes pour ses garnitures, et il mettrait un peu de rose dans l'ivoire de sa peau.

— Mac, j'expliquais à M. Crane…

Il ne l'écoutait pas. Ou plus précisément, il n'écoutait pas ce qu'elle disait : il n'entendait que sa voix, si mélodieuse, dont la moindre intonation faisait chavirer son cœur.

— Milord, objecta M. Crane, vous nous avez apporté vous-mêmes les tableaux.

— *Les tableaux ?* répéta Mac. Vous voulez dire qu'il y en a plusieurs ?

— Bien sûr. J'en ai un autre ici.

M. Crane disparut quelques instants dans une réserve et revint avec une toile encadrée, à peu près aussi grande que lui. Mac se débarrassa de son chapeau et de sa canne et l'aida à poser le tableau contre un mur.

C'était une vue de Venise. Deux hommes manœuvraient une gondole au premier plan, tandis que les immeubles bordant le Grand Canal se fondaient dans le brouillard – c'était à peine si on apercevait leurs reflets à la surface des eaux sombres.

— L'une des plus belles toiles de votre période vénitienne, milord, commenta M. Crane.

Mac devait reconnaître qu'il s'agissait en effet d'un beau travail. La composition était équilibrée, les couleurs choisies avec soin, et le jeu des ombres et des lumières témoignaient de beaucoup de subtilité. Mac avait peint plusieurs vues du Grand Canal, lorsqu'il avait séjourné à Venise après le départ d'Isabella. Mais il n'avait pas peint celle-ci.

Isabella se mordillait la lèvre inférieure.

— C'est un faux, n'est-ce pas ? demanda-t-elle à Mac, qui brûlait plus que jamais du désir de l'embrasser.

— Je n'ai pas peint cette toile, Crane. Vous vous êtes fait avoir.

— Pourtant, vous l'avez signée ! se récria M. Crane, pointant un coin du tableau.

Mac se pencha et put lire *Mac Mackenzie*. L'écriture ressemblait effectivement à la sienne.

— On dirait ma signature, pour sûr, dit-il, se redressant.

Reculant d'un pas pour profiter d'une vue d'ensemble, il ajouta :

— Et c'est plutôt réussi, comme travail.

— Réussi ? explosa Isabella. Mac, *c'est* un faux !

— Oui, mais un faux d'excellente facture. Celui qui a fait ça peint presque mieux que moi.

M. Crane était effondré. Il regardait par-dessus son épaule, comme s'il craignait que la police ne fasse irruption à tout moment, pour l'envoyer moisir au fond d'un cachot.

— Milord, mon assistant m'a juré que vous aviez vous-même apporté ces toiles !

— Monsieur Crane... commença Isabella.

— Ne l'accable pas, chérie, la coupa Mac. Moi-même, c'est à peine si je vois la différence.

— Mais moi, je la vois !

— Parce que ton œil est exercé. Combien de toiles avez-vous prises, au juste, Crane ?

— Uniquement ces deux-là, répondit M. Crane, d'une toute petite voix. Mais j'ai bien peur d'en avoir réclamé d'autres.

Mac éclata de rire. La situation ne manquait vraiment pas de piquant. Cela faisait plus de trois ans qu'il n'avait pas été capable de réaliser une bonne toile, et voilà que ce faussaire non seulement peignait mieux que lui, mais lui donnait en plus tout le crédit de son travail.

— Par curiosité, combien Mme Leigh-Waters vous a donné pour sa vue de Rome ?

— Mille guinées, milord, murmura M. Crane.

Mac siffla et rit de plus belle.

— C'est du vol ! s'emporta Isabella, le fusillant du regard.

Mac s'essuya les yeux.

— Eh bien, Crane, j'imagine que vous avez dû vous réjouir de votre commission ! Mais qu'est devenu ce paiement, au fait ? Je suppose que notre faux « Mac Mackenzie » aura récupéré sa part ?

M. Crane semblait à présent très troublé.

— Le plus étonnant, dans l'histoire, milord, c'est qu'il n'est jamais venu réclamer son dû. Et il n'a laissé ni adresse ni nom de banque où nous aurions pu lui faire parvenir l'argent. Or, cela remonte déjà à trois mois.

— Bizarre, fit Mac. Supposons qu'il finisse par se manifester…

— Vous devrez contacter immédiatement milord, intervint Isabella, admonestant M. Crane.

— Non, objecta Mac. Laissons ce type empocher l'argent. Il doit en avoir plus besoin que moi.

— Mais, Mac…

— Après tout, c'est lui qui a fait le boulot.

Mac n'aurait pas su dire si Isabella était plus belle lorsqu'elle souriait, ou lorsqu'elle écumait de rage. Ses joues s'étaient empourprées, ses prunelles émeraude brillaient d'un éclat intense, et sa poitrine gonflait délicieusement le bustier de sa robe.

— Et pour Mme Leigh-Waters? interrogea M. Crane. Je vais bien être obligé de lui avouer la vérité.

Mac haussa les épaules.

— Quelle raison auriez-vous de le faire? Ma femme m'a expliqué qu'elle était enchantée de son acquisition. Pourquoi la priver de son bonheur?

Il récupéra sa canne et son chapeau, avant d'ajouter:

— En revanche, soyez plus prudent à l'avenir, si un autre Mac Mackenzie vous apporte des toiles. Je ne vends jamais les miennes. Je ne vois pas l'intérêt de faire payer les gens pour mes barbouillages.

— Des barbouillages? se récria M. Crane, indigné. Mais on vous surnomme le Manet anglais, milord!

— Les gens sont décidément idiots, conclut Mac. Bien le bonjour, Crane.

Et, offrant son bras à Isabella, il lui lança:

— Chérie, nous y allons?

À sa grande surprise, Isabella prit son bras sans protester et le laissa l'escorter dans la rue, où il s'était mis à pleuvoir.

Isabella aurait voulu ne pas perdre contenance pendant que Mac l'aidait à monter dans son landau. Hélas, sa poigne ferme et musclée, quand il la souleva dans ses bras, lui fit perdre le fil de ses pensées.

Elle s'installa sur les coussins, s'attendant à entendre la portière se fermer et Mac lui dire au revoir. Mais il monta à côté d'elle.

La jeune femme s'obligea à ne pas sursauter.

— N'as-tu donc pas de voiture?

— La tienne me convient très bien pour le moment.

Isabella médita une réponse acerbe, mais des gouttes d'eau tombèrent de son chapeau sur son manteau.

— Oh, zut! La pluie va abîmer mon nouveau chapeau.

— Enlève-le.

Mac jeta son propre chapeau sur la banquette d'en face, tandis que l'attelage s'ébranlait. La pluie tambourinait sur la toiture en toile de l'habitacle, avec un bruit sourd qui semblait faire écho aux battements de cœur d'Isabella.

Elle retira les épingles de son chapeau, l'ôta, et l'essuya avec son mouchoir. Les plumes d'autruche qui l'ornaient étaient déjà trempées, mais Maude pourrait sans doute les récupérer. Puis elle se pencha, pour déposer le chapeau à côté de celui de Mac. Quand elle se redressa, Mac avait étendu son bras sur sa moitié de dossier.

Isabella se figea. Autrefois, elle aimait se blottir contre lui lorsqu'ils voyageaient ensemble, comme s'il était une grande peau d'ours qui l'aurait protégée et réchauffée.

Mac la regardait avec un sourire amusé. Il savait très bien pourquoi elle restait immobile, le dos droit, sans s'appuyer à son dossier.

— Et ton cocher? demanda-t-elle.

— Il connaît le chemin pour rentrer à la maison. Il y habite depuis plusieurs années.

— Très drôle, répliqua-t-elle, avant d'essayer une autre tactique : quelle idée t'a pris de dire à Crane que le faussaire pouvait garder l'argent ? Pourquoi devrait-il tirer profit de son activité illégale ?

Mac haussa les épaules.

— Pour l'instant, il n'a même pas cherché à récupérer le produit de la vente. Peut-être vise-t-il un autre but que l'argent ? Ou bien il sait qu'il vendra mieux ses toiles en se servant de mon nom.

— Ton nom, ton style et tes couleurs. Comment a-t-il pu obtenir la formule de ton jaune ? Tu l'as toujours gardée secrète.

Mac haussa de nouveau les épaules, d'un air d'indifférence.

— Et puis, rien ne dit que c'est un homme. Il pourrait tout aussi bien s'agir d'une femme.

— Crane m'a expliqué que c'était un homme se faisant passer pour toi qui avait déposé les toiles à la galerie.

— La faussaire pourrait avoir un complice masculin. Quelqu'un qui me ressemble.

Il se prélassait sur la banquette, comme s'il n'y avait pas la moindre tension entre eux. Et aujourd'hui, Mac portait un pantalon plutôt qu'un kilt. Isabella était déçue.

— Pourquoi cette affaire ne te soucie-t-elle pas plus que cela ? voulut-elle savoir.

Mac soupira.

— Est-il vraiment nécessaire de revenir là-dessus ? Cette partie de ma vie appartient au passé.

— Ne dis pas de bêtises.

— Nous ferions mieux de changer de conversation, répliqua Mac, dont le visage s'était soudain fermé. Comment se passe ta matinée, chérie ? As-tu reçu du courrier intéressant, aujourd'hui ?

Il affichait l'air buté des Mackenzie. Dans ces conditions, il était inutile d'espérer lui arracher le moindre mot sur un sujet dont il ne souhaitait pas parler.

53

— J'ai reçu une lettre de Beth. Ian et elle se portent à merveille. Beth me manque, avoua-t-elle, sans chercher à cacher sa tristesse.

Beth était une jeune femme charmante, et Isabella était très heureuse de pouvoir la considérer comme sa nouvelle sœur. Elle n'avait plus revu sa vraie petite sœur, Louisa, depuis le soir où elle avait épousé Mac. Sa famille l'avait répudiée, le comte de Scranton n'ayant jamais admis que sa fille ait pu s'enfuir *avec un Mackenzie*. Les Mackenzie avaient beau être riches, ils étaient imbus d'eux-mêmes, débauchés et, pire que tout, écossais. Louisa avait maintenant dix-sept ans, et elle ne tarderait plus à faire son entrée dans le monde. Une perspective qui serrait le cœur d'Isabella.

— Tu verras Beth à Doncaster, répondit Mac. Du moins, si tu consens à quitter Londres pour t'y rendre.

— Il n'est pas question que je n'y aille pas. Je n'ai jamais manqué une course de la Saint-Léger. Mais crois-tu que Beth puisse venir ? Son bébé…

— Puisqu'il n'est pas encore né, j'imagine qu'il l'accompagnera forcément.

— Très amusant. Ce que je me demandais, c'est si elle voudrait prendre le risque de voyager. Même en train.

— Ian la couvera comme un aigle couve sa nichée. J'ai toute confiance en lui là-dessus.

Mac n'avait pas tort. Ian ne perdait jamais Beth très longtemps de vue. Et depuis que Beth avait annoncé qu'elle était enceinte, il la protégeait encore deux fois plus. Beth roulait parfois des yeux, l'air exaspéré, mais en même temps elle se réjouissait d'être autant aimée.

— Quand même elle devra bien faire attention à ne pas se fatiguer, dit-elle.

Sa voix se brisait. Sentant qu'elle était au bord des larmes, elle se massa la gorge, dans l'espoir de faire refluer ses sanglots.

Elle était trop fatiguée. À cause de sa nuit blanche. Mais elle ne pleurerait pas devant Mac. Elle se l'était juré.

— Chérie, dit-il, d'une voix caressante, tu te fais du mal.

Isabella essuya d'un geste impatient les deux larmes qui avaient perlé à ses yeux.

— Je suis heureuse pour Beth. Je ne souhaite que son bonheur.

— Chut, murmura Mac, l'enlaçant.

— Arrête, dit-elle. Je ne suis pas en état de me débattre maintenant.

— Je sais, murmura-t-il encore, posant sa joue sur ses cheveux. Je sais.

Sa voix tremblait. Et Isabella vit qu'il avait lui aussi les larmes aux yeux. Cette tragédie avait été autant celle de Mac que la sienne. Ils partageaient encore un même chagrin.

— Oh, Mac, je ne sais pas pourquoi je pleure, dit-elle, lui essuyant la joue. C'était il y a si longtemps.

— Moi, je sais.

— Ne parlons plus de cela, je t'en prie. Je ne m'en sens pas la force.

— Ne t'inquiète pas. Je ne cherche pas à te mettre mal à l'aise.

Ses yeux étaient encore humides. Isabella noua ses bras à son cou et lui massa la nuque, sachant que cela l'aidait à se détendre. Une larme coula jusque sur ses lèvres et la jeune femme, instinctivement, l'embrassa.

Leurs lèvres se rencontrèrent, s'accrochèrent. Celles de Mac s'entrouvrirent, et Isabella put goûter à sa langue. Ce n'était pas de la séduction : ils s'embrassaient pour se réconforter mutuellement.

Même après plus de trois ans de séparation, tout, chez Mac, était encore familier à la jeune femme. La texture à la fois douce et rugueuse de ses cheveux, celle de sa langue, la brûlure de ses poils de barbe sur ses lèvres. Rien n'avait changé.

Il y avait une différence, cependant. La bouche de Mac ne sentait plus le whisky. Elle avait l'odeur de Mac.

Leurs lèvres s'effleurèrent une dernière fois, puis Mac se redressa sur son siège.

— Isabella, chuchota-t-il, la voix empreinte de tristesse.

— Non, Mac. S'il te plaît.

Il comprenait, bien sûr, ce qu'elle voulait dire.

— Je n'utiliserai pas ce moment de faiblesse dans notre guerre, lui dit-il, pour la rassurer. Je ne te ferai jamais cela.

— Merci.

Elle soupira de soulagement. Mac esquissa un sourire, et lui vola un ultime baiser.

— Au fait, et mon veston ?

— Morton devait se charger de le nettoyer. Tu devrais bientôt le récupérer.

Mac s'adossa plus confortablement à son siège.

— Je me suis laissé dire que tu avais dormi avec. N'oublie pas que les ragots circulent vite, entre domestiques. Ils disposent de systèmes de communication que nous envieraient les généraux prussiens. Quoi qu'il en soit, ma veste a eu bien de la chance.

— C'est ridicule, répliqua Isabella, dont le cœur battait plus vite. J'ai posé ta veste sur mon lit en rentrant hier soir. Et je me suis endormie en oubliant de la ranger. C'est tout.

— Je vois, fit Mac, avec un sourire entendu.

Isabella lui jeta un regard hautain.

— Tu sais bien comment sont les domestiques, quand ils se mettent une idée dans la tête. L'histoire grossit un peu plus chaque fois qu'ils la colportent.

— Les domestiques ont beaucoup d'intuition, chérie. Ils sont souvent plus malins que leurs maîtres.

— Je voulais simplement dire qu'il ne fallait pas prendre tout ce qu'ils racontent pour argent comptant.

— Certes non. Puis-je t'emprunter un gant, que je poserai ce soir sur mon oreiller ? Tu peux refuser, bien sûr.

— Je refuse. Avec la dernière énergie.

— Je voulais simplement divertir mes domestiques.

— Dans ce cas, offre-leur des billets pour le cabaret.

Le sourire de Mac s'élargit.

— Bonne idée. Comme cela, j'aurai la maison pour moi tout seul le temps d'une soirée. Je pourrais peut-être en profiter pour inviter quelqu'un.

Isabella s'obligea à ne pas prendre la mouche.

— Tes amis apprécieront certainement une bonne partie de billard. En buvant du whisky Mackenzie.

— Une partie de billard... répéta Mac, songeur. Oui, pourquoi pas, à condition de disposer de bons partenaires. Nous pourrions nous lancer quelques paris intéressants.

— Tu aimes trop t'écouter parler, Mac. Explique-moi plutôt pourquoi tu te désintéresses à ce point de cette histoire de faux tableaux.

Mac cessa de sourire.

— Abandonne ce sujet, Isabella. Je le bannis de notre jeu.

— Ce n'est pas un jeu. Il s'agit de ton art. De ta vie.

Mac se pencha vers elle. Au même moment, l'attelage ralentit. Isabella n'avait aucune idée de l'endroit où ils se trouvaient, mais elle n'avait pas non plus l'énergie d'écarter le rideau pour le découvrir.

— Si, chérie, c'est un jeu. Mais c'est le jeu le plus sérieux auquel j'aie jamais participé de ma vie. Et j'ai la ferme intention de gagner. Je vais te récupérer, Isabella. Dans ma vie, dans ma maison et dans mon lit.

Isabella n'osait pas bouger de crainte de se laisser aller.

Ses yeux, couleur de cuivre, étaient implacables. Quand il la regardait ainsi, elle n'avait aucune peine à croire que ses ancêtres aient pu gouverner les Highlands, et qu'ils aient pour ainsi dire soumis l'Angleterre, afin de la donner aux Stuart. Mac était un homme décadent admis dans les meilleures maisons. Mais lorsqu'il avait ce regard déterminé, les gentlemen qui l'invitaient chez eux s'abstenaient de le contredire : ils comprenaient qu'il ne faisait pas bon se mettre en travers de son chemin.

Isabella, cependant, releva fièrement le menton. Le moindre signe de faiblesse de sa part lui serait fatal.

— Très bien, dit-elle. Dans ce cas, j'ai l'intention de découvrir qui est le faussaire. C'est peut-être ton jeu, mais j'entends imposer moi aussi mes règles.

Il n'aimerait pas cela, bien sûr, mais Isabella connaissait assez Mac pour savoir qu'il ne fallait jamais le laisser seul à la manœuvre. Sinon, elle ne tarderait pas à capituler.

Cependant, il la surprit avec un geste vague de la main, comme pour témoigner de son indifférence.

— Si tu y tiens... dit-il, d'un ton conciliant. De toute façon, fais ce que tu veux, je m'en moque.

— C'est exactement ce que j'ai pensé, quand tu m'as abandonnée l'autre soir, chez les Abercrombie.

Le sourire éclatant de Mac fit comprendre à la jeune femme qu'elle avait eu tort de lui faire cette confession. Du reste, elle n'avait pas prémédité sa sortie : sa phrase lui avait en quelque sorte échappé. Mais c'était bien ce qu'elle avait pensé sur le coup, quand elle s'était retrouvée seule sur la terrasse, à frissonner de froid et de colère. « Je m'en moque, Mac Mackenzie, avait-elle murmuré. Je m'en moque. »

— Je ne peux pas résister à pareille invitation, dit-il, prenant le visage de la jeune femme dans ses mains.

Et il s'empara de ses lèvres. Sans la moindre tendresse, cette fois. C'était un baiser impérieux, dominateur, destiné à la mater. À son grand désarroi,

Isabella se surprit à lui rendre son baiser avec la même voracité.

Finalement, Mac s'écarta.

— Et tu n'as encore rien vu, lui dit-il, ses mots résonnant comme une promesse.

Isabella aurait voulu lui opposer une réplique cinglante, mais elle n'avait provisoirement plus de voix. Mac lui décocha un sourire de triomphe, récupéra sa canne et son chapeau et ouvrit la portière du landau, qui entre-temps s'était immobilisé.

Isabella vit qu'ils s'étaient arrêtés à cause d'un embouteillage, sur Piccadilly. Mac sauta à terre.

— À bientôt, dit-il, remettant son chapeau. J'attends avec impatience notre prochaine rencontre. Je te laisse le soin de choisir le champ de bataille.

Isabella le regarda s'éloigner sur le trottoir, jusqu'à ce que le valet referme la portière. Elle souleva alors le coin du rideau, mais la silhouette de son mari s'était fondue dans la foule.

Mac détestait les concerts mondains, pourtant il fit une exception et s'habilla pour se rendre à celui donné chez Isabella, le surlendemain soir. Depuis leur dernière rencontre, il avait passé deux nuits blanches, à revivre en image leurs baisers dans le landau. Plus exactement, ses visions fiévreuses allaient chaque fois bien au-delà du simple baiser sur la bouche : il lui dégrafait son bustier, pour lécher ses seins crémeux.

Désirer – sans succès – sa propre épouse était une expérience beaucoup plus frustrante que désirer une inconnue. Car Mac savait exactement à quoi ressemblait Isabella sans ses vêtements. Durant leur mariage, il avait très souvent congédié Maude, pour la déshabiller lui-même. Aussi se rappelait-il avec précision ce qui se dévoilait à ses yeux une fois envolés les bustiers, jupes, corsets, panties et autres vêtements.

La nuit qui avait suivi leur rencontre chez Crane, puis leur délicieux trajet en landau, Mac qui ne parvenait pas à trouver le sommeil avait fini par se lever. Il avait ensuite grimpé dans son atelier, pour peindre jusqu'à l'aube.

Cette fois, il avait représenté Isabella sur son lit – le sien, pas celui de la jeune femme – endormie, couchée sur le côté. Il avait peint de mémoire, la montrant dans une posture détendue, un sein légèrement comprimé sur les draps, et ses bras étirés en travers de l'oreiller. Son visage demeurait en partie caché par ses cheveux, et une autre toison – à peine moins flamboyante que ses mèches – s'apercevait entre ses cuisses.

Comme pour le portrait d'Isabella en robe de bal, Mac avait juste esquissé l'arrière-plan. Et les seuls vrais éclats de couleur étaient concentrés sur les cheveux et les lèvres de la jeune femme. Ainsi que sur une rose jaune dans un soliflore – Mac peignait des roses jaunes dans tous ses portraits d'Isabella. Il avait signé la toile, puis il l'avait placée à côté de la précédente, le temps qu'elle sèche.

Tandis que Bellamy boutonnait son veston noir qu'il porterait avec le kilt des Mackenzie, Mac se demandait à présent s'il serait capable de se trouver dans la même pièce qu'Isabella sans risquer de gonfler son kilt par une protubérance un peu trop voyante. Il n'avait pas reçu d'invitation pour le concert, mais bien sûr il ne comptait pas s'arrêter à ce détail.

— Laissez-moi entrer, Morton, dit-il au major-dome d'Isabella, lorsqu'il arriva à sa demeure de North Audley Street.

Morton avait autrefois travaillé pour Mac, mais le majordome s'était entiché d'Isabella et de son autorité pour gouverner une maisonnée. Même à dix-huit ans, Isabella avait tout de suite compris que Mac était incapable de diriger convenablement ses domestiques, et elle avait commencé de modifier l'organisation de son personnel dès le lendemain de son arrivée. Mac lui avait volontiers tendu les rênes. Mais quand Isabella était partie, Morton l'avait suivie.

Morton jeta un regard hautain à Mac. Il était pourtant plus petit que Mac, cependant il réussissait toujours ce prodige de le considérer de haut.

— Milady a précisé que le concert était uniquement sur invitation, milord.

— Je m'en doute, Morton. Mais ne perdez pas de vue que c'est moi qui paie vos gages.

Morton détestait qu'on s'abaisse à parler vulgairement d'argent. Son regard se fit encore plus hautain.

— Sur invitation *uniquement*, milord.

Mac le fusilla du regard, mais Morton ne se laissait pas facilement intimider. Il refusa de s'effacer pour le laisser entrer, bien qu'il fût parfaitement conscient que Mac, s'il le désirait, pourrait le soulever d'une main, pour le pousser de côté.

— Très bien, lâcha finalement Mac. Dites à Milady qu'elle a un très bon chien de garde.

Il souleva son chapeau, pour saluer une dame replète affublée de gigantesques plumes d'autruche sur la tête, qui venait juste d'arriver. Apparemment, la dame avait assisté avec un certain plaisir à sa rebuffade par le majordome d'Isabella.

Mac descendit les marches du perron en sifflotant, contourna la maison… et pénétra à l'intérieur par la porte des cuisines. Les domestiques se figèrent de surprise en le voyant. La cuisinière, occupée à glacer des petits-fours, s'immobilisa, et une goutte de glaçage tomba de sa cuiller et s'écrasa sur la table. Une de ses aides poussa un petit cri et lâcha son torchon, qui atterrit par terre.

Mac ôta son chapeau et ses gants et les tendit à un valet.

— Je vous les confie, Matthew, prenez-en soin, lui dit-il. Ça ne vous embête pas si je vous prends un petit-four, madame Harper ? Ils ont l'air délicieux. Merci beaucoup, vous êtes une brave femme.

Tout en parlant, Mac s'était emparé d'un gâteau qu'il enfourna dans sa bouche, avec un petit clin d'œil complice pour la cuisinière. Mme Harper avait débuté sa carrière bien des années plus tôt, en tant qu'aide-cuisinière à Kilmorgan. Elle rougit comme une écolière.

— Arrêtez de me faire marcher, milord !

Mac avala le petit-four en montant l'escalier de service, et se lécha les doigts juste avant de pousser la porte qui donnait dans le hall. Il se retrouva nez à nez avec la dame aux plumes d'autruche. Il lui sourit, et lui fit signe de le précéder dans le salon.

5

Des signes de tension semblent perceptibles au domicile de notre lord écossais et de sa jeune épouse. Le lord en question a disparu depuis quelques semaines. Il se trouverait à Paris. Son épouse continue de recevoir marquises et actrices comme si de rien n'était. L'absence du maître de maison est expliquée avec désinvolture par son désir de fréquenter les peintres montmartrois.

Octobre 1875

Isabella plissa légèrement les yeux en apercevant Mac, mais ce fut là le seul signe notable de son exaspération. Une litanie de gouvernantes et l'Académie de Mlle Pringles lui avaient appris à demeurer une charmante hôtesse en toutes circonstances, même – et surtout – si un désastre était en vue.

Isabella continua donc de converser avec ses invités, sans regarder une seule fois en direction de Mac. Celui-ci enviait le sourire dont elle gratifiait ces gentlemen et ces ladies, lui qui avait toujours aimé être le point de focalisation de ses charmants yeux verts.

Elle portait une robe de satin rouge bordeaux, qui avait des reflets moirés lorsqu'elle se mouvait. Sa poitrine débordait presque de son décolleté, attirant irrésistiblement le regard de Mac – et de tous les autres hommes présents. Irrité, Mac en conclut qu'il lui faudrait tuer quelques personnes d'ici la fin de la soirée.

Le grand salon était noir de monde, les réceptions d'Isabella étant toujours très prisées. Mac salua des ambassadeurs, des princesses étrangères et diverses connaissances. Les artistes lancés par Isabella pouvaient se targuer d'une assistance choisie. Mais c'était aussi parce qu'elle avait acquis, au fil des années, la réputation d'avoir un très bon goût. Et si sa famille ne lui adressait plus la parole, le reste de la bonne société n'avait aucune raison de la rejeter. Même sa séparation d'avec Mac avait été bien acceptée. Du reste, elle était encore officiellement sa femme. Et les Mackenzie étaient fabuleusement riches. Hart était le deuxième duc du pays – sans compter, bien sûr, les ducs de la famille royale. Tous les ambitieux cherchaient à l'approcher. Quitte, pour cela, à fréquenter les concerts donnés par sa belle-sœur.

Mac n'avait jamais compris qu'Isabella puisse aimer qu'autant de monde assiste à ses soirées. Mais il devait avouer qu'il n'avait jamais non plus vraiment cherché à savoir ce qu'elle aimait, ou ce qu'elle n'aimait pas.

En revanche, il n'eut pas besoin de se tourner pour deviner qu'elle se tenait à présent à côté de lui. Même avec un bandeau sur les yeux, il serait capable de reconnaître sa présence au milieu des sables d'Égypte.

— C'est bizarre, dit-elle, de sa voix chantonnante. Je ne me souviens pas d'avoir vu ton nom sur ma liste d'invités.

Mac se tourna finalement. Elle avait piqué sa coiffure de boutons de roses jaunes, et elle arborait, comme chez lord Abercrombie, un collier de diamants sur sa poitrine. C'était la beauté incarnée. Même lorsque ses yeux trahissaient – comme à cet instant – son irritation.

— Pourquoi n'assisterais-je pas aux concerts organisés par mon épouse ? répliqua Mac.

— Mais pour assister à mes concerts, il faut une invitation. Et tu n'en as pas reçu. Je suis bien placée pour le savoir : je les ai écrites moi-même.

— Ne t'en prends pas à Morton. Il a fait de son mieux pour ne pas me faire entrer.

— Oh, je peux facilement deviner comment tu t'y es pris.

Mac haussa les épaules, feignant la désinvolture. Mais il avait les paumes moites.

— Maintenant que je suis dans la place, autant me rendre utile. À qui voudrais-tu me voir faire du charme ?

Isabella plissa un peu plus les yeux. Elle ne lui ferait pas de scène. Pas en public. Elle était trop bien élevée pour cela.

— La princesse de Brandebourg et son mari. Ils n'ont pas beaucoup de fortune, mais ils sont très lancés dans le monde, et ils ont beaucoup d'influence. Je crois savoir que l'Écosse les fascine. Comme tu portes ton kilt, tu devrais facilement les impressionner.

— Tes désirs sont des ordres, mon amour. Je vais jouer les Écossais dans les grandes largeurs.

Isabella posa sa main sur son bras, avec un grand sourire, et Mac sentit son cœur bondir dans sa poitrine. Il devinait, cependant, que ce sourire ne lui était pas destiné : Isabella s'était aperçue qu'ils étaient devenus le centre de toute l'attention, et elle voulait simplement donner le change. S'il le fallait, elle sourirait jusqu'à ce que sa mâchoire se coince, pour empêcher les gens de colporter une éventuelle dispute entre Mac Mackenzie et son épouse.

— N'en fais pas trop non plus, Mac, dit-elle. C'est la soirée de Mme Monroe, et je ne voudrais pas que quelqu'un d'autre lui ravisse la vedette.

— Mme *qui* ?

— La soprano. Tu connaîtrais son nom, si tu avais reçu un carton d'invitation.

— Je suis venu ici pour une raison précise, chérie – à part te rendre folle d'amour, bien sûr. Je voulais que tu saches que je ne suis pas resté à me tourner les pouces au sujet de cette histoire de faussaire.

Le sourire d'Isabella devint plus sincère.

— C'est vrai ? As-tu appris quelque chose ?

— J'ai tout raconté à l'inspecteur Fellows, de Scotland Yard, en précisant bien que je ne souhaitais pas ébruiter l'affaire. Je n'ai pas porté plainte. Il n'y a donc pas d'enquête « officiellement » ouverte.

— Je vois, fit-elle.

Elle semblait sceptique, et son regard se porta sur un groupe d'invités qui entouraient la soprano – laquelle semblait très nerveuse.

— Je pensais que tu serais ravie d'apprendre que je ne prends plus cette histoire à la légère, insista Mac.

Comme toujours, elle lut clairement dans ses intentions.

— Tu la prends toujours à la légère. Sinon, tu ne l'aurais pas confiée à Fellows en lui demandant de ne pas l'ébruiter.

— Ces messieurs de Scotland Yard sont très doués pour obtenir des informations en toute discrétion. Tu le sais très bien.

— Et tu as un don pour ne pas faire ce qui ne t'intéresse pas. Accompagne donc la princesse à son siège. Nous allons bientôt commencer.

Elle s'éloigna. Mac regrettait déjà de ne plus sentir sa chaleur à son côté.

Mme Monroe chanta dans un silence religieux. Mais dès qu'elle eut terminé, la salle retentit d'applaudissements et de « Bravo ! ». Isabella remarqua que même Mac était sous le charme, son éternelle grimace sardonique ayant cédé la place à un sourire appréciateur.

Mais bon sang, pourquoi ne pouvait-elle pas s'empêcher de regarder dans sa direction ? Elle ne croyait pas une minute qu'il ait décidé d'assister à son concert pour lui apprendre qu'il avait informé la police. Un petit mot aurait suffi. Non, Mac était venu pour la tourmenter, et lui démontrer qu'elle ne pouvait l'exclure de sa vie que lorsqu'il le souhaitait lui-même. Ce soir, il avait prouvé que même son dévoué majordome ne pouvait pas lui interdire l'accès à sa maison.

Les invités commençaient à se presser autour de Mme Monroe. Sa carrière était lancée. Isabella décida de l'abandonner à ses admirateurs, et jeta un coup d'œil au siège qu'avait occupé Mac. Il était vide.

Zut ! Isabella détestait le savoir en maraude dans la maison, sans pouvoir le localiser précisément – c'était comme savoir qu'une guêpe voletait librement dans les pièces. Elle décida de le retrouver.

— Tu as vraiment un don pour découvrir de nouveaux talents, Isabella.

Isabella s'obligea à se tourner vers Ainsley Douglas, une ancienne condisciple de l'Académie de Mlle Pringles. Ainsley s'habillait encore en noir, près de cinq ans après la mort de son mari. Mais la beauté de son visage, encadré de magnifiques cheveux blonds, ne s'était pas altérée.

— Je crois en effet qu'elle fera une belle carrière, répondit-elle distraitement, cherchant toujours Mac du regard.

— Je voulais que tu saches, Isabella, que j'ai parlé à ta mère, hier, à Burlington Arcade.

Cette fois, Isabella concentra toute son attention sur Ainsley. Son amie la regardait avec un regard neutre, consciente que nombre d'invités pouvaient les observer. Mais Ainsley avait toujours très bien su donner le change. Quand la cuisinière de Mlle Pringles demandait qui avait dérobé des gâteaux dans le garde-manger, aucune élève ne paraissait plus innocente ni surprise qu'Ainsley. Depuis, elle était entrée au service de la reine Victoria, mais elle n'avait rien perdu de sa malice.

— Ma mère? répéta Isabella.

— Oui. Et aussi à ta sœur, Louisa.

Isabella sentit une boule se former dans sa gorge. Elle n'avait plus été autorisée à revoir sa mère ni sa petite sœur depuis le soir où elle s'était enfuie avec Mac. Cela faisait maintenant plus de six ans que son père l'avait chassée et lui avait interdit d'avoir des contacts avec un membre de la famille – même après qu'elle eut quitté Mac.

— Comment vont-elles?

— Bien, répondit Ainsley. Elles préparent les débuts de Louisa dans le monde, au printemps prochain.

Isabella eut un pincement au cœur.

— Oui, j'ai entendu dire que Louisa serait bientôt présentée. Elle a dix-sept ans. C'est l'âge.

— Dix-huit, m'a dit ta mère.

Dix-huit ans, déjà! Mon Dieu, Isabella avait-elle oublié l'anniversaire de sa sœur! Cela la chagrinait encore plus.

Elle se souvenait avec précision de l'après-midi ayant précédé sa sortie dans le monde. Louisa l'avait aidée à s'habiller pour son premier bal. Mais sa petite sœur pleurait, parce qu'elle était trop jeune pour être elle-même de la fête.

Et voilà que Louisa s'apprêtait à revêtir à son tour une robe blanche et à porter un rang de perles au cou. Les gentlemen lui tourneraient autour, cherchant à savoir si elle ferait une bonne épouse.

— Je suis sûre qu'elle aura beaucoup de succès, Isabella, dit Ainsley, comme si elle avait lu dans ses pensées. Louisa est vraiment ravissante.

Mue par une impulsion, Isabella étreignit la main d'Ainsley. Et elle ne soucia pas de masquer son émotion.

— Quand tu reverras Louisa, dis-lui que je suis fière d'elle, s'il te plaît. Mais assure-toi que ma mère ne puisse pas t'entendre.

Ainsley lui sourit.

— Tu peux compter sur moi, répondit-elle, en lui pressant la main. Je te transmettrai sa réponse, s'il y en a une. Ta mère n'en saura rien.

Isabella soupira de soulagement.

— Merci, Ainsley. Tu as toujours eu bon cœur.

Ainsley croisa ses doigts avec ceux d'Isabella, ainsi qu'elles avaient appris à le faire à l'Académie, ce qui fit sourire Isabella.

— N'oublie pas que les anciennes élèves de Mlle Pringles se sont juré loyauté entre elles, dit Ainsley.

Et elles rirent de conserve. Puis Ainsley se fondit dans la foule, pour retrouver son frère et sa belle-sœur qui s'étaient joints au cercle des admirateurs de Mme Monroe.

Isabella en eut soudain assez de tout ce monde. Elle se précipita vers une porte du salon qui donnait sur l'arrière de la maison. Le couloir était sombre, ainsi que l'escalier menant à l'étage : elle avait en effet ordonné à ses domestiques de baisser les lumières à cet endroit, pour dissuader les invités de s'éparpiller dans la maison.

Cependant, un mouvement attira son attention en haut des marches. Puis elle repéra le panache bleuté d'une fumée de cigare. Isabella serra les lèvres, releva ses jupes et grimpa l'escalier.

Elle pensait ne trouver qu'un seul homme sur le palier, accoudé à la balustrade. Mais, en s'approchant, elle vit qu'ils étaient deux – fumant chacun un cigare. Mac, et son neveu, Daniel.

— Juste ciel ! s'exclama-t-elle. Comment es-tu arrivé ici, Daniel ? Et que fais-tu à Londres ?

— Je lui ai posé exactement les mêmes questions, intervint Mac, d'une voix mielleuse.

— Avant, ou après lui avoir donné un cigare ?

Mac leva les deux mains en l'air, en signe de reddition.

— Je ne suis coupable de rien. C'est *lui*, qui m'a donné un cigare.

Isabella l'ignora.

— Daniel, tu étais supposé prendre des cours de rattrapage avec le professeur que t'avait trouvé ton père ?

— Je sais, mais j'en ai eu par-dessus la tête, répondit Daniel.

Comme tous les Mackenzie, il avait dompté son accent écossais en fréquentant des écoles publiques.

— Ce professeur est un vieil idiot, ajouta-t-il. Et je trouvais injuste de devoir rester à étudier, quand mon père prépare la Saint-Leger.

— Ton père est ici, à Londres.

Daniel tira furieusement sur son cigare.

— Je suis au courant. Oncle Mac vient de me l'apprendre. Je me demande bien ce qu'il fait ici, alors que les courses vont bientôt commencer.

Les yeux braqués sur le cigare, Isabella fronça les sourcils.

— Tu es trop jeune pour fumer le cigare, Daniel.

— J'ai quinze ans. Et c'est papa qui me les donne. Il prétend que je dois déjà apprendre les mauvaises habitudes des gentlemen, pour ne pas paraître pudibond quand je serai adulte.

— Je pense qu'oncle Mac devrait avoir une petite conversation avec ton père.

Mac leva de nouveau les mains, son cigare coincé entre deux doigts.

— Oncle Mac préfère ne pas se mêler des affaires de Cameron, dit-il. S'il veut gâter son fils à le pourrir, ça ne regarde que lui.

— Il ne me gâte pas ! protesta Daniel. Au contraire ! Il m'enferme avec un vieillard qui m'oblige à lire tous les jours des livres assommants en latin. Ce n'est pas juste. Mon père était un vaurien, à mon âge. On parle encore de ses frasques, à Cambridge.

— Justement. Cameron a dû finir par comprendre qu'être un mauvais garçon ne payait pas forcément, répliqua Isabella.

Daniel s'esclaffa avec dédain.

— Ça, ça m'étonnerait. Il est toujours aussi mauvais garçon qu'avant, et maintenant il n'y a plus personne pour le punir.

Puis, adoptant soudain un ton presque implorant, il demanda :

— Puis-je rester ici avec vous, ma tante ? S'il vous plaît ? Jusqu'aux premières courses. Si je m'installe chez oncle Mac, papa me retrouvera et me donnera une raclée. Vous ne me dénoncerez pas, n'est-ce pas ?

Bien que Daniel jouât la comédie pour l'amadouer, Isabella hésita, touchée par ses arguments. Cameron négligeait son fils, et ne lui accordait pas assez de temps. Daniel grandissait en solitaire. Cependant, ce n'était pas une raison pour lui lâcher la bride. Et Isabella ne voulait pas l'encourager à désobéir à son père.

— Je devrais refuser.

— Bon, tant pis, répliqua Daniel, avec un grand sourire. Si vous ne m'offrez pas l'hospitalité, je pourrai toujours dormir sous les ponts. Ou dans une maison de débauche.

Mac gloussa, et Isabella le fusilla du regard.

— Tu dormiras dans la chambre d'ami. Vas-y tout de suite. Un valet viendra te faire ton lit.

Comme Daniel s'apprêtait à bondir de joie, elle s'empressa de refroidir son enthousiasme :

— Ce n'est que l'affaire de quelques jours, précisa-t-elle. Jusqu'à notre départ pour Doncaster, où je me ferai un plaisir de te remettre sous la garde de ton père. Et à condition, encore, que tu te tiennes bien. À la moindre incartade, je te renvoie directement à lui.

— Je serai sage, ma tante. Et je me moque de savoir si papa me punira ensuite, du moment que j'assiste à la Saint-Léger.

— Plus de cigares.

Daniel ôta son cigare de sa bouche, et le jeta dans un vase en porcelaine qui ornait un guéridon.

— Est-il possible, ma tante, qu'une charmante soubrette vienne faire mon lit, plutôt qu'un valet ?

— Non, répondit Mac, en même temps qu'Isabella.

— Et je donnerai la permission à mes femmes de chambre de te souffleter si tu les importunes, précisa Isabella.

— C'est bon, je ne faisais que plaisanter, se justifia Daniel.

Il étreignit les mains d'Isabella et ajouta :

— Bonne nuit, ma tante. Vous êtes ma tante préférée, vous savez.

— Je crois savoir que tu as dit la même chose à Beth, pas plus tard que la semaine dernière.

— C'est mon autre tante préférée, s'esclaffa Daniel, avant de courir vers la chambre d'ami, et de s'y enfermer en claquant la porte.

Isabella soupira.

— Daniel est de plus en plus difficile.

Mac repêcha le cigare dans le vase de prix et le plaça sur le guéridon, de façon à ce qu'il ne puisse pas brûler le bois.

— Mais tu te débrouilles très bien avec lui.

— Non, je suis trop indulgente. Il a besoin d'une main de fer.

— Il a aussi besoin de douceur et de tendresse, remarqua Mac.

— Je me souviens de notre premier matin, au lendemain de notre mariage. Daniel avait fait irruption dans la maison, et il m'avait prise pour l'un de tes modèles.

— Oui, et moi je me souviens de lui avoir tiré les oreilles pour son impertinence.

— Le pauvre garçon. Il ne pouvait pas savoir.

Elle se pencha sur la balustrade, à l'écoute du bruit des invités, dans le salon. Elle se demandait pourquoi elle n'avait pas envie de les rejoindre.

— Il n'avait que neuf ans, à l'époque, précisa-t-elle. Il s'était réfugié chez nous, parce qu'il avait été renvoyé une fois de plus de l'école, et qu'il n'osait pas le dire à son père.

— Épargne-moi ta sympathie à son égard. Il n'y a pas si longtemps, le « pauvre garçon » a glissé une souris dans mes vêtements.

— J'ai parfois l'impression que vous ne vous décidez pas à grandir, dans votre famille.

— Oh, mais si, nous grandissons !

Mac enlaça Isabella et l'embrassa dans le cou.

6

Samedi dernier, une brillante soirée organisée par
la lady de Mount Street a quelque peu été ternie
par l'absence de son mari. Au début, l'hôtesse a
assuré à ses invités qu'il serait simplement en retard.
Mais, au petit matin, on apprit finalement qu'il était
parti pour Rome. Sans doute se sera-t-il trompé de
direction ?

Février 1876

Isabella ferma les yeux et s'agrippa à la balustrade.

— Je devrais redescendre.

— Ils n'ont plus besoin de toi pour s'amuser.
Ta mission est terminée.

Il avait raison. La foule s'était trouvé un nouveau
point de mire – la soprano. Isabella avait réussi son
pari d'attirer l'attention sur Mme Monroe, et elle
pouvait à présent se retirer avec la satisfaction du
devoir accompli.

Tandis que les mains de Mac couraient sur son
bustier, la jeune femme se remémora la première
grande soirée qu'ils avaient donnée, dans leur maison de Mount Street. Ils s'étaient tenus pareillement
en haut de l'escalier, pendant que leurs invités
s'égaillaient au rez-de-chaussée, avides de voir si le
mariage de Mac avait eu des conséquences sur son

intérieur de célibataire. Isabella avait joui de la situation avec une certaine malignité. Leurs invités – pour la plupart issus des rangs les plus respectables de la bonne société – ne s'étaient pas doutés un seul instant qu'elle les observait d'en haut, tapie dans l'ombre, pendant que son mari lui caressait, comme maintenant, la nuque.

— Tu portes toujours des roses jaunes, lui chuchota Mac. En mon honneur.

— Non, ce n'est pas forcément pour toi. Les rousses ne peuvent pas porter de roses roses.

— Tu as toujours porté ce qui te plaisait, sans te soucier de l'avis des autres.

Il lui mordillait à présent le lobe de l'oreille.

Isabella aurait pu capituler – cela aurait été plus simple. Elle aurait pu le laisser la caresser, jusqu'à ce qu'elle en oublie son chagrin, sa colère et sa solitude.

Elle l'avait souvent fait, autrefois. Après chacune de ses disparitions, elle l'avait accueilli avec le sourire, et en lui ouvrant les bras. Et chaque fois ils avaient renoué avec le bonheur. Un bonheur total, indicible.

Puis le cercle infernal recommençait. Mac la couvait trop, jusqu'à l'obsession, Isabella s'en irritait, et leur humeur, à tous les deux, se détériorait. Au début, les disputes restaient feutrées, puis elles s'envenimaient, montaient en puissance. Pour finir, Mac se retranchait dans l'alcool. Jusqu'à ce qu'Isabella découvre qu'il avait disparu une fois de plus.

Mac plaqua un petit baiser derrière son oreille, et les mauvais souvenirs s'envolèrent comme par enchantement. Il avait toujours eu le don de poser ses lèvres brûlantes là où il savait qu'elle apprécierait le plus. Isabella tourna la tête, et il l'embrassa à pleine bouche.

C'était Mac qui lui avait appris à embrasser. Il avait commencé ses leçons sur la terrasse de son père, poursuivi dans la voiture qui les menait chez un prêtre réveillé à la hâte, et il avait continué encore durant le trajet qui les avait conduits chez lui.

Puis il l'avait portée jusqu'à sa chambre, où Isabella n'avait pas tardé à constater qu'elle s'était fait une très mauvaise idée du « devoir conjugal ». Elle s'était attendue à supporter tout le poids du « devoir », son mari prenant égoïstement son plaisir avec son corps, pendant qu'elle prierait le Ciel pour que cela finisse vite – et sans douleur.

Mac l'avait caressée comme si elle était une délicate œuvre d'art. Et il avait découvert progressivement son corps, en même temps qu'il l'avait invitée à faire de même avec le sien. Il s'était montré à la fois tendre, aimant, et délicieusement vicieux. Il l'avait fait rougir, il lui avait appris des mots salaces et il l'avait laissée explorer en détail son anatomie masculine, avant de ravir sa virginité avec une lenteur et une douceur étudiées.

Il avait même utilisé des huiles spéciales pour s'introduire en elle en la faisant souffrir le moins possible. Mais il lui avait aussi montré qu'il pouvait prendre du plaisir avec elle – et lui en donner – sans avoir besoin de la pénétrer. Isabella était tombée amoureuse de ce mélange de force et de tendresse.

La jeune femme coula un regard vers la porte de sa chambre. Elle désirait Mac. Et sa chambre était si proche…

Mac mit fin à leur baiser et s'écarta.

— Non, dit-il, comme s'il avait lu dans ses pensées. Je ne veux pas de cela.

Isabella haussa les sourcils.

— Ne me dis pas que tu souhaites soudain t'arrêter à un baiser ? Tu n'es pas logique.

Mac se passa une main dans les cheveux.

— Je veux tout. Il n'est pas question que je me satisfasse de miettes. Je refuse une étreinte entre deux portes.

Isabella secoua la tête.

— Je ne peux pas tout te donner. En tout cas, pas maintenant.

— Je sais. Tu dois comprendre au moins une chose : je veux t'avoir dans mon lit non seulement pour te faire l'amour, mais aussi pour que tu t'endormes et que tu te réveilles avec moi, sans l'ombre d'un regret ni d'un remords. Je veux que tu m'accordes ta confiance une fois pour toutes. Et je me battrai jusqu'à ce que je l'obtienne.

Isabella sentait ses convictions vaciller, mais elle s'obligea à se ressaisir.

— Quelle assurance pourrai-je avoir que tu ne me feras pas de nouveau souffrir après m'avoir rendue heureuse ? Comment serai-je jamais certaine que tout ne recommencera pas comme avant ?

Mac se rapprocha et prit le visage de la jeune femme entre ses mains.

— Je sais le mal que je t'ai fait. Crois-moi, j'ai été bien puni. Si cela peut te réconforter, les mois qui ont suivi mon sevrage de l'alcool furent un enfer. J'ai souhaité mourir. Probablement y serais-je passé, si Bellamy n'avait pas été là.

— Cela ne me réconforte nullement. Je ne souhaitais pas te voir souffrir.

— C'est du passé, désormais, assura Mac, effleurant le contour de sa joue. J'ai remplacé le whisky par du thé. C'est devenu ma nouvelle obsession. Bellamy se charge de me dénicher de nouveaux mélanges exotiques. Il est devenu un spécialiste. Pour ma part, il y a une chose qui me réconforte : c'est de savoir qu'en plus de trois ans de séparation, ni toi ni moi ne nous sommes tournés vers quelqu'un d'autre. Il me semble que cela a une signification, non ?

— Tout à fait. Ça veut dire que j'ai trop souffert pour prendre une deuxième fois le risque de donner mon cœur à un homme.

Il lui décocha l'un de ses sourires irrésistibles dont il avait le secret, et auxquels Isabella n'avait jamais pu résister. Mac Mackenzie avait toujours été un maître dans l'art de la séduction.

— Cela sous-entend que j'ai encore une chance, répliqua-t-il. Un jour, tu me demanderas de rester, Isabella. Ce jour-là, je serai à ta disposition. Tu as ma parole.

Il la relâcha. Isabella croisa les bras sur sa poitrine.

— Non, Mac. Je ne veux plus te voir chez moi. Ce n'est pas loyal.

Il éclata de rire.

— Je me moque d'être loyal ! s'exclama-t-il. Je me bats pour notre mariage et notre vie. Tous les coups sont permis.

Lui prenant le menton, il ajouta :

— Mais ce soir je vais te laisser à tes invités. Ne compte pas sur moi pour provoquer un scandale.

Isabella n'aurait pas su dire si cette promesse la réjouissait.

— Merci, murmura-t-elle.

— Nous ferions mieux de rejoindre tes invités, avant que quelqu'un ne s'avise de notre disparition. Sinon les ragots iront bon train.

Mac rajusta le bustier d'Isabella, qu'il avait lui-même malmené. Le contact de ses doigts sur sa peau nue fit frissonner la jeune femme.

À peine eut-elle redescendu l'escalier, qu'on se pressa autour d'elle. Du coin de l'œil, elle vit Mac se frayer un chemin à travers la foule, souriant à l'un, serrant la main d'un autre, comme s'il était toujours le maître de maison. Puis elle le perdit de vue. Plus tard, quand ses convives commencèrent à faire leurs adieux, elle s'aperçut qu'il était déjà parti.

Au petit matin, Mac était de retour dans son atelier, ayant troqué son habit de soirée pour son vieux kilt. Après avoir noué son bandeau tsigane, il commença d'étaler ses couleurs sur sa palette.

Peindre était la seule activité qui le soulageât de son désir pour Isabella. Encore que le verbe « soulager » ne fût pas exactement approprié. Il aurait mieux convenu de dire que, pendant qu'il peignait, il parvenait à tenir à distance son désir pour la jeune femme.

Le tableau où il l'avait représentée endormie sur le côté n'était pas encore complètement sec. Il le posa donc précautionneusement contre le mur, avant de tendre une nouvelle toile sur son chevalet. Et il commença par esquisser au fusain l'image qui hantait son esprit avec une étonnante précision.

Isabella était encore nue, mais elle se tenait à présent assise face à lui, les jambes étirées devant elle, penchée en avant, et les coudes posés sur les genoux. Ses cheveux retombaient devant son visage, le masquant à moitié, et dessinant un rideau à travers lequel on apercevait la rondeur d'un sein.

Mac peignit cette toile dans des tons pâles : des blancs, des jaunes et des marrons clairs. Même ses cheveux semblaient plus châtains que roux, comme si elle était assise dans la pénombre. Elle fixait quelque chose par terre : une rose jaune, à demi éclose.

Il était en sueur, quand il donna le coup de pinceau final, bien que la pièce fût fraîche, presque froide. Il se recula alors, pour contempler son travail. Le tableau éclatait de vie, les lignes claires dessinant le corps d'Isabella évoquaient la beauté, la sérénité et la sensualité.

Leur baiser d'hier soir avait réveillé son désir au-delà de l'indicible. Il avait vu Isabella couler un regard vers une porte du couloir, et il avait deviné qu'il s'agissait de sa chambre. Il avait dû faire appel à toute sa volonté pour ne pas la soulever dans ses bras et la porter jusqu'à son lit pour lui retirer sa robe de satin. Il avait déjà procédé ainsi par le passé et, chaque fois, elle avait capitulé dans un grand éclat de rire.

Mac trempa son pinceau dans la terre de sienne, et traça « Mackenzie » en bas du tableau. Puis il jeta le pinceau sur la table, et c'est à cet instant qu'il sentit l'odeur de brûlé.

Il ouvrit la porte de son atelier. Un panache de fumée s'échappait de la porte d'en face. S'emparant d'une couverture, il traversa le couloir et poussa le battant.

Le feu avait pris dans un empilement de vieux meubles, entassés là depuis la dernière fois qu'Isabella avait redécoré la maison. Les flammes avaient déjà ravagé une commode et un fauteuil. Ainsi qu'un berceau.

Mac se rua à l'intérieur et tenta d'éteindre l'incendie avec la couverture. Il avait déjà compris que c'était sans espoir. Il réagissait trop tard. Il était tellement absorbé par sa peinture qu'il n'avait pas senti la fumée. Maintenant, les flammes étaient trop intenses.

— Milord !

Au cri de Bellamy, Mac ressortit, claqua la porte et se précipita dans la pièce d'à côté, où dormaient deux femmes de chambre.

— Debout ! leur cria-t-il. Sortez d'ici ! Vite !

Les deux soubrettes poussèrent des cris – d'abord, parce qu'elles étaient réveillées en sursaut par le maître de maison qui ne portait que son kilt sur lui, et ensuite parce qu'elles virent la fumée.

Mac les laissa, pour retourner dans son atelier et rassembler ses trois plus récentes toiles, qu'il plaça sur le râtelier. Puis il enroula le tout dans une autre couverture, et ressortit, juste au moment où Bellamy débouchait de l'escalier.

Le couloir était déjà empli de fumée, et les flammes s'attaquaient maintenant à la porte du débarras. Mac toussa.

— Mary et Sal ne sont toujours pas descendues ! s'inquiéta Bellamy.

Mac lui tendit son paquet.

— Descends ça. Je m'occupe de Mary et de Sal.

— Non, milord. Descendez, vous aussi !

— Bellamy, ces toiles sont toute ma vie. Prends-en le plus grand soin. Et dépêche-toi !

Bellamy se décida à se saisir des toiles, non sans lancer un regard désespéré vers Mac.

Mac poussa de nouveau la porte des soubrettes. Le mur séparant leur chambre du débarras était en flammes et une épaisse fumée avait envahi la pièce. Sal et Mary étaient toutes deux couchées à terre et Sal toussait beaucoup. Elles s'étaient bêtement attardées, en voulant s'habiller.

Mac empoigna Sal par la taille.

— Venez ! Vite !

— Mary ! sanglota Sal.

Mary gisait, inconsciente, sur le plancher. Mac la chargea sur son épaule, et poussa Sal devant lui.

Mais les flammes ravageaient déjà le couloir. Mac entendit un craquement sinistre en provenance de l'escalier : une partie des marches s'était effondrée.

— Nous sommes pris au piège ! cria Sal. Nous sommes pris au piège !

— Milord ! s'exclama Bellamy, depuis l'étage du dessous, et sa voix trahissait son anxiété.

— Occupe-toi des tableaux, Bellamy ! lui cria Mac. Nous fuirons par le toit.

Mac entraîna Sal dans son atelier et referma la porte, pour contenir la fumée. Mais l'incendie ne tarderait plus à gagner la pièce, qui regorgeait de matières hautement inflammables – la peinture à l'huile, les toiles – voire explosives – la térébenthine. Il fallait donc s'échapper d'urgence.

Mac poussa la table au centre de la pièce et sauta dessus pour ouvrir la lucarne de la verrière. Puis il fit signe à Sal de sortir la première. La soubrette monta elle aussi sur la table et, non sans courage, elle grimpa sur l'épaule de Mac, avant de se faufiler à travers la lucarne.

Mac se baissa alors pour récupérer Mary, qui commençait à se réveiller, maintenant qu'elle était hors d'atteinte de la fumée. Elle ouvrit les yeux et cria de terreur.

— Ce n'est pas le moment de s'affoler, lui dit Mac, avec un sourire destiné à la rassurer. Levez-vous.

Sal l'aida à la faire passer à son tour par la lucarne. Puis Mac les rejoignit sur le toit, juste au moment où les premières flammes s'engouffraient dans l'atelier.

— Qu'allons-nous faire, à présent ? demanda Sal. C'est si haut !

— Éloignons-nous d'ici avant que les flammes n'atteignent les bouteilles de térébenthine.

Affolée par la vision de tous ces toits qui s'étendaient à perte de vue, Mary cria de nouveau. Moins timorée, Sal accepta la main que lui tendait Mac. Les deux filles s'agrippèrent à lui, et le laissèrent les guider sur le toit de la maison contiguë.

Mac savait que l'endroit était désert. Ses voisins étaient partis à la campagne. Il dénoua le foulard accroché à ses cheveux, l'enroula autour de son poing, qu'il abattit sur la lucarne du grenier. La vitre était épaisse. Il dut s'y reprendre plusieurs fois – et il se taillada la main – avant que le carreau n'explose.

Il sauta aussitôt à l'intérieur du grenier, puis il aida Mary et Sal à l'imiter, et ils descendirent tous trois l'escalier, jusqu'au rez-de-chaussée.

Les deux soubrettes soupirèrent de soulagement quand Mac tourna le verrou et ouvrit la porte d'entrée. Des badauds s'étaient déjà massés sur le trottoir, tandis que voisins et domestiques formaient une chaîne pour porter des seaux d'eau. Mac se joignit à eux, jusqu'à ce qu'un bruit de cloche annonce l'arrivée de la brigade du feu, avec ses pompes à eau. Leur machinerie ne suffirait sans doute pas à sauver la maison de Mac, mais elle empêcherait du moins l'incendie de se propager aux immeubles voisins.

Mac fronça les sourcils en voyant Bellamy accourir, les mains vides.

— Que diable as-tu fait de mes tableaux ?

— Ils sont dans votre voiture, milord. Je l'ai sortie, ainsi que les chevaux, des écuries.

Mac se détendit un peu.

— Tu me feras penser à augmenter tes gages, Bellamy. Par hasard, n'aurais-tu pas également sorti l'une de mes chemises du brasier ?

— Vous trouverez de quoi vous changer au complet dans la voiture, milord.

Mac donna une tape chaleureuse sur l'épaule de son serviteur.

— Tu es formidable. Je ne m'étonne plus que tu aies gagné tous tes combats.

— Tout est dans la préparation, monsieur, assura Bellamy, qui contemplait la maison d'où s'échappait un immense panache de fumée. Qu'allons-nous faire, à présent ?

Mac partit d'un éclat de rire qui se termina en quinte de toux.

— Nous allons monter dans cette voiture que tu as si merveilleusement préparée, et nous trouver un autre endroit pour passer la nuit. Je pense savoir où nous pourrions nous rendre.

Isabella se pencha par-dessus la balustrade où Mac l'avait embrassée quelques heures plus tôt, et resserra son peignoir.

— Que se passe-t-il, Morton ?

Morton ne répondit pas. Mais comme le bavardage, au rez-de-chaussée, ne s'interrompait pas, Isabella descendit l'escalier.

Elle se figea de surprise avant d'avoir atteint la dernière marche.

Le personnel de Mac au grand complet – Bellamy, la cuisinière, ses valets et ses deux femmes de chambre – traversait la maison, en direction de l'escalier de service, et conversait avec les propres domestiques d'Isabella, Morton en tête.

— Vous auriez dû le voir à l'œuvre, monsieur Morton, disait l'une des chambrières – Mary. Milord s'est conduit comme les héros des romans. Il nous a portées sur les toits !

— Morton ? appela Isabella.

Au même instant, Mac surgit de la salle à manger, arrogant comme à son habitude, et il lui décocha un grand sourire. Sa chemise était ouverte jusqu'à la taille, son kilt portait des marques de brûlure et de la suie lui maculait le visage.

— J'vous demande pardon, m'dame, dit-il, avec un accent cockney outrancier, mais auriez-vous la bonté de nous héberger, moi et ma bande ?

7

*Mount Street vient de nouveau d'être le centre
des réjouissances londoniennes, car notre lady bien
connue désormais y a donné un grand bal pour clôtu-
rer la saison mondaine. Comme d'habitude, les maîtres
de céans ont reçu chez eux la plus brillante société,
dont le frère aîné du maître de maison, le fameux duc.
Pendant ce temps, le père de la dame donnait une
conférence sur la tempérance et l'humilité.*

Juin 1876

Isabella restait figée dans l'escalier.

— Mac ? Que se passe-t-il donc ?

Mac continua de lui sourire, mais son regard
trahissait une colère contenue. Pendant ce temps,
Morton entraîna tout le petit groupe qui jacassait
dans l'office, et referma la porte, étouffant le bruit
de leurs bavardages.

— Quelqu'un a mis le feu à mes combles, expliqua
Mac. Les pompiers ont réussi à maîtriser l'incendie
avant qu'il ne ravage toute la maison, mais il ne reste
plus que le rez-de-chaussée d'intact. Les étages sont
pratiquement détruits.

Isabella écarquilla les yeux.

— Et ton atelier ?

— Parti en fumée. Du moins, je l'imagine. Les
pompiers ne m'ont pas autorisé à monter voir.

— Sais-tu si… si tout le mobilier entassé dans le grenier a brûlé ?

Le regard de Mac s'adoucit.

— Il ne reste plus rien. Je suis navré.

Isabella essuya rageusement une larme qui avait perlé à ses yeux. C'était idiot de pleurer pour des meubles, alors que Mac et ses domestiques avaient failli risquer leur vie.

— Tes domestiques peuvent rester ici, répondit-elle, une boule dans la gorge. Je ne vais évidemment pas les envoyer à la rue.

— Et pour leur maître ? demanda Mac, qui continuait d'afficher une attitude parfaitement détendue.

— Tu as les moyens de te payer l'hôtel.

— Aucun hôtel ne m'acceptera dans cette tenue. J'ai besoin d'un bon bain.

Une vision traversa l'esprit d'Isabella : Mac, nu dans la baignoire de sa salle de bains, fredonnant une ritournelle écossaise. Il chantait toujours dans son bain, et bizarrement ce souvenir la fit frissonner.

— Cameron est en ville, suggéra-t-elle.

— Oui, mais il loge à l'hôtel Langham.

— Tu as bien des amis, à Mayfair, qui pourraient t'héberger ?

— La plupart de mes amis sont à la campagne. Ou bien, ils sont partis à Paris, ou en Italie.

— Et la maison de Hart ? Il y a toujours des domestiques sur place.

— Je ne veux pas les réveiller au milieu de la nuit, répliqua Mac.

Avec un grand sourire, il ajouta :

— J'ai peur que tu ne sois mon dernier recours, chérie.

— Quel menteur ! J'espère que les journaux à scandales n'iront pas raconter que tu as toi-même allumé l'incendie, juste pour le plaisir de t'inviter ici. Ils en seraient bien capables.

Le sourire de Mac s'évanouit.

— Dans ce cas, je n'hésiterais pas à étrangler ces maudits journalistes. Sal et Mary ont failli périr dans l'incendie.

Isabella prit d'un coup toute la mesure de la situation.

— Je sais que tu ne serais jamais aussi cruel, dit-elle, la gorge nouée.

— Oh, je peux être capable des pires cruautés, mon amour. N'en doute pas une seconde.

Il gravit les marches à sa rencontre. L'odeur âcre du feu collait à ses vêtements.

— Celui qui a fait cela ne s'est pas soucié de savoir que deux pauvres filles innocentes dormaient tranquillement dans leur lit à quelques mètres de là, dit-il, les yeux brillant soudain de colère. Visiblement, ce gredin ignore le sens du mot cruauté. Mais il l'apprendra bientôt. J'en fais le serment.

Mac chantait dans son bain.

Une salle de bains avait été ajoutée à la maison d'Isabella par son précédent propriétaire. La pièce était située entre les deux chambres du premier étage, avec lesquelles elle communiquait. La baignoire était alimentée directement en eau par une pompe située au sous-sol.

Assise devant sa cheminée, Isabella cramponnait ses mains aux accoudoirs de son fauteuil. Voilà déjà une demi-heure que Mac se récurait et, à en juger par ses fredonnements, il ne semblait toujours pas disposé à sortir de la baignoire.

Or, Isabella ne se voyait pas regagner son lit, tant que Mac ferait trempette dans la pièce contiguë. Elle n'avait donc pas d'autre choix que d'attendre dans ce fauteuil, jusqu'à ce qu'il se décide à quitter la salle de bains.

— *Et c'est une... grande... grande joie.*
Que d'être des pirates, le roi...

La voix de baryton de Mac s'interrompit soudain, et il y eut un grand bruit d'éclaboussures. Cette fois, il devait en avoir enfin terminé. Il avait dû se redresser dans la baignoire pour attraper une serviette, et son corps ruisselait probablement d'eau.

Isabella s'agrippa un peu plus à ses accoudoirs. Si Mac n'était pas demeuré si bel homme, malgré les années, aurait-elle plus facilement trouvé le courage de lui fermer sa porte ? Probablement. Même s'il n'était pas très loyal de souhaiter qu'il se fût enlaidi.

Mais non, se ressaisit la jeune femme, alors que Mac reprenait ses fredonnements. Mac resterait Mac, quelle que soit son apparence physique. Il serait toujours aussi charmeur et séducteur. Et il saurait toujours comment la faire fondre.

Il avait entonné une chanson plus sombre, au rythme plus lent.

> *Dans ma ville natale*
> *Résidait une jolie fille*
> *Qui affolait tous les cœurs*
> *Elle s'appelait Isabella*

Isabella bondit sur ses pieds et ouvrit la porte à la volée.

De l'eau jusqu'au cou, Mac était alangui dans la baignoire, les bras nonchalamment posés sur les rebords. Des zébrures rouges se voyaient sur sa main et son poignet – là où il s'était coupé pour fracasser la vitre de la lucarne.

— La jolie fille en question s'appelait Barbara Allen, lui lança sèchement Isabella, la main encore sur la poignée de la porte.

— Ah ? J'ai dû oublier les paroles.

Isabella serrait la poignée dans ses doigts.

— Tu t'attardes, Mac. Finis de te laver, rhabille-toi et sors de chez moi. Tu es assez propre, à présent, pour te trouver un hôtel.

— J'ai terminé, répliqua Mac.

Et, s'appuyant aux rebords de la baignoire, il se redressa.

La gorge d'Isabella devint toute sèche. Mac Mackenzie avait gardé un corps admirablement viril. L'eau faisait reluire ses muscles, et assombrissait la toison qui courait sur son torse et au bas de son ventre. Il avait une érection, l'extrémité de son membre pointant en direction d'Isabella, comme si elle cherchait à l'atteindre.

Mac souriait sans vergogne. Il semblait mettre Isabella au défi de se conduire comme la belle fille de la ballade, cette cruelle Barbara pour laquelle tant d'hommes n'avaient pas hésité à mourir. Ou, à tout le moins, comptait-il lui faire perdre son calme. Sans doute espérait-il qu'elle claquerait la porte en poussant des cris.

Au lieu de cela, elle s'adossa tranquillement au chambranle et croisa les bras.

Mac sortit de la baignoire, encore tout ruisselant. Puis il noua ses mains derrière sa nuque et s'étira. Ses muscles roulaient sous sa peau avec une harmonie admirable.

Ensuite il s'approcha d'Isabella. La jeune femme s'obligea à ne pas bouger. Elle pouvait sentir le savon que Bellamy avait dû lui monter, et cette odeur lui rappela des souvenirs. Elle s'était souvent glissée dans la salle de bains de Mount Street, pour s'asseoir au bord de la baignoire pendant qu'il se lavait, et lui frotter le dos. Plus d'une fois, ces séances s'étaient terminées dans de joyeuses éclaboussures, après que Mac l'eut attirée, tout habillée, dans son bain.

Mac s'approchait toujours. Il allait l'embrasser, la serrer dans ses bras, et l'embrasser jusqu'à ce qu'elle ne puisse plus nier le désir qu'elle lui inspirait.

Mais, à la dernière minute, il fit un pas de côté et s'empara d'une serviette pendue à un crochet.

— Déçue ? demanda-t-il, alors qu'il enroulait la serviette autour de sa taille.

Le diable l'emporte !

— Cesse de prendre tes désirs pour des réalités.

Isabella devinait que Mac se refusait à lui faciliter la tâche. Il voulait qu'elle réfléchisse en profon-
deur à leur relation, et qu'elle finisse par admettre
qu'elle était toujours autant attirée par lui.

— Je ne suis pas encore prête, ajouta-t-elle, dans
un murmure.

Mac lui caressa le menton. Une goutte d'eau perla
de son doigt et glissa le long du cou de la jeune
femme.

— Je sais. Sinon, tu n'aurais pas pleuré pour le
berceau.

Isabella sentit sa gorge se serrer.

— Peut-être parce que c'était symbolique.

— Non. N'y vois aucun symbole. Le berceau est
simplement parti en fumée parce qu'il se trouvait
dans la pièce où un scélérat a allumé l'incendie.

— Tu as raison.

Isabella n'avait pas voulu dire que la destruction
du berceau lui avait paru un mauvais présage pour
leurs relations à venir. Elle avait plutôt eu à l'idée
que l'incendie, en détruisant le dernier témoignage
concret de leur échec, leur permettrait peut-être
plus facilement de repartir de zéro.

Mac se recula d'un pas. La serviette enroulée
autour de sa taille ne le rendait pas moins érotique
à regarder. Au contraire : Isabella mourait d'envie de
tendre le bras pour la lui arracher.

— Je te reconnais bien là, dit-il. Tu as toujours
su raison garder face aux épreuves de la vie. Et c'est
l'une des qualités que j'apprécie le plus chez toi.

— Mlle Pringles nous enseignait qu'une bonne
dose de sens pratique était plus utile que de savoir
comment bien servir le thé.

— J'aimerais rencontrer un jour cette Mlle Pringles,
pour la féliciter.

— Je ne suis pas sûre qu'elle accepterait. Elle se
méfie des hommes.

— Peut-être consentirait-elle à faire une exception pour moi. Après tout, je suis le mari d'une de ses plus brillantes élèves.

— Oh, non, j'étais l'une des plus mauvaises.

Il se rapprocha dangereusement.

— Menteuse.

Mac posa une main sur sa nuque, et une autre goutte d'eau glissa le long du cou d'Isabella. Leurs lèvres se frôlaient presque. Isabella ferma les yeux, attendant son baiser.

Mais il ne vint pas. Mac lui caressa quelques instants la nuque, avant de la relâcher. Isabella sentit sa déception lui glacer le cœur.

— J'ai changé d'avis, pour l'hôtel, dit-il. Ta maison est bien plus confortable.

Et, lui prenant une main pour la baiser, il ajouta :

— À demain matin, mon amour.

Il tourna les talons, gagna l'autre porte et, avant de l'ouvrir, il jeta sa serviette.

Isabella ne put s'empêcher d'admirer ses fesses. Sa peau était bronzée au-dessus de la taille, mais plus pâle en dessous, là où son kilt l'avait protégé du soleil estival.

Autrefois, entre deux étreintes amoureuses, ils s'amusaient au lit, riant, parlant et se taquinant avec une parfaite aisance, malgré leur nudité. C'était autrefois.

Mac lui lança un sourire par-dessus son épaule et referma la porte de la chambre en sifflotant.

Isabella resta un long moment adossée au chambranle, avant de trouver l'énergie pour retourner s'asseoir dans son fauteuil, face à la cheminée. Il n'était plus question qu'elle se couche.

Le lendemain matin, en entrant dans la salle à manger, Isabella aperçut deux journaux, tenus par deux paires de mains masculines. La première, grande et musculeuse ; la seconde plus fine et plus osseuse. Un bruit de masticage de toasts montait de derrière les journaux.

Isabella prit place sur la chaise que lui avançait Bellamy, tandis que son valet lui apportait une assiette de saucisse et d'œufs brouillés. Elle remercia les deux serviteurs et commença l'inventaire du courrier posé à côté de son assiette. De l'autre côté de la table, les pages de journaux se tournaient en cadence, sur un même bruit de fond de masticage de toasts.

Il y avait quelque chose de surprenant à voir les Mackenzie, d'ordinaire si impulsifs et remuants, afficher un tel calme. Mais Isabella savait que ce n'était que temporaire : les journaux et le petit déjeuner ne les tenaient tranquilles que pour un temps.

Cependant, elle avait connu beaucoup d'autres matinées comme celle-ci. Des petits déjeuners au château de Kilmorgan, quand les quatre frères, réunis pour quelque heureuse occasion, mêlaient leurs rires sonores sous les hauts plafonds de la vieille demeure familiale. Des petits déjeuners à Mount Street, quand Mac abandonnait sa place pour venir s'asseoir juste à côté d'elle – quand il ne l'installait pas carrément sur ses genoux – et qu'ils se donnaient mutuellement la becquée.

Autant de bons souvenirs qui serreraient le cœur de la jeune femme.

Quelqu'un frappa soudain à la porte d'entrée. Bellamy reposa la cafetière, qu'il tenait à la main, pour aller répondre.

Pourquoi Bellamy se chargeait-il d'une tâche logiquement dévolue à Morton ? se demanda Isabella. Et d'abord, où était Morton ? Mac n'était pas là depuis vingt-quatre heures, qu'il réorganisait déjà la maisonnée !

— Laisse-moi entrer, Bellamy, fit une voix masculine aux sonorités rocailleuses. Je sais qu'il est là.

Daniel jeta son journal en l'air et lança un regard implorant à Isabella, avant de se ruer vers la porte qui donnait sur la bibliothèque.

Mac reposa tranquillement son journal et prit un autre toast. Cameron s'encadra sur le seuil et balaya la pièce du regard : la table du petit déjeuner, la chaise reculée précipitamment, et le journal qui gisait par terre. Isabella fit signe à Bellamy de reprendre la cafetière pour la servir, et Mac mordit dans son toast, tandis que Cameron se ruait à son tour vers la porte de la bibliothèque.

Il y eut des cris, des claquements de porte, puis Cameron revint dans la salle à manger par le couloir, comme il y était entré. Il tirait Daniel par la peau du cou.

— Bon sang, papa, lâche-moi !

Cameron le rassit sur sa chaise.

— Explique-moi ce que tu fais ici.

— Tante Isabella m'a dit que je pouvais rester.

Isabella continuait d'examiner son courrier, comme s'il ne s'était rien passé de notable.

— J'ai pensé que c'était le mieux, Cameron, dit-elle. Si je l'avais renvoyé à son professeur, il se serait encore enfui, et cette fois Dieu sait où.

— Ce n'est que trop bien vu, hélas, fit Cameron, prenant une chaise pour s'y laisser choir.

Il portait une veste de soirée et un kilt, comme s'il ne s'était pas changé depuis la veille. Sa cravate était froissée, et une barbe naissante ombrait ses joues. En revanche, Isabella souffrait de sa nuit blanche. Savoir que Mac dormait à deux portes d'elle lui avait coupé le sommeil. Elle était restée toute la nuit sur son fauteuil, sans avoir pu fermer l'œil une seconde.

— Apporte-moi quelque chose à manger, Bellamy, commanda Cameron. Je meurs de faim. Et du café. Beaucoup de café.

Bellamy arrivait déjà avec la cafetière. Le valet disposa une autre assiette garnie devant Cameron.

Daniel se massa la nuque.

— Comment as-tu su que j'étais là, papa ?

— M. Nichols a télégraphié à Hart pour l'avertir de ta disparition. Et Hart m'a transmis la nouvelle.

— Ce M. Nichols est un vieux schnock, marmonna Daniel. Je pensais qu'il avait trop peur de toi pour me dénoncer.

Cameron coupait sa saucisse comme s'il la disséquait.

— Le « vieux schnock » en question est l'un des esprits les plus brillants que je connaisse, espèce de jeune ignorant. Je comptais sur lui pour te remplir un peu la cervelle.

— Mais moi, je ne voulais pas manquer la Saint-Leger.

— Daniel m'a promis de reprendre ses études, du moment qu'il aura pu assister aux courses, intervint Isabella. N'est-ce pas, Daniel?

— C'est bougrement exact, confirma Daniel, d'un ton plus enjoué. Je veux bien m'en remettre à ce foutu M. Nichols, si tu me laisses d'abord t'accompagner à Doncaster.

— Surveille ton langage devant une lady, le gourmanda Cameron.

— Tante Isabella s'en moque.

— Ce n'est pas une raison. Présente-lui tes excuses.

— Bon, d'accord. Désolée, ma tante, mais ma langue a fourché.

Isabella hocha la tête, cependant que Mac tournait une page de son journal. Cameron avala son café en quelques gorgées et tendit sa tasse à Bellamy pour qu'il le resserve.

— Que fais-tu ici, Mac? demanda-t-il. Et pourquoi Isabella t'offre-t-elle le petit déjeuner, au lieu de te jeter à la rue?

— Ma maison a brûlé, répondit Mac, derrière son journal.

— Quoi?

Mac plia son journal de façon à mettre en évidence un article, et le tendit à Cameron. Le titre disait: « Désastre chez un pair de Mayfair. »

— Ils ont tout faux, commenta Daniel. Oncle Mac n'est pas pair du royaume. C'est Hart qui l'est.

— Le grand public n'en a cure, mon garçon, répondit Mac. Ce qui les intéresse, c'est de savoir que la maison d'un aristocrate a brûlé.

— Comment est-ce arrivé ? demanda Cameron.

À mesure que Mac lui narrait l'incendie, Cameron, de plus en plus furieux, s'agitait sur sa chaise.

— Tu penses que le faussaire qui imite tes tableaux a voulu détruire ton atelier, et te tuer par la même occasion ? Mais pourquoi ? Parce que tu as découvert ses agissements ? Comment ce foutu bâtard – pardonnez-moi, Isabella – a pu s'introduire chez toi ?

Mac haussa les épaules.

— Ma porte d'entrée est rarement verrouillée. Un valet se tient en principe à côté, mais il lui faut bien qu'il s'absente de temps à autre.

— À moins qu'il n'ait lui-même aidé le coupable à entrer ?

— Je serais très surpris de l'apprendre. Mon valet est quelqu'un de loyal. Cela dit, je veux bien l'interroger. Mais j'ai laissé mes domestiques paresser au lit pour ce matin. Leur nuit a été plutôt mouvementée.

— Bellamy ne dort pas, fit remarquer Isabella, désignant l'ancien pugiliste qui se tenait toujours à proximité, avec la cafetière.

— Il a refusé de faire la grasse matinée, expliqua Mac. Il s'imagine qu'on va m'assassiner s'il me quitte une seconde des yeux.

— Il n'a peut-être pas tort, acquiesça Cameron.

Et, repoussant son assiette, il s'essuya la bouche avec une serviette, avant d'ajouter :

— Mais tu seras en sécurité ici, Mac. Avec Bellamy et les domestiques d'Isabella pour te garder.

Mac décocha un sourire à Isabella.

— C'est exactement ce que j'ai pensé en venant chez elle.

— Je suis convaincue que le Langham te conviendrait beaucoup mieux, répliqua la jeune femme, glaciale.

Cameron secoua la tête.

— L'hôtel est complet. J'ai entendu son directeur le signaler ce matin.

Si Cameron était vraiment repassé par l'hôtel Langham avant d'arriver ici, Isabella était prête à vendre toute son argenterie.

— La maison de Hart est toujours ouverte, fit-elle valoir.

Les deux frères s'échangèrent un regard, comme s'ils cherchaient une échappatoire pour réfuter l'argument.

Daniel voulut venir à leur secours.

— Eh bien voilà! s'exclama-t-il, avec un grand sourire. Je pourrais m'installer chez Hart.

— Non, refusa tout net Cameron. Isabella, ça ne vous embête pas si Danny reste chez vous jusqu'à notre départ pour Doncaster?

Daniel faisait la moue. Certes, il était content que son père lui confirme qu'il assisterait à la Saint-Léger, mais rester chez sa tante qui lui interdisait de fumer ne le ravissait pas.

— Je pourrais m'installer à l'hôtel avec toi, papa, suggéra-t-il.

Cameron secoua la tête.

— Je suis trop souvent par monts et par vaux pour te surveiller correctement. Je préfère te savoir chez Isabella.

Sur ces mots, il se leva de table et posa un baiser sur le front d'Isabella.

— Merci, belle-sœur. Et merci pour le petit déjeuner. Je te reverrai dans le train, Mac.

Il jeta à son fils un dernier regard destiné à lui signifier de bien se tenir, et quitta la pièce. Le temps de traverser le hall, en direction de la porte qu'un valet lui ouvrait déjà, et il était parti.

La salle à manger fut tout à coup plongée dans le silence, comme si un ouragan venait de la traverser. Cameron Mackenzie était une force de la nature.

Isabella et Mac reprirent leur petit déjeuner. Mais Daniel laissait errer sur la table un regard vide. Ses poignets dépassaient de ses manches : il avait beaucoup grandi, durant l'été, et il était presque aussi grand que son père. Ce n'était plus vraiment un enfant, mais ce n'était pas encore un homme. Il avait la gorge serrée, quand il lâcha :

— Papa ne me veut pas avec lui.

Le cœur d'Isabella se serra de compassion.

— L'hôtel est complet, c'est tout. Et il a raison : je peux plus facilement te surveiller que lui.

— N'essayez pas de me berner, ma tante. Il m'a confié à ce M. Nichols pour se débarrasser de moi. Et il m'oblige à rester ici pour la même raison. Papa se moque comme d'une guigne que j'apprenne la physique ou toutes ces choses. Il veut simplement pouvoir courir les femmes à sa guise, sans avoir un gamin de quinze ans dans les pattes.

— Tu es dur avec lui. Je pense sincèrement que Cameron n'agit que pour ton bien.

— Ce garçon a raison, intervint Mac.

Isabella le fusilla du regard, mais il l'ignora et poursuivit :

— Cameron se comporte comme un célibataire, tu le sais aussi bien que moi. J'ignore quel genre de femme serait capable de l'assagir, mais je serais curieux de la rencontrer.

Daniel, prompt à changer d'humeur, comme souvent à cet âge, avait déjà retrouvé le sourire.

— L'assagir comme vous, oncle Mac ?

— Pas d'insolence, s'il te plaît, mon garçon.

— Quoi qu'il en soit, tu es toujours le bienvenu ici, Daniel, lui assura Isabella. La journée, nous ferons des jeux de société. Le soir, tu m'escorteras au théâtre. Je suis certaine que ton oncle Mac aura trop à faire pour s'occuper de nous.

— Au contraire, objecta Mac, reposant sa tasse, j'ai tout mon temps.

Et, avec un clin d'œil pour Daniel, il ajouta :

— Je suis un champion des jeux de société.

Mac consacra les deux jours suivants à ne pas devenir fou. Habiter sous le même toit qu'Isabella, et savoir qu'elle dormait juste derrière la salle de bains, le plongeait dans un état de grande fébrilité. D'un autre côté, il tenait à rester auprès d'elle pour sa sécurité. Il s'inquiétait en effet que l'incendiaire qui avait mis le feu à sa maison – probablement un fou dangereux – ne décide de s'en prendre aussi à Isabella. Quelques vieux camarades de Bellamy, du temps où il hantait les salles de boxe, acceptèrent de surveiller discrètement la maison de la jeune femme, et Mac demanda à l'inspecteur Fellows d'envoyer quelqu'un aux abords de la galerie Crane, au cas où le faussaire s'y manifesterait de nouveau. Du reste, Fellows prouva son efficacité : il y avait déjà pensé.

Il n'en demeurait pas moins que Mac devait endurer la torture de vivre quotidiennement à proximité d'Isabella, sans pouvoir la toucher. Le pire, c'était lorsqu'il entendait sa chambrière lui préparer son bain et que, quelques minutes plus tard, un bruit d'éclaboussures témoignait qu'Isabella s'était immergée dans l'eau.

Dans ces moments-là, il brûlait d'envie d'ouvrir la porte, de se précipiter dans la baignoire. Se donner tout seul du plaisir ne résolvait rien – même s'il ne s'en privait pas : les seules mains qui pourraient véritablement apaiser le feu qui couvait dans ses veines étaient celles d'Isabella.

Aussi était-il impatient de partir pour Doncaster.

Un après-midi, Mac entra dans le salon pendant que Daniel courait les librairies du quartier. Plus précisément, Daniel avait fait croire à Isabella qu'il sortait acheter des livres, alors que Mac se doutait qu'il était plus probablement occupé à jouer aux cartes avec des camarades de son âge.

Assise près de la fenêtre, Isabella contemplait le jardin qu'arrosait une petite pluie tenace. Un magazine était ouvert sur ses genoux, mais elle ne le lisait pas. Ses cheveux flamboyants offraient un contraste saisissant avec sa robe gris et bleu.

Elle tourna la tête vers lui, et Mac vit qu'elle avait les yeux rouges.

Il s'assit à côté d'elle, sur le canapé.

— Qu'y a-t-il, chérie ?

Isabella détourna le regard.

— Rien.

— Je te connais trop bien pour te croire. Je parierais qu'en l'occurrence « rien » veut dire « quelque chose d'horrible ».

Isabella ouvrit la bouche pour parler, puis se ravisa. En guise de réponse, elle sortit une feuille de papier crème glissée entre les pages du magazine et la lui tendit. Mac la déchiffra rapidement.

Ma très chère sœur,

Je suis absolument ravie par la perspective de pouvoir enfin communiquer de nouveau avec toi. Mme Douglas s'est attiré ma plus profonde gratitude. Mes débuts dans le monde sont prévus pour le printemps prochain. Et j'espère bien trouver une occasion de te revoir dès que je serai lancée dans le circuit et que la saison commencera. Tu me manques tellement, ma chère sœur ! Mais je ne peux pas t'écrire davantage aujourd'hui. Si je m'attarde sur cette lettre, papa risquerait de soupçonner quelque chose. Ne prends pas le risque de me répondre. Mais si tu pouvais me faire passer un petit message par l'intermédiaire de Mme Douglas, ou simplement la promesse que nous

pourrons nous embrasser quand nous nous reverrons
enfin me comblerait de bonheur.

Ta sœur qui t'aime,

Louisa

À la lecture de la lettre, toute la colère de Mac contre le père d'Isabella se raviva. Le comte Scranton n'était qu'un monstre d'égoïsme doublé d'un pharisien. Aussitôt après son mariage avec Mac, Isabella avait écrit à sa mère et à sa sœur. Ses lettres lui avaient été renvoyées par son père, déchirées en morceaux, avec un mot de sa main pour interdire à la jeune femme tout contact avec sa famille. Isabella avait alors pleuré toutes les larmes de son corps. Et son père n'avait pas changé d'avis, même après qu'Isabella eut cessé de vivre avec Mac.

Il rendit la lettre à Isabella, qui la serra sur son cœur.

— Cette Mme Douglas est ton ancienne camarade d'école, n'est-ce pas ? Celle qui était capable de descendre par une gouttière en chemise de nuit ?

Isabella hocha la tête.

— Elle m'avait proposé de saluer Louisa de ma part quand elle la verrait. Apparemment, ma sœur a réussi à lui faire passer cette lettre. Je lui suis très reconnaissante de son aide.

— Moi aussi, acquiesça Mac.

Il n'ajouta rien d'autre. Isabella regarda de nouveau par la fenêtre.

Le comte Scranton était à peu près le même genre de bourreau domestique qu'avait été le père de Mac. À une différence près, tout de même. Le père de Mac s'était souvent montré violent et emporté, alors que celui d'Isabella ne se départait jamais d'une raideur glaciale et n'élevait jamais la voix.

Qu'Isabella ait trouvé le courage d'affronter sa réprobation pour vivre avec Mac pendant trois ans en disait long sur sa force de caractère.

— Nous partirons demain pour Doncaster, dit la jeune femme, sans détourner le regard de la fenêtre. Et il n'est pas question que nous partagions la même suite d'hôtel. Je préfère que tu t'ôtes tout de suite cette idée de l'esprit.

Mac étira ses bras sur le dossier du sofa.

— Tu ne logeras pas à l'hôtel, chérie. Hart a loué une maison pour nous tous, toi et tes domestiques y compris. Ian prétendait que Beth serait plus à l'aise ainsi, et je lui ai donné raison.

Il posa ses pieds sur la table basse, comme s'il cherchait une position plus confortable, avant d'ajouter :

— Beth sera contente de t'avoir près d'elle.

Isabella lui jeta un regard courroucé.

— Mac, je te rappelle que nous sommes séparés. Je n'entends pas revenir là-dessus.

— Ça, c'est *ton* opinion.

Les prunelles émeraude d'Isabella brillèrent de colère. Mac en fut heureux : l'essentiel était qu'elle oublie son chagrin.

— Si tu continues, tu vas finir par me rendre folle, Mac.

— Je suis sûr que ça te plaît. Ton existence est bien vide, quand je ne suis pas là pour en faire un enfer.

Il n'en dit pas plus : Bellamy venait d'ouvrir la porte, pour laisser entrer Maude avec un plateau.

— Ah, du thé ! Et des gâteaux. Excellent ! J'avais un peu faim.

Isabella contempla les deux tasses alignées sur le plateau d'un air morose. Les domestiques semblaient ravis de savoir Mac à la maison, et ils avaient vite pris l'habitude de préparer tout en double. Ce qui, bien sûr, enchantait Mac.

Maude et Bellamy se retirèrent, et Mac ôta ses pieds de la table.

— Les couples qui se font la cour prennent le thé ensemble, n'est-ce pas ? demanda-t-il. Le gentleman rend visite à la dame, et celle-ci lui offre du thé.

Isabella s'empara de la théière.

— Sauf qu'ils ne sont pas seuls. La mère de la dame, sa gouvernante ou même une soubrette sont là pour s'assurer qu'aucune inconvenance ne sera commise.

— Dans ce cas nous ferons comme si la tante Hortense nous épiait derrière la plante verte, suggéra Mac.

Il fit mine de saluer la plante.

— Quoi d'autre ?

— Rien. Je sers le thé. Et tu le bois.

Isabella remplissait les tasses tout en parlant. Le cœur de Mac se serra quand, sans poser de questions, elle le prépara de la façon qu'il aimait – deux sucres, pas de lait. Elle n'avait pas oublié.

Mac prit la tasse qu'elle lui tendait et la posa à côté de lui, attendant poliment qu'elle lui propose un scone. Puis il attendit qu'elle se soit elle-même servie, avant de napper son scone de crème fouettée.

— Je dois reconnaître la suprématie des Anglais en matière de scones, dit-il. Ce sont les Écossais qui les ont inventés, mais ce sont les Anglais qui ont trouvé la bonne manière de les servir. Avec de la crème fouettée.

— Je suis anglaise, lui rappela Isabella.

— Comme si je ne le savais pas, mon amour.

Il mordit dans son scone. Isabella regarda la crème déborder sur ses lèvres. Mac les lécha consciencieusement, en prenant tout son temps.

— C'est vraiment très bon, dit-il, avec un sourire malicieux. Veux-tu essayer ?

Les joues d'Isabella se teintèrent de rose.

— Oui, volontiers.

Mac lui prépara un scone. Isabella le porta délicatement à ses lèvres, sous le regard attentif de Mac, qui sentait son désir s'embraser.

— J'en ai un peu là, dit-il, montrant son pouce.

Il redoutait une rebuffade – qu'elle le repousse en lui expliquant que le jeu était terminé. Mais, contre toute attente, elle lui prit la main, la guida jusqu'à sa bouche et referma ses lèvres sur l'extrémité de son pouce, pour sucer la crème.

Mac gémit.

— Tu es bien cruelle, Isabella.

Elle relâcha sa main.

— Pourquoi donc ?

— Ce n'est pas beau de me donner un avant-goût de ce que je ne peux pas avoir.

— Je te rappelle que c'est toi qui refuses de te satisfaire de miettes.

Mac reposa son assiette et se passa une main dans les cheveux.

— En effet. Je te veux tout entière, Isabella. Jusqu'à la fin de nos jours. C'est cela, le mariage. Ensemble pour toujours. Liés l'un à l'autre par l'amour.

— Tu veux dire le devoir ?

Il s'esclaffa.

— Si tu pensais que le mariage n'était qu'une affaire de devoir, tu n'aurais pas accepté de t'enfuir avec moi. La vérité, c'est que tu n'avais pas envie de te colleter les prétendants assommants que ton père te réservait.

— Peut-être. Mais d'après ce que j'ai pu constater, nombre de mariages s'enfoncent rapidement dans le devoir et la routine.

Mac s'adossa au sofa.

— Bon sang, Isabella, ton pessimisme me tue. Regarde Ian et Beth. Ils sont fous l'un de l'autre. Dirais-tu que leur mariage est routinier ? Qu'il ne tient que par devoir ?

— Bien sûr que non.

— Ce n'était pas non plus le cas du nôtre. Ne dis pas le contraire : tu mentirais.

— Non, ce n'était pas le cas du nôtre.

Ouf, songea Mac. C'était au moins un point d'acquis.

— La meilleure preuve, reprit-il, c'est que tu as fini par me quitter. Une femme de devoir serait restée, et elle m'aurait enduré, quoi qu'il lui en coûtât.

— Je la plains d'avance.

— Ce que tu aurais dû faire, c'est me taper sur le crâne, sans relâche, jusqu'à ce que je retrouve la raison.

— Peut-être que mon départ fut ma manière de te taper sur le crâne.

Mac cacha son pincement au cœur en reprenant le bol de crème.

— Tu as en tout cas réussi à attirer mon attention.

Il prit de la crème avec deux doigts et lui jeta un regard narquois.

— Et maintenant, reprit-il, oserais-tu me dire, chère ancienne élève de Mlle Pringles, sur quelle partie de mon anatomie tu aimerais lécher cette crème ?

8

La jeune dame de Mount Street s'est retirée dans son cottage du Buckinghamshire, où ses garden-parties sont déjà devenues légendaires. Elle est tout sourires, malgré l'absence inopinée de son mari, et elle a lancé une nouvelle poétesse qui promet de devenir la coqueluche des Londoniens. Un baron malotru, que des ragots malintentionnés disaient très proche de la jeune dame en question, s'est vu opposer une rebuffade sans appel. Force est donc de conclure que la jeune dame demeure un parangon de vertu.

Juillet 1876

Isabella contemplait, la gorge sèche, le petit monticule de crème qui ornait les doigts de Mac. Elle préférait garder les yeux rivés sur la crème, ce qui lui évitait d'avoir à croiser son sourire malicieux.

Mac ne croyait pas un seul instant qu'elle oserait. Il était convaincu qu'elle le rembarrerait par quelque réplique cinglante. Aussi, quelle ne fut pas sa stupéfaction de la voir soulever un pan de son kilt.

— Les vrais Écossais ne portent rien en dessous, n'est-ce pas ? Et tu es un vrai Écossais, Mac.

— Isabella…

— Si tu t'imaginais me faire rougir comme une collégienne, c'est que tu ne connais pas grand-chose aux collégiennes d'aujourd'hui.

Mac éclata de rire. Mais son rire mourut dans sa gorge quand il vit Isabella se relever pour aller tourner la clé dans la serrure.

— La crème commence à fondre, lui dit-elle, de retour devant le sofa.

Mac baissa les yeux sur la crème qui coulait le long de ses doigts. Isabella lui prit la main et lécha. Puis elle se rassit à côté de lui, et désigna son kilt.

— Alors, tu me montres?

Mac déglutit. Il n'avait plus du tout envie de rire. Il souleva son kilt jusqu'à la taille.

Comme Isabella s'y attendait, il ne portait rien dessous. Et son membre érigé pointait vers le plafond. Elle se souvenait parfaitement de sa dureté, lorsqu'elle le caressait. Comme elle se souvenait de son goût lorsqu'elle le prenait dans sa bouche.

Mac avait toujours aimé la façon dont elle le caressait. Il lui avait souvent dit, en plaisantant, qu'elle avait dû étudier chez Mlle Pringles les mille et une façons de donner du plaisir à un homme.

Alors qu'en réalité, c'est lui qui lui avait tout appris.

Autrefois, cependant, il n'était jamais nu sous son kilt. Isabella se souvenait de l'avoir souvent entendu clamer qu'il était bien beau de vouloir se conformer à la tradition écossaise, mais qu'il n'avait aucune envie de se geler sous prétexte de coutume ancestrale. S'il était nu aujourd'hui, c'était donc dans l'unique intention de la provoquer.

Isabella décida de lui rendre la monnaie de sa pièce.

— Lève-toi, dit-elle.

Mac se redressa, son kilt toujours relevé jusqu'à la taille, ce qui donna à son geste un petit air comique. Isabella s'empara du bol de crème fouettée, plongea ses doigts dedans et badigeonna son membre de crème.

— Petite coquine, murmura Mac.

Il aimait l'appeler ainsi, lorsqu'elle prenait l'initiative de leurs jeux érotiques.

Sa voix se mua en gémissement à l'instant où la jeune femme referma ses lèvres sur son membre. Mac resta immobile, ne cherchant même pas à la caresser : il se contentait de garder son kilt relevé.

Isabella léchait consciencieusement son membre, pour en retirer toute la crème.

Ils s'étaient souvent livrés, par le passé, à des petits jeux analogues, se volant du plaisir l'un l'autre sans même retirer leurs vêtements. Et c'était encore meilleur, bien sûr, lorsqu'ils le faisaient dans un endroit inhabituel : un couloir désert, un soir de réception ; une maison de campagne ou l'atelier de Mac. Isabella se souvenait avec amusement de leurs efforts désespérés pour étouffer leurs rires ou leurs cris de plaisir.

Pour l'instant, Mac ne riait pas.

— Petite coquine, répétait-il. Ma petite coquine adorée.

Isabella remit de la crème et poursuivit sa tâche.

Mac glissa une main dans sa chevelure flamboyante.

— Je ne vais plus pouvoir me retenir très longtemps, dit-il.

Isabella ne répondit pas. Elle avait appris, chez Mlle Pringles, à ne pas parler la bouche pleine. Après avoir léché toute la crème, elle savourait maintenant Mac dans toute sa splendeur.

Il lui caressa la nuque.

— Arrête, ma chérie. Je ne peux plus me retenir.

Rien ne l'obligeait à la prévenir ainsi. Sa courtoisie émut Isabella. En guise de réponse, elle plaqua une main sur ses fesses, pour l'obliger à rester en place.

Elle sentit son membre parcouru de spasmes et, tout à coup, sa semence se répandit dans sa bouche.

— Je t'aime, murmurait-il, lui caressant les cheveux. Je t'aime, mon adorable petite coquine.

Isabella avala jusqu'à la dernière goutte. Mac se laissa choir sur le sofa. Il avait lâché son kilt, qui recouvrait à nouveau son intimité. Isabella voulut reprendre sa tasse de thé, mais Mac la lui ôta des mains pour la serrer dans ses bras.

Ils restèrent enlacés un long moment, la tête d'Isabella reposant sur l'épaule de Mac. La jeune femme entendait battre son pouls, et elle sentait ses lèvres lui effleurer les cheveux. Si seulement cela était toujours ainsi entre eux, ils pourraient vivre ensemble et en paix. Mais ils étaient l'un et l'autre trop versatiles et trop égoïstes pour qu'une telle harmonie pût durer.

— Trois ans et demi, dit-il. Cela faisait trois ans et demi que je n'avais plus connu un tel plaisir. Merci, chérie.

Isabella leva les yeux pour accrocher son regard.

— Tu semblais en avoir besoin.

— Tu ne me feras pas croire que c'était pure charité de ta part. Ça t'a plu.

Elle esquissa un sourire.

— Disons qu'il m'a paru que c'était mon devoir.

Mac éclata de rire. Son haleine sentait le thé et la crème.

— Bon sang, ce que tu m'as manqué! s'exclama-t-il.

Et passant nonchalamment une main dans ses cheveux, il ajouta:

— Si quelqu'un peut me domestiquer, c'est bien toi.

— Je n'ai pas envie que tu sois domestiqué. Je te préfère à l'état sauvage.

— Vraiment? C'est encourageant. Je pourrais faire de ta vie un enfer.

Isabella s'écarta pour récupérer sa tasse. Son breuvage était froid. Il avait aussi perdu sa saveur. C'était pourtant de l'excellent thé, mais il lui parut bien fade, après avoir goûté à Mac.

— Dieu merci, nous partons demain pour Doncaster, où nous serons entourés par la famille.

— Personnellement, je n'ai pas très hâte de rejoindre mes trois frères.

— Je les trouve pourtant charmants. Et attentionnés les uns envers les autres.

— J'aimerais mieux qu'ils se mêlent de leurs affaires, répliqua Mac.

Il reprit également sa tasse et but une grande gorgée, avant d'ajouter :

— Je préfère mon valet. Bellamy sait garder ses opinions pour lui – sauf lorsque j'abîme mes vêtements. Et il sait diablement bien préparer le thé.

Isabella but une autre gorgée, d'un air songeur.

— Cela me rappelle un roman que j'ai lu quand j'étais plus jeune. Ça parlait de quatre sœurs en Amérique. Elles étaient un peu comme vous. L'aînée veillait sur la plus jeune, comme Hart avec Ian, et les deux du milieu veillaient l'une sur l'autre, comme Cameron et toi.

Mac arbora une expression horrifiée.

— Seigneur ! Comparerais-tu les quatre indomptables frères Mackenzie à des jouvencelles américaines ? Je compte sur toi pour ne pas jamais répéter cela en public.

— Ne sois pas idiot. C'était un très bon roman, assura Isabella, avant de soudain froncer les sourcils. Maintenant que j'y repense, l'une des sœurs s'appelait Beth. Elle mourait avant la fin du livre.

Mac l'enlaça à la taille. Son sourire s'était évanoui.

— Ne t'inquiète pas, chérie. Beth est solide. Et Ian ne permettra pas qu'il lui arrive du mal. Pas plus que je ne permettrai qu'il t'arrive quoi que ce soit.

— Comment peux-tu en être aussi sûr ?

— Tu as ma parole. Les Mackenzie honorent toujours leur parole.

— Sauf lorsqu'ils trouvent plus opportun de n'en rien faire.

Mac s'esclaffa.

— Touché. À part ça, chérie, je n'ai pas débandé d'un centimètre. C'est un peu gênant, pour boire le thé.

Isabella n'était pas fâchée qu'il la détourne de ses inquiétudes. Elle glissa une main sous son kilt.

Mac retint sa respiration.

— Mon Dieu, je vois que tu n'as pas perdu la main ! Tu ne m'ôteras pas de l'idée que Mlle Pringles a dû vous entraîner sur des moulages en plâtre.

Isabella éclata de rire. Mais elle continua ses caresses, jusqu'à ce que Mac s'arc-boute sur le sofa, en criant son nom.

Elle reçut sa semence dans sa main, puis Mac la serra de nouveau contre lui, et il l'embrassa jusqu'à ce qu'elle en perde la raison.

Le lendemain, Mac regarda avec émotion Isabella se précipiter dans les bras de Beth, dès leur descente du train, à Doncaster. Les deux belles-sœurs s'étreignirent comme si elles ne s'étaient pas vues depuis des années.

Le voyage avait été un calvaire pour Mac. Il avait consenti à ce qu'Isabella occupe – à sa demande – un compartiment séparé. Mais, tout du long, il n'avait cessé de vouloir quitter celui qu'il partageait avec Cameron et Daniel pour la rejoindre. Leur petit interlude de la veille, dans le salon, n'avait fait qu'aviver le désir qu'elle lui inspirait.

Cependant, Mac ne saurait pas se satisfaire de petites séances érotiques comme celle d'hier. Il voulait Isabella tout entière, et il voulait tout d'elle : son amour, son amitié, sa confiance. Une passion charnelle sans amour ni confiance n'était qu'une coquille vide, songeait-il, en voyant Beth et Isabella s'étreindre avec force. Mais il l'avait compris un peu tard.

Hart avait loué une maison un peu à l'écart de Doncaster. C'était la maison de campagne d'un gentleman dont les revers de fortune ne lui permettaient plus d'entretenir, seul, une aussi vaste propriété. Mais il avait préféré la louer à d'autres aristocrates, plutôt que de la vendre et de la voir transformer en hôtel, ou en hospice pour personnes âgées. Son personnel, installé à demeure, était payé par les locataires.

La maison était assez grande pour loger les quatre frères, deux épouses, un neveu, les domestiques de tout ce petit monde et les chiens. Hart et Ian ne se déplaçaient jamais sans leurs chiens. Il y en avait cinq, et de toutes les tailles. Ils firent fête à la famille, l'accueillant en remuant énergiquement leurs queues. Isabella donna une caresse à chacun en l'appelant par son nom : Mc Nab, Férus, Ruby, Ben et enfin Achille, qui avait une patte toute blanche.

Mac appréciait qu'Isabella ait adopté sa famille en bloc. La première rencontre remontait peu de temps après leur mariage, et la jeune femme avait immédiatement conquis ses frères, pourtant sceptiques. Cameron avait même assuré d'emblée à Mac qu'elle le rendrait heureux. Ian avait d'abord observé la jeune femme sans rien dire, avant de décider de lui montrer sa collection de vases Ming. Pour Ian, un tel geste était l'équivalent d'une déclaration d'allégeance la plus totale.

Hart avait pris davantage de temps. Il s'était à plusieurs reprises opposé au père de la jeune femme dans la Chambre des Lords pour des raisons politiques – Hart défendant le parti écossais, alors que le comte Scranton considérait les Highlands comme une dangereuse terre de sédition. Mais Isabella avait su gagner son estime en ne se laissant pas intimider. Hart respectait les femmes de caractère, et il avait fini par tomber à son tour sous le charme d'Isabella.

Une fois à l'intérieur, Beth et Isabella se dirigèrent tout droit vers la terrasse, bras dessus bras dessous, leur bavardage ponctué de gloussements amusés. Mac les regarda s'éloigner avec regret, avant de se tourner vers Ian et de gratifier son frère d'une solide tape sur l'épaule. Celui-ci ne broncha pas, ce qui prouvait qu'il s'était beaucoup détendu. Ian détestait être touché – sauf par Beth.

Il était même si bien à son aise, qu'il trouva le courage de croiser le regard de Mac. Il y a encore six mois, il en aurait été incapable.

— Alors ? demanda-t-il. As-tu réussi ?

— Réussi quoi ?

— À refaire d'Isabella ta femme, s'impatienta Ian.

Et son regard semblait dire : « *Enfin, Mac, à quoi d'autre pouvais-je faire allusion ?* »

Mac haussa les épaules.

— Les choses avancent petit à petit.

— Ça veut dire oui, ou non ?

Ian avait toujours aimé les solutions les plus directes.

— Ça veut dire que je travaille à notre réconciliation.

— J'en conclus que c'est non.

— Bon, d'accord. Nous ne sommes pas redevenus mari et femme. Isabella a encore besoin d'un peu de temps.

— Elle a eu trois ans et sept mois pour réfléchir. Dis-lui que vous êtes de nouveau ensemble, et n'en parlons plus.

— La vie n'est pas toujours aussi simple que tu sembles le penser. Tu as pourchassé Beth jusqu'à Paris, tu l'as convaincue de t'épouser à la va-vite et depuis, elle t'est toute dévouée. Mais ma relation avec Isabella est un peu plus compliquée.

Ian ne répondit pas. Il observait, à travers la fenêtre, Beth sur la terrasse. Mac réalisa que Ian n'avait pas vraiment idée de ce qu'il voulait dire – et surtout, qu'il s'en moquait éperdument.

Les chiens s'agitaient autour d'eux. Ils semblaient hésiter entre rester dans le hall, avec les deux frères, ou sortir au soleil rejoindre les dames. Finalement, ils s'élancèrent d'un même mouvement en direction de la terrasse.

Ian abandonna un instant son observation pour jeter un regard à Mac.

— Simple ? Bien sûr, que c'est simple. Il suffit de s'en convaincre.

Et il prit à son tour le chemin de la terrasse, comme tiré par une longe invisible vers la femme qu'il aimait.

9

Le clan Mackenzie s'est affiché à Doncaster, où leur tribune a resplendi de la beauté radieuse de la dame de Mount Street. Cependant, malgré le retour de son mari, et leur apparente réconciliation, aucune rumeur n'a encore fait état de l'arrivée prochaine d'un nouvel héritier Mackenzie.

Septembre 1876

Mac se souvint, le lendemain, des paroles de Ian, lorsqu'ils arrivèrent tous ensemble au champ de courses de Doncaster.

Cameron et Daniel disparurent aussitôt dans les écuries, pour s'occuper de leurs chevaux. Hart s'esquiva lui aussi, afin de faire des mondanités. Hart usait de toutes les occasions pour s'entretenir avec des personnes influentes et les ranger à ses vues politiques. C'était d'ailleurs un trait de son caractère qui irritait Mac : Hart aimait les gens, à condition qu'ils pensent comme lui.

Hart s'était montré de mauvaise humeur durant le trajet jusqu'au champ de courses, et Mac avait senti une tension entre lui et Ian depuis leur arrivée à Doncaster. Même si le bavardage incessant d'Isabella et de Beth semblait tout recouvrir d'une solide couche de bonne humeur.

C'est Beth qui lui expliqua le fin mot de l'histoire, lorsqu'ils s'installèrent – Beth, Mac, Ian et Isabella – dans la tribune des Mackenzie, qui offrait une vue plongeante sur le champ de courses. Hart avait demandé à Beth de jouer les hôtesses de maison pour une réunion au château de Kilmorgan. Hart avait invité des membres du Parlement, et il aurait souhaité les services d'une jeune femme ravissante pour leur sourire et les amadouer. Mais Ian, toujours très possessif, ne l'avait pas entendu de cette oreille. Il avait répliqué à Hart de se trouver sa propre épouse.

Mac éclata de rire.

— J'aurais voulu assister à la scène! J'adore quand tu remets Hart à sa place, Ian. Mais je suppose que ça ne devait pas être drôle pour toi, Beth, d'être prise entre deux feux.

— Oh, ce n'était pas bien grave, assura Beth. J'étais d'accord pour rendre service à Hart, mais il n'est pas mauvais qu'il apprenne qu'on ne peut pas toujours faire ses quatre volontés. Et Ian a raison : il serait bon qu'il se remarie. Cameron n'a qu'une crainte : que Hart tombe un jour de cheval, et lui lègue le titre.

Mac pouvait comprendre son frère. Lui-même s'était toujours estimé très heureux d'être hors de portée du duché – Cameron et Daniel passaient avant lui dans l'ordre de succession. Si Hart se remariait, le titre s'éloignerait encore un peu plus de Mac. Mais depuis le décès de sa jeune épouse et de leur bébé, ce satané Hart restait obstinément à l'écart des enchères conjugales. La famille avait espéré qu'il essaierait de reconquérir Eleanor Ramsay, qui l'avait autrefois répudié, et qui n'était toujours pas mariée, malheureusement Hart n'avait pas fait le moindre pas en ce sens.

Hart fit son entrée dans la tribune juste avant le départ de la première course. À son regard courroucé, Mac comprit qu'il avait deviné leur sujet de conversation. Il s'installa sur une chaise un peu à l'écart, et riva ses jumelles de spectacle sur la piste.

Imperturbables, Isabella et Beth continuaient de parler de tout et de rien. Les courses de Doncaster étaient toujours l'occasion pour les femmes – les épouses, les filles ou les sœurs – de faire grand étalage de toilettes. De chapeaux en particulier. Et Beth et Isabella participaient à la compétition avec enthousiasme. Le chapeau de Beth, très haut, était couronné de plumes d'autruche qui retombaient dans son dos. Celui d'Isabella était ceint d'une volute de plumes d'autruche et de roses jaunes. Elle le portait penché sur son crâne, ce qui lui donnait un petit air faussement effarouché qui rendait Mac encore plus fou de désir. Il n'avait qu'une envie : lui arracher son chapeau et la couvrir de baisers.

— Voilà Cameron ! s'exclama-t-elle derrière ses jumelles, désignant une robuste silhouette en veste noire et kilt.

Daniel, vêtu pareillement, trottinait à sa suite. Il leur fit un signe de la main.

Isabella lui rendit son salut.

— Mac, tu devrais descendre enregistrer nos paris. Sur tous les chevaux de Cameron.

— Tous ? s'inquiéta Beth.

C'était la première fois qu'elle assistait aux courses avec les Mackenzie, et elle semblait sur la défensive.

— Mais oui, ma chère. Tout le monde sait que Cameron élève les meilleurs chevaux du pays. Je crois que je vais parier dix livres pour la première course. Et je risquerai encore plus sur les suivantes. C'est tellement amusant !

— Cameron a retiré sa pouliche de la première course, leur annonça Hart. Il m'a expliqué, avant que je ne vous rejoigne, qu'elle s'est mise à boiter tout à l'heure.

Isabella ajusta ses jumelles et vit Cameron tenir un cheval par la bride, pour l'éloigner de la piste.

— Oh, la pauvre bête.

— Sa vie n'est pas en danger. Mais elle ne pourra pas courir aujourd'hui.

Isabella se mordit la lèvre. Quelqu'un de mal averti aurait pu penser qu'elle se désolait pour son pari, mais Mac savait qu'elle s'inquiétait pour la pouliche. Cameron aimait ses chevaux comme s'ils faisaient partie de la famille, et Isabella avait toujours eu un grand cœur.

Beth inspectait la piste du regard.

— Allons-nous parier sur un autre ?

— J'ai vu qu'une pouliche s'appelait Lady Day, répondit Isabella. J'aime bien ce nom.

— Elle n'a pas la bonne couleur, fit valoir Ian.

Isabella lui jeta un regard perplexe.

— Ian, un cheval ne gagne ni ne perd une course parce que sa robe est baie plutôt qu'alezan.

— Je parlais de son jockey.

Le jockey de Lady Day portait une casaque bleue rayée de vert. Mac n'avait pas non plus la moindre idée de ce que Ian voulait dire, mais quand Ian proférait un jugement, mieux valait ne pas chercher à le contredire : il avait généralement raison.

— Il m'a convaincu, dit-il à Isabella. Choisis une autre monture.

— À mon avis, vous êtes fous tous les deux, répliqua Isabella. Beth, nous parions sur Lady Day ?

Beth haussa les épaules.

— À moins que mon mari ne propose autre chose ?

Elle attendit une réponse, mais Ian regardait obstinément les paddocks. Mac fit un signe d'acquiescement pour les deux femmes, et quitta la tribune.

— Vous revoilà déjà, milord ? s'étonna le bookmaker, quand il arriva aux guichets.

— Comment cela ? Que voulez-vous dire ?

Le bookmaker, un petit homme que tout le monde appelait Steady Ron, plissa les yeux.

— Vous avez pourtant bien placé un pari avec Gabe il n'y a pas plus d'une demi-heure ? dit-il, désignant le guichet d'à côté. J'étais très vexé. Les Mackenzie font toujours affaire avec Steady Ron.

— Je viens juste d'arriver. J'étais dans les tribunes, avec ma femme. Elle croit dans les chances de Lady Day.

— Un excellent choix. Je la joue gagnante, ou placée ?

— Gagnante, affirme ma femme.

Quand Ron eut enregistré les paris, il ne put s'empêcher d'ajouter :

— J'aurais vraiment juré que c'était vous, milord. Même visage, même allure. Et je ne me trompe pas facilement.

— Eh bien, vous vous êtes trompé, pour une fois. Quand vous me reverrez, assurez-vous que c'est bien moi, avant de vous vexer.

Ron sourit.

— Vous avez raison, milord. Bonnes courses.

L'erreur de Ron avait cependant mis Mac mal à l'aise. Surtout à la lumière de ce que lui avait dit Crane sur le faussaire qui lui avait vendu les toiles. Sans parler de l'incendie. Le valet de Mac avait assuré que personne – en dehors de Mac lui-même – n'était entré ou sorti de la maison ce soir-là. Pourtant, quelqu'un s'était bien introduit à l'intérieur. Mais il était peu probable que le valet fût resté en permanence à son poste. Il avait pu s'absenter pour se soulager, ou sortir dans la rue et converser avec le valet d'un voisin – ou mieux encore, se laisser distraire par une jolie soubrette des environs. De loin, il aurait pu facilement confondre l'intrus avec Mac.

La foule était considérable, comme toujours à Doncaster. Une mer de gentlemen vêtus à l'identique de costumes sombres et de chapeaux hauts de forme s'étirait à perte de vue. Ron avait très bien pu se tromper. La mode masculine, aujourd'hui, avait une fâcheuse tendance à faire se ressembler tous les hommes.

Cependant, Mac avait beau tenter de se rassurer avec ces arguments, la coïncidence le chiffonnait.

De retour dans la tribune, il trouva Beth et Isabella debout, dans l'attente du départ de la première course. Ian se tenait près de sa femme, une main lui caressant le dos. Mac, à ce spectacle, éprouva une morsure d'envie. Autrefois, il aurait été autorisé à faire de même avec Isabella.

Un rugissement monta de la foule à l'instant où les chevaux s'élancèrent. Beth et Isabella observaient la course avec leurs jumelles de spectacle, trépignant et criant des encouragements à Lady Day, qui galopait de toutes ses forces.

— Elle va y arriver ! assura Isabella, se tournant vers Mac. Je savais que je misais sur le bon cheval !

Dans son excitation, elle étreignit la main de Mac, avant de reporter son attention sur la course.

Son geste avait eu beau être furtif, Mac en fut bouleversé. Isabella l'avait touché comme lorsqu'ils étaient amants et amis. Comme si rien d'effroyable ne s'était passé entre eux.

Mac savoura ce moment précieux. C'était encore plus agréable à vivre que leur petit interlude dans le salon. Rien ne pouvait se comparer aux caresses machinales de deux êtres qui s'aimaient. Et savoir qu'Isabella avait voulu partager son enthousiasme de la course avec lui emplissait Mac d'un bonheur sans pareil.

Obsédé par Isabella, il ne remarqua même pas les chevaux qui venaient de doubler Lady Day. Il vit simplement la lumière s'éteindre dans les yeux de la jeune femme. Cela lui rappela les regards ternis qu'elle lui lançait autrefois, et que Mac, dans son aveuglement et sa bêtise, n'avait pas su déchiffrer.

Lady Day termina sixième. Alors qu'elle ralentissait l'allure, passant du galop au petit trot, son jockey lui flattait l'encolure, comme s'il voulait la rassurer qu'il ne l'en aimait pas moins d'avoir perdu. Mac aurait voulu pareillement caresser la nuque d'Isabella, pour la réconforter.

La jeune femme, exaspérée, se tourna vers Ian.

— Ian, comment avez-vous su que Lady Day perdrait, en vous fiant uniquement à la couleur de sa casaque ?

Ian ne répondit pas. Il observait les chevaux revenir lentement vers leur paddock.

— Il voulait dire que cette pouliche était d'acquisition récente, expliqua Hart. Lord Powell ne l'a achetée qu'il y a quelques semaines. Elle n'a pas eu le temps de s'habituer à son nouvel environnement, et à son nouveau jockey. Ils n'auraient pas dû l'inscrire si tôt dans une course. Elle n'avait pas le cœur à gagner.

— Vous auriez pu me le dire plus tôt, Hart Mackenzie ! protesta Isabella, avant de se radoucir : Pauvre bête. Ils n'auraient pas dû l'obliger à courir.

Si quelqu'un pouvait savoir ce qu'était le sort d'une personne soudainement arrachée à sa famille pour être confrontée à des inconnus, c'était bien Isabella.

Hart esquissa un sourire.

— Je ne voulais pas gâcher votre amusement. Et comme cela, vous saurez ce qu'il en coûte de ne pas écouter Ian.

Isabella lui tira la langue, avant de se tourner vers Ian.

— Pardonnez-moi, Ian. Je n'aurais pas dû mettre votre parole en doute.

Ian lui jeta un rapide regard, puis Mac le vit serrer la taille de Beth, comme s'il cherchait à se raccrocher à elle. Ian avait parfois du mal à suivre les mots d'esprit ou les taquineries que s'échangeaient entre eux les membres de la famille. Un étranger l'aurait volontiers pris pour un simple d'esprit, mais Mac savait que c'était un garçon complexe, doué d'une grande intelligence. Beth l'avait deviné tout de suite, et Mac l'aimait pour cela.

Les chevaux de Cameron participèrent aux deux courses suivantes, et les remportèrent. Isabella et

Beth avaient renoué avec leur excitation, tandis que Cameron restait au bord de la piste, à couver ses bêtes du regard.

Daniel, pour sa part, sautait sur place, et il devait assommer tous les spectateurs alentour en leur serinant que les chevaux des Mackenzie étaient les meilleurs du monde. Cameron se préoccupait d'abord du bien-être et de la santé de ses chevaux, mais Daniel aimait gagner.

— C'était de l'excellent spectacle, dit Isabella, après la troisième course. Maintenant, Beth, si nous allions prendre le thé ?

— Les courses sont déjà terminées ? demanda Beth.

— Nous remonterons plus tard dans les tribunes. Mais l'un des intérêts de la Saint-Léger est de déambuler dans les allées du champ de courses, pour se montrer et être vu. Sinon, à quoi bon passer autant de temps à choisir nos chapeaux ?

Beth s'esclaffa, et les deux amies quittèrent la loge au bras l'une de l'autre. Ian leur ouvrit la porte, avant de leur emboîter le pas.

Mac s'apprêtait à le suivre, quand Hart l'arrêta en le tirant par la manche.

— Je ne suis pas d'humeur à écouter un sermon, vieux frère, lui lança Mac, alors qu'Isabella et Beth disparaissaient dans l'escalier. Pas maintenant. Ian m'a déjà obligé à lui avouer qu'avec Isabella, nous n'étions pas redevenus mari et femme.

— Je voulais simplement te dire que j'étais ravi de te revoir avec elle, répliqua Hart. Il te faudra du temps pour regagner sa confiance, mais à voir comment elle te parle – et déjà, le simple fait qu'elle te parle – permet d'espérer une issue heureuse.

Mac ne s'attendait pas à cela. Hart et lui avaient la même taille – Cameron étant le plus grand des frères Mackenzie –, et Mac pouvait donc voir droit dans les yeux de Hart. Et il y lut un soulagement sincère. Il n'aurait jamais pensé que sa rupture avec Isabella avait à ce point affecté son aîné.

— Deviendrais-tu sentimental, en vieillissant? le railla-t-il. Qu'est-ce qui a bien pu adoucir ton cœur?

— Peut-être la disparition d'un être cher.

Mac ne sut pas quoi répondre. La maîtresse de longue date de Hart était récemment décédée, dans des circonstances tragiques. Hart n'en parlait jamais, mais Mac savait qu'il avait eu beaucoup de chagrin.

— Ce qui m'a vraiment adouci le cœur, reprit Hart, c'est de voir Ian connaître le bonheur. Je n'aurais jamais cru que j'assisterais à cela un jour.

— Moi non plus.

Mac était sincèrement heureux pour Ian. Son petit frère revenait pourtant de loin. Il avait passé des années enfermé dans un asile, où l'avait jeté leur père indigne. Mais Ian avait fini par trouver cette plénitude et ce contentement qui échappaient à Mac.

— Ne lâche pas prise, cette fois, lui conseilla Hart. Profite de tout ce que tu pourras avoir. Le moment vient toujours trop vite de perdre ceux qu'on aime.

— Il me semble que tu parles d'expérience?

Quand Hart avait demandé sa main à Eleanor, il était si convaincu de l'obtenir que la rebuffade de la jeune femme avait surpris tout le monde. Mais à bien y réfléchir, ce n'était sans doute pas si étonnant que cela. Hart était impossible à supporter quand il se croyait si sûr de lui.

— Oui, en effet. Mais j'ai appris de mes erreurs, assura Hart.

Il prit un air sévère et ajouta:

— Pour ta part, je te conseille de ne plus en commettre d'autres.

— Oui, monsieur, répondit Mac.

Hart le laissa partir là-dessus.

— C'est succulent, s'extasia Isabella, en portant une autre cuillerée de crème à ses lèvres.

Sa dégustation lui rappelait la dernière fois qu'elle avait mangé de la crème : en la léchant sur le membre érigé de Mac. Et elle devait bien s'avouer que c'était ce qui lui était arrivé de plus excitant depuis fort longtemps.

— Un délice, acquiesça Beth. Le comble du luxe.

Les deux amies étaient assises sur de vulgaires tabourets, sous une tente faisant office de salon de thé. Ce n'était pas vraiment l'idée que se faisait Isabella du « comble du luxe », mais Beth avait grandi dans la misère. Boire du thé, avec des gâteaux et de la chantilly en portant des chapeaux extravagants au milieu d'un champ de courses devait lui sembler parfaitement décadent. Toutefois, Beth était une authentique lady, même si elle descendait de la branche pauvre d'une famille de petite aristocratie. Et sa mère – depuis longtemps disparue, hélas – lui avait inculqué des manières impeccables.

Beth avala une autre bouchée de gâteau.

— Nos hommes ont fière allure, n'est-ce pas ?

Isabella jeta un regard à Ian et Mac, qui se tenaient non loin d'elles. Ils avaient en effet fière allure : deux grands Écossais aux cheveux auburn en veste noire et kilt. Ian et Mac avaient à peu près le même âge – Ian vingt-sept ans, et Mac trente ans tout rond. Ils portaient tous deux, jeté sur l'épaule, le tartan aux couleurs du clan Mackenzie, et les épaisses chaussettes de laine qui complétaient leur costume. Petite fille, Isabella avait ri à l'idée que des hommes puissent porter la jupe, mais la première fois qu'elle avait vu Mac en kilt, elle avait vite révisé son opinion : Mac, en kilt, était irrésistible.

Il lui décocha un regard gourmand, comme si elle était tout entière une cuillerée de crème qu'il rêvait de dévorer. Le cœur d'Isabella se gonfla dans sa poitrine.

Peut-être Mac avait-il réellement changé. Peut-être. Il ne buvait plus, c'était un fait. Ses actions n'étaient plus imprévisibles. Encore qu'Isabella ne désirât pas que Mac devînt un homme parfaitement prévisible. Mais, désormais, quand elle lui parlait, elle était certaine qu'il l'écoutait bien, et qu'il était avec elle dans la conversation, au lieu que son esprit embrumé par l'alcool ne batte la campagne. Cela faisait maintenant bientôt trois ans – elle l'avait appris par ses frères – qu'il était redevenu sobre. Du coup, nombre de ses anciens amis l'avaient abandonné. Ces sycophantes devaient trouver qu'un Mac qui n'était plus ivrogne n'était plus aussi amusant.

Du reste, derrière ses sourires taquins, Isabella croyait discerner, dans son regard, un fond de tristesse.

En serais-je responsable? ne pouvait-elle s'empêcher de se demander, avec un pincement au cœur. Elle savait qu'en quittant Mac, elle lui avait fait beaucoup de mal. Elle avait aussi souffert, bien sûr. Mais, à l'époque, elle avait jugé qu'elle n'avait pas le choix. N'empêche: de savoir qu'elle lui avait causé du chagrin la rendait malheureuse.

Beth repoussa son assiette et posa une main sur son ventre.

— Hmm. Je crois que j'ai trop mangé.

Isabella faillit lui répondre, en plaisantant, qu'elle devait manger pour deux, mais en voyant l'expression de Beth elle bondit sur ses pieds et appela Ian de toutes ses forces.

Ian lâcha son assiette, qui s'écrasa par terre, avec son morceau de gâteau. Il se rua vers la table des deux femmes et souleva Beth dans ses bras avant qu'elle ait pu réagir.

— Pour l'amour du ciel, Ian, tout va bien. Ce n'est pas la peine de faire tout ce remue-ménage.

Isabella, cependant, était convaincue que Beth n'allait pas bien du tout. Son visage était devenu blanc comme du papier. Même ses lèvres avaient perdu leur couleur, et ses pupilles étaient dilatées.

Ian se dépêcha de la porter au-dehors, bousculant au passage quelques ladies qui s'empressaient pourtant de s'écarter, comme une volée de moineaux effarouchés. Isabella suivait, et elle sentait Mac derrière elle. À un moment, il essaya même de lui prendre le bras, mais elle continua de suivre Ian en direction de la sortie, sans se retourner.

Elle entendit Mac héler quelqu'un dans son dos, et lui crier de courir prévenir le cocher des Mackenzie, pour qu'il avance leur voiture. C'était tout Mac, ça : il n'était jamais le dernier à plaisanter mais, dans les situations de crise, il savait toujours garder la tête froide et prendre les bonnes décisions. Quelques instants plus tard, le landau de Hart arrivait à leur rencontre.

Ian grimpa à l'intérieur, Beth toujours dans ses bras. C'est à peine s'il attendit qu'Isabella les ait rejoints, avant d'ordonner au cocher de les reconduire à la maison.

Comme le temps était radieux, ils avaient fait l'aller la capote baissée, et maintenant les banquettes étaient chauffées par le soleil. Isabella eut tout juste le temps de se laisser choir sur la sienne, avant que l'attelage ne s'ébranle.

Mac resta sur le champ de courses. Isabella, se retournant, le vit les saluer de la main. Mais elle devinait qu'il ne resterait pas inactif.

Elle ne se trompait pas. De retour à la maison, elle put encore louer son sens de l'initiative. Un médecin arriva quelques instants après eux. Il expliqua que Mac avait envoyé un messager le chercher en ville, avec de l'argent pour se payer la course en fiacre.

Le médecin fit sortir Isabella de la pièce. En revanche, Ian refusa de s'en aller, et le médecin comprit rapidement qu'il était préférable de capituler. Pendant tout ce temps, Beth s'efforçait de sourire, et répétait qu'elle allait bien.

Isabella attendit en faisant les cent pas dans le couloir du premier étage, sans même jeter un œil au jardin qui s'apercevait par les baies vitrées. Les chiens l'avaient rejointe et lui lançaient des regards inquiets, conscients qu'il se passait quelque chose d'anormal. Des domestiques entraient et sortaient de la chambre de Beth, avec des cuvettes et des serviettes, mais aucun ne s'arrêta pour parler avec Isabella, et elle n'entendait aucun bruit en provenance de la chambre.

Elle tournait toujours en rond, quand Mac arriva. Les cinq chiens se précipitèrent à son devant, pour l'accueillir dès l'escalier.

Quand il demanda : « Alors, quelles sont les nouvelles ? », Isabella crut qu'elle allait exploser.

— Ils ne m'ont pas laissée entrer, et personne ne me dit rien. J'ignore ce qui se passe, expliqua-t-elle, les larmes aux yeux. Ils pourraient au moins me dire si Beth va bien !

Mac l'enserra dans ses bras puissants, et le monde cessa soudain de chavirer sous ses yeux. Il ne dit rien, cependant, évitant les platitudes ou les formules obligées de réconfort, et Isabella lui sut gré de son silence. Mac était bien placé pour comprendre les inquiétudes de la jeune femme, et savoir qu'elles n'étaient pas sans fondement. Il se contenta donc de la serrer très fort dans ses bras, et Isabella n'eut aucune honte à s'agripper à lui.

Ils restèrent ainsi enlacés un long moment, réchauffés par le soleil qui filtrait à travers les fenêtres. Les chiens, calmés, s'étaient couchés, mais leurs sens restaient en alerte.

Le soleil commençait à décliner à l'horizon, quand le médecin sortit enfin de la chambre.

— Vous pouvez la voir, à présent, dit-il à Isabella.

Isabella s'arracha à l'étreinte de Mac et se rua dans la chambre, sans même demander au médecin comment allait Beth.

10

La rumeur malveillante laissant entendre que le lord écossais se serait enfui avec une autre femme s'est finalement avérée dépourvue du moindre fondement. Son épouse paraît visiblement se réjouir de son retour, après une autre de ses soudaines absences, et les réceptions ont déjà recommencé dans leur maison londonienne.

Janvier 1877

Beth disparaissait sous les couvertures, et seule sa tête, encore très pâle, émergeait d'une chemise de nuit boutonnée au col. Ian, en manches de chemise et kilt, était allongé à côté d'elle sur le lit, une main posée sur le ventre de sa femme.

— Pauvre Isabella, dit Beth, tandis qu'Isabella refermait la porte. Je ne voulais pas vous donner tant de frayeur.

Isabella vint s'asseoir au chevet du lit et prit la main de Beth dans la sienne.

— Comment vous sentez-vous ? demanda-t-elle. Et le bébé ?

— Tout va bien, l'assura Beth, avec un sourire. Je suis en de bonnes mains, comme vous pouvez le voir.

Elle coula un regard énamouré vers Ian, qui n'avait même pas salué Isabella à son entrée.

— Dieu soit loué, murmura Isabella.

Et elle répéta :

— Dieu soit loué !

— J'ai juste eu un coup de chaleur, expliqua Beth. C'est d'avoir trépigné et sauté pendant les courses, puis d'être restée assise sous cette tente où l'on ne respirait pas. En outre, ma robe était trop serrée. Vous avez été témoin de ma gourmandise ! J'ai mangé beaucoup trop de crème.

Elle racontait cela d'un ton léger, badin, comme si elle s'apprêtait à clore l'incident par une plaisanterie. Son discours tendait à dire « *Je me suis conduite comme une idiote, et j'en paie maintenant le prix, voilà tout* ». Isabella ferma les yeux.

— Vous pleurez, Izzy ? demanda Beth, lui caressant la main. Je vous assure, je vais très bien. Que vous arrive-t-il, ma chérie ?

— Isabella a fait une fausse couche, marmonna Ian.

Beth, qui l'ignorait bien sûr, ne put retenir un cri de surprise.

— C'était il y a quatre ans, précisa Ian. Elle se trouvait à un bal, et c'est moi qui l'ai ramenée chez elle. Mac était parti à Paris.

— Je vois, fit Beth, qui préféra se satisfaire du résumé de Ian, et ne pas poser d'autres questions. Je comprends, à présent, pourquoi vous vous êtes tous les deux à ce point inquiétés pour moi.

— Le bébé était un garçon, poursuivit Ian, qui réduisait l'événement le plus atroce de la vie d'Isabella à quelques phrases lapidaires. Il m'a fallu cinq jours pour retrouver Mac et le ramener chez lui.

Cinq jours pendant lesquels Isabella était restée seule, dans son lit, à subir la pire crise de mélancolie de son existence. Elle avait même pensé, un moment, en mourir, n'ayant plus la force de vivre. Mais son corps était jeune et fort, et elle avait rapidement guéri physiquement – mais pas moralement.

— Je ne me le suis jamais pardonné, dit Mac.

Isabella rouvrit les yeux. Mac se tenait sur le seuil, et il la regardait avec un air de sombre résignation.

— Je t'ai déjà dit que tu ne pouvais pas te douter de ce qui arriverait, lui répliqua la jeune femme.

Mac entra dans la chambre à pas lents.

— Tu étais la personne que je chérissais le plus au monde, et cependant, je n'étais pas là pour prendre soin de toi. Tu avais tous les droits de me haïr.

— Mais je ne t'ai pas… commença Isabella.

En réalité, elle l'avait *haï*, à l'époque. Elle lui en avait terriblement voulu de devoir supporter seule son chagrin. Mais elle s'en était aussi voulu d'avoir été à l'origine de la dispute qui avait fait s'enfuir Mac, deux semaines auparavant. Elle s'était emportée contre lui, lui reprochant violemment son alcoolisme et ses incessantes escapades avec ses compagnons de beuverie. Comme d'habitude, Mac avait répliqué en prenant la fuite.

— Je ne te hais plus, corrigea-t-elle.

Mac s'efforça de sourire à Beth.

— Comprends-tu mieux, à présent, l'enfer que j'ai imposé à Isabella ? Je lui ai rendu la vie impossible, et ce n'était pas parce que l'alcool m'embrumait l'esprit que je dois me trouver des excuses.

— Je comprends aussi pourquoi vous êtes devenu un buveur de thé forcené, répondit Beth.

— C'est en partie la cause, en effet. En tout cas, j'ai compris la leçon : l'alcool peut vous ruiner la vie.

Isabella se releva, dans un bruissement d'étoffe.

— Ne dramatise pas à l'excès, Mac. Tu as commis une erreur, c'est tout.

— Sauf que j'ai répété la même erreur, de façon constante, pendant trois ans. Cesse de m'excuser, Isabella. Je ne veux pas de ta pitié.

— Et moi, je ne veux pas te voir t'autoflageller. Ce n'est pas dans ton caractère.

— Ce *n'était* pas. Mais c'est devenu une seconde nature !

— Stop! grogna Ian. Beth est fatiguée. Allez vous disputer dans le couloir.

— Désolé, vieux frère, dit Mac. En réalité, j'étais venu apporter quelque chose à Beth. Je crois que ça va lui faire plaisir.

Isabella s'était soudain recroquevillée sur elle-même. Elle se trouvait idiote, à présent, d'avoir paniqué, alors que Ian et Mac avaient su garder la tête froide. Elle s'était trop rappelé sa propre épreuve, ce qui l'avait empêchée de réfléchir posément.

— J'adore les cadeaux, dit Beth, avec un sourire.

Mac s'approcha du lit. Ian, toujours allongé à côté de Beth, se redressa sur un coude, comme un dragon protecteur. Mac sortit une liasse de billets de sa poche, et la posa sur les couvertures.

— Vos gains, chère madame, dit-il.

— Bonté divine! J'avais complètement oublié! s'exclama Beth. Quel merveilleux beau-frère vous êtes devenu. Vous aurez pensé à tout, cet après-midi.

— C'était bien le moins que je puisse faire pour le bébé de mon frère.

Beth sourit de bonheur. Mac prit un air suffisant et Ian... Ian avait perdu le fil de la conversation. Il traçait, du bout des doigts, des dessins sur le ventre de Beth.

— Et mes gains à moi? demanda Isabella, qui essayait de se ressaisir.

— Je te les donnerai hors de la chambre. Bonne nuit, Beth.

Isabella embrassa Beth sur la joue, et celle-ci l'attira à elle pour l'étreindre quelques instants.

— Merci, Isabella. Je suis vraiment désolée de vous avoir occasionné toute cette frayeur.

— Ce n'est pas grave. L'essentiel est que vous vous portiez bien.

Après l'avoir embrassée une dernière fois, Isabella se dirigea vers la porte, que Mac avait ouverte à son intention.

Ils marchèrent quelques instants en silence dans le couloir. Comprenant que la crise était passée, les chiens s'éparpillèrent en remuant la queue.

— Eh bien, dit finalement Isabella, vas-tu me donner mon argent ?

Mac s'immobilisa.

— Évidemment. Mais je vais d'abord prendre ma commission.

Isabella s'immobilisa à son tour, sur la défensive.

— Je ne suis pas une femme de petite vertu, Mac. Je ne t'embrasserai pas en échange d'une guinée.

— D'abord, il s'agit de cent guinées, répliqua-t-il. Et ce n'était pas ce que j'avais en tête.

Le regard brillant, il ajouta cependant :

— Même si la suggestion ne manque pas d'un certain intérêt.

— Mac…

Il posa une main sur son épaule. Sa paume était chaude, solide.

— Je te demande simplement de ne plus porter toute seule ton chagrin. Tu m'as accusé, tout à l'heure, de m'autoflageller, mais tu t'es si bien renfermée sur toi-même que plus personne ne peut t'approcher. Promets-moi de te confier davantage.

Isabella faillit s'emporter.

— Je ne vois pas qui pourrait supporter de m'écouter ressasser ma tragédie, sans trouver un prétexte pour s'enfuir de la pièce.

— Moi.

Isabella voulut répondre, mais une boule lui obstruait la gorge.

— C'est ma tragédie autant que la tienne, poursuivit Mac. Quand j'ai appris ce qui t'était arrivé, j'ai voulu mourir. Et doublement, parce que, en plus, j'étais loin de toi. Tu aurais pu périr, ce soir-là, et moi je me trouvais bêtement dans un hôtel de Montmartre. Ian ne dit jamais grand-chose, mais je suis convaincu qu'il devait penser que j'aurais mérité quelques-unes des tortures qu'il avait endurées à l'asile. Et tu partageais son avis.

Isabella hocha la tête. Ses larmes lui brûlaient les yeux.

— Mais en même temps, j'avais tellement besoin de toi que je souhaitais vraiment que Ian te retrouve.

— Il m'a retrouvé, répondit Mac.

Ouvrant les bras, il ajouta :

— Et je suis toujours là.

— Oui, tu es là. Mais je me demande encore ce que je vais faire de toi.

— Oh, pour ça, ce ne sont pas les idées qui me manquent.

Leurs regards s'accrochèrent dans un silence tendu. Isabella n'avait pas posé sa question à la légère : elle ne savait réellement pas comment prendre ce retour de Mac dans son existence. Certes, il avait cessé de boire. Il semblait plus apaisé. Mais il n'avait pas entièrement perdu son arrogance ni son cynisme.

Il enlaça soudain Isabella à la taille. Il était fort, puissant, et il n'aurait eu aucune peine à user et abuser d'elle selon son gré. Cependant, il ne l'avait jamais fait. Il n'avait même jamais essayé.

— Je suis là, répéta-t-il, promenant ses doigts sur ses joues. Tu n'es plus seule pour porter ton fardeau.

— Pour le moment, acquiesça-t-elle, d'un ton qui laissait transparaître toute son amertume du passé.

Elle crut que Mac allait perdre patience et s'emporter, mais il se contenta de lui caresser les cheveux.

— Pour toujours, corrigea-t-il. Je ne t'abandonnerai plus, Isabella.

— Nous sommes séparés.

— En principe. Mais si tu avais besoin de moi, de jour comme de nuit, il te suffirait de bouger le petit doigt, pour que j'accoure immédiatement.

Isabella risqua un sourire.

— Mac Mackenzie serait prêt à se laisser tenir en laisse par une femme ?

Il plaqua un baiser furtif sur ses lèvres.

— Du moment qu'il s'agit de toi, oui, et avec grand plaisir, assura-t-il. Surtout si tu ne portes rien d'autre que la laisse.

Une chose était sûre : Mac réussirait toujours à la faire rire. Il plaqua un autre baiser sur ses lèvres, juste au moment où un vacarme ébranlait la maison. Cameron, Daniel et Hart venaient de rentrer, et ils montaient déjà l'escalier, pour venir voir Beth, suivis par tous les chiens. Mac sourit à Isabella, lui vola un dernier baiser avant de se tourner avec elle pour les accueillir.

Mac n'était pas assez naïf pour s'imaginer qu'Isabella le recevrait à bras ouverts. Il savait que le chemin serait long. Mais il se réjouissait des progrès déjà enregistrés.

Les jours suivants, Cameron et Daniel assistèrent religieusement aux courses de chevaux, pendant que Ian demeurait auprès de Beth. Isabella resta elle aussi à la maison, au cas où Beth aurait besoin d'elle. Pris entre deux feux, Mac faisait régulièrement l'aller-retour entre la maison et le champ de courses. Il ouvrait l'œil, au cas où l'inconnu que Steady Ron avait pris pour lui serait réapparu. Mais ni Mac, ni Steady Ron, ni aucun autre bookmaker n'aperçut de spectateur ressemblant à Mac. Mac, cependant, préféra rester sur ses gardes.

Depuis le malaise de Beth, Hart avait renoncé à lui demander de jouer pour lui les hôtesses de maison, et la tension qui l'opposait à Ian était donc retombée. Mac redoutait que Hart n'insiste auprès d'Isabella – ce qu'il n'apprécierait pas plus que Ian–, mais ni Hart ni Isabella n'en firent mention. Du reste, Hart s'absentait de plus en plus souvent de la maison. Il fréquentait tant de monde, que Mac préférait ne pas se fatiguer à savoir où il pouvait bien se rendre. Hart, ces derniers temps, semblait s'investir plus que jamais en politique. Certes, il s'y était toujours intéressé, mais pas à ce point.

Dès qu'il faisait beau, c'est-à-dire la plupart du temps, Beth et Isabella sortaient se promener dans le parc entourant la propriété. Mac les entendait souvent rire, et il se demandait ce qui pouvait bien leur procurer autant d'hilarité. Quoi qu'il en soit, il aimait les entendre rire – surtout Isabella.

Même le soir, quand Mac et Ian lisaient les journaux, fumaient le cigare ou jouaient au billard dans un silence complice, Beth et Isabella poursuivaient leur incessant bavardage. Elles parlaient de tout et de rien – de vêtements, de décoration, de fleurs, de musique…–, mais ce déluge verbal avait quelque chose de plaisant. Les anciens compagnons de beuverie de Mac seraient sans doute tombés de haut, s'ils avaient appris qu'il aimait désormais passer ses soirées à écouter jacasser des femmes.

La veillée terminée, Isabella disparaissait dans sa chambre, tandis que Mac, incapable de trouver le sommeil, déambulait au rez-de-chaussée. Son corps se consumait d'un désir inassouvi, mais il n'était pas assez fou pour courir se jeter dans le lit de la jeune femme sans y avoir été invité. De toute façon, il se promettait bien que le jour où il serait enfin admis dans ce sanctuaire, il ferait en sorte de ne plus jamais avoir à le quitter.

La maison, quoique vaste et très confortable, ne possédait pas de salle de bains. Aussi, quand Isabella désirait prendre un bain, les valets devaient monter un tub dans sa chambre. Comme Mac occupait la chambre mitoyenne de la sienne, il pouvait l'entendre faire sa toilette en fredonnant – ce qui l'excitait à un degré qui confinait à la douleur.

Un soir, il ne put y résister davantage. Beth et Ian étaient cloîtrés dans leur propre chambre, Cameron et Daniel étaient sortis, de même que Hart. La voix d'Isabella filtrait à travers le mur. Une femme seule, nue, qui chantonnait gaiement dans son bain.

Mac ne prit même pas la peine de frapper. Il ouvrit la porte qui communiquait entre leurs deux chambres et entra dans celle de la jeune femme.

— Chérie, aurais-tu décidé de me rendre fou ?

Isabella laissa retomber son éponge dans l'eau avec de grandes éclaboussures. Manifestement, elle était seule – Maude n'était pas visible –, et elle avait relevé ses cheveux, mais quelques mèches rebelles retombaient sur sa nuque.

— Tous mes faits et gestes n'ont pas forcément un rapport avec toi, Mac, lui fit-elle remarquer.

Mais elle avait dit cela sans colère – et sans crainte. Ils auraient aussi bien pu avoir cette conversation au salon, en prenant le thé. Au souvenir de ce qui s'était passé la dernière fois qu'ils avaient pris le thé ensemble, Mac en eut des sueurs froides.

Il referma la porte.

— J'admire ton sens de la propreté. Tu prends un bain par jour, sans te soucier de la peine qu'ont les domestiques à monter l'eau.

— Il y a une pompe au bout du couloir. Ils n'ont pas besoin de la monter à l'étage.

Mac croisa les bras, pour se donner une contenance. L'écume du savon et cette satanée éponge l'empêchaient de voir le corps de la jeune femme, mais ses deux genoux qui dépassaient de l'eau suffisaient à l'émoustiller.

S'employait-elle délibérément à le faire souffrir ? On pouvait le penser, à cette façon sadique qu'elle avait de lui laisser entrevoir ce qu'il ne pouvait pas avoir.

— Ian et Beth rentreront en Écosse à la fin de la semaine, dit-il.

Isabella se passa l'éponge sur un bras.

— Je suis au courant. Les suivras-tu ?

C'était *précisément* la question qu'il souhaitait lui poser.

— Cela dépendra.

— De quoi?

— Du nombre de concerts et de soirées que tu comptes encore donner à Londres.

Isabella, attaquant l'autre bras avec l'éponge, haussa les sourcils.

— Je pensais que tu connaissais mon agenda mondain? Il n'a pas varié depuis des années. Un grand bal pour conclure le printemps. En juillet et août, des garden-parties dans le Buckinghamshire. Les principales courses de chevaux en septembre. La saison de chasse et Noël au château de Kilmorgan. Je ne vois aucune raison de changer de programme cette année.

— Mon agenda mondain ressemble très fortement au tien. Voilà une heureuse coïncidence.

— Pour changer.

Mac redevint sérieux.

— Pour vraiment changer.

Isabella le dévisagea avec ses beaux yeux verts, avant d'étirer une jambe hors du tub. Mac, la gorge sèche, la vit promener son éponge des orteils jusqu'au genou.

Puis elle lui tendit l'éponge:

— Voudrais-tu bien me frotter le dos?

Mac resta un court instant figé sur place. Leurs regards s'accrochèrent. Puis il ôta sa veste.

11

Les disparitions à répétition du lord de Mount Street nourrissent plus que jamais les spéculations de toute sorte. Son épouse apparaît désormais le plus souvent dans les réceptions au bras de son jeune beau-frère. Le mari, lui, demeure introuvable.

Avril 1877

Isabella, retenant son souffle, regarda Mac se débarrasser de sa veste et la jeter sur un fauteuil. Elle frissonnait depuis qu'il avait fait irruption dans la pièce. Ce soir, Mac avait troqué son kilt pour un pantalon noir, un gilet beige et une chemise blanche. Sa tenue ne différait plus de celle des autres gentlemen, et cependant, avec Mac il y avait toujours une différence. Sa présence emplissait toute la pièce.

Le voyant s'approcher du tub, elle se sentit devenir encore plus nerveuse. Aimerait-il ce qu'il allait découvrir? Mac appréciait les femmes aux contours bien affirmés. Mais après l'avoir quitté, Isabella, incapable d'avaler quoi que ce soit sauf en se forçant, avait beaucoup maigri. Depuis, elle avait retrouvé l'appétit, en revanche ses rondeurs d'autrefois avaient définitivement disparu. Mac, en revanche, n'avait pas changé physiquement – sauf ses joues, qui s'étaient légèrement creusées et qui lui donnaient un visage moins poupin. Pour dire la vérité, il était plus beau que jamais.

Mac ôta ensuite son gilet. Après quoi, il retroussa ses manches de chemise. Ses avant-bras étaient couverts d'un duvet sombre qui accrochait la lumière à chacun de ses mouvements.

Quand il eut ajusté ses manches, il lui sourit, et s'empara de l'éponge.

Mac ne fit même pas semblant de ne pas la reluquer. Son regard la détaillait des pieds à la tête. Tout y passait : la partie émergée, comme la partie immergée de son anatomie. Puis, il se plaça derrière elle. Isabella se pencha en avant et courba le dos.

Elle ferma les yeux à l'instant où l'éponge entra en contact avec sa nuque. L'eau du bain coula le long de son échine. Ce mélange d'eau chaude et de friction de l'éponge lui réveillait les sens. Si Maude lui avait lavé le dos, la sensation n'aurait été que plaisante. Mais avec Mac, c'était érotique.

La jeune femme posa son menton sur ses genoux et sourit toute seule, pendant que Mac, dans son dos, continuait ses mouvements. Il avait appuyé une main sur le bord du tub, et des restes de peinture étaient accrochés à ses ongles.

Ce spectacle, bizarrement, la bouleversa. Peut-être parce que cela lui rappelait qui était vraiment Mac : un artiste, qui ne peignait que pour l'amour de l'art, et qui se moquait éperdument du jugement, bon ou mauvais, qu'on pouvait porter sur ses toiles.

Isabella tourna la tête de côté, pour lui embrasser les doigts. Mac ôta alors sa main du rebord, pour enlacer la jeune femme – toujours par-derrière.

Quand ses deux mains emprisonnèrent ses seins, Isabella ferma de nouveau les yeux. Cette étreinte lui semblait à la fois très familière, mais aussi très lointaine – accrochée à ses souvenirs. Mac lui caressait à présent les seins, excitant ses tétons avec ses pouces, en même temps qu'il lui embrassait la nuque.

Oh, Mac, si tu savais comme tu m'as manqué.

Mac, se penchant un peu plus sur le tub, glissa une main plus bas, le long de son ventre, puis entre ses jambes. Isabella écarta instinctivement les cuisses : sa raison lui chuchotait d'arrêter, de le repousser, mais son corps ne lui obéissait déjà plus. Cela faisait si longtemps. Et Mac savait si bien la faire vibrer.

Elle cambra légèrement les reins, pour lui faciliter la tâche. Ce qui le fit rire.

— Je retrouve bien là ma petite coquine, dit-il. Et mes doigts glissent tout seuls.

— C'est le savon.

— Non, chérie, dit-il, ses doigts caressant l'ouverture de son intimité. C'est toi.

— Uniquement parce que ça fait trop longtemps.

— Alors, laisse-moi rafraîchir tes souvenirs, mon Isabella. Tu m'as donné du plaisir dans ton salon, à mon tour de te rendre la pareille.

Bientôt, Isabella oublia toute pensée raisonnable. Plus rien ne comptait que Mac et ses mains magiques. Durant les deux ans et demi qu'ils étaient restés ensemble, il avait appris à la connaître parfaitement, et manifestement il savait toujours faire un aussi bon usage de ses connaissances.

Dès que la jouissance d'Isabella menaça d'exploser, il ralentit ses mouvements, afin que la pression retombe et qu'il puisse recommencer. Il répéta ce manège une seconde fois, puis une troisième, jusqu'à ce qu'Isabella gémisse de frustration. Mais cela ne fit que l'amuser, et il continua de plus belle.

Quand elle jouit enfin totalement, ce fut dans de grands cris. Mac sourit. Sa chemise était trempée et même ses cheveux.

Il se pencha encore un peu plus, pour l'embrasser. Son baiser vibrait de passion. C'était un baiser d'amour. Isabella passa une main sur son pantalon, là où son membre érigé gonflait l'étoffe. Soudain, elle en voulait encore. Et davantage.

— Mac…

— Je sais ce que tu veux, dit-il, la soulevant pour l'asseoir sur le rebord du tub. Qui, mieux que moi, peut te connaître ?

Isabella hocha la tête. Ils s'étaient déjà livrés à ce même jeu autrefois, et elle savait exactement ce qu'il attendait d'elle. Elle se dressa au milieu du tub, jambes écartées, tandis que Mac s'agenouillait devant elle, sur le plancher mouillé.

Dès qu'il approcha ses lèvres de son intimité, Isabella bascula la tête en arrière. S'il était capable de prodiges avec ses mains, sa bouche – et surtout sa langue – réussissait d'encore plus grands miracles.

Isabella était au paradis. Les mains enfouies dans la chevelure de Mac, elle le laissait la boire littéralement. Elle n'avait pas connu un tel plaisir depuis qu'ils s'étaient séparés, et de toute façon, elle n'imaginait pas qu'un autre homme que Mac puisse lui faire connaître une plus grande jouissance. Il savait trop bien comment se servir de ses lèvres, de sa langue et même de ses dents, pour la rendre folle – au point qu'elle lançait maintenant des cris incohérents qui résonnaient sous le plafond de la pièce.

C'était plus qu'elle n'en pouvait supporter. Elle aurait voulu l'attirer à elle, *en* elle. Elle aurait voulu qu'il la porte jusqu'au lit, et qu'il ne la relâche plus.

D'ailleurs, elle se sentait prête à le supplier de le faire.

— Mac… commença-t-elle, s'agrippant à sa chemise.

Mais, au même instant, elle entendit le pas lourd de Maude dans le couloir.

Isabella, surmontant sa frustration, s'empressa de repousser Mac.

— Retourne vite dans ta chambre ! lui lança-t-elle, alors qu'elle-même s'immergeait à nouveau dans l'eau.

Mais il ne bougeait pas et affichait un sourire démoniaque.

— Pourquoi donc? Tu ne vas quand même pas me faire croire que ta réputation sera ruinée si on te trouve en compagnie de ton mari!

— Non, c'est juste que...

— Que quoi? fit Mac, se relevant – mais en prenant tout son temps. Sa chemise trempée collait à son torse et laissait apercevoir la toison qui le recouvrait, ainsi que ses tétons.

— Mac, *s'il te plaît*...

Il se pencha, pour lui donner un ultime baiser – dévastateur.

— Bon, comme tu voudras. Je te laisse. Pour cette fois.

Isabella soupira de soulagement, bien qu'elle ne sût pas elle-même pourquoi elle avait ainsi paniqué. Maude les avait surpris un nombre incalculable de fois en train de s'embrasser, et sa chambrière avait toujours fait semblant de ne rien remarquer. Mais, pour une raison qu'elle ne s'expliquait pas, Isabella ne voulait pas que Maude tombe sur Mac aujourd'hui. Peut-être parce qu'elle avait un peu honte de devoir admettre que Mac la subjuguait toujours?

Après une dernière caresse sur la joue, Mac gagna sa porte et l'ouvrit, juste au moment où Maude, une pile de linge à la main, s'encadrait sur le seuil de la pièce. La femme de chambre le gratifia d'un regard atone.

— Bonsoir, Maude, dit-il, attrapant une serviette accrochée au mur pour s'essuyer le visage et la nuque. Autant que je vous prévienne: milady est un peu irritable, ce soir.

Isabella, furieuse, lui lança l'éponge à la tête – qui manqua de peu sa cible. Mac éclata de rire, avant de cligner de l'œil en direction de Maude.

— Vous voyez ce que je veux dire?

Le lendemain matin, Isabella décocha un regard glacial à Mac, lorsque celui-ci pénétra dans la salle à manger des petits déjeuners. Puis elle fit mine d'ignorer son existence.

Mac, amusé, s'assit à sa place avec l'intention de profiter du spectacle. Il se doutait qu'elle était furieuse d'avoir succombé, hier soir, à son désir – même si elle avait apprécié chaque seconde de leur petit jeu érotique. Du reste, c'était aussi bien que Maude les ait interrompus. Car sinon, ils auraient sans doute poussé leur jeu jusqu'à sa conclusion logique, et Isabella le repousserait encore plus fermement ce matin.

Mac pouvait s'accommoder de sa colère, et la contrer. En revanche, si elle commençait à se détester elle-même de ses faiblesses, il n'aurait aucun moyen de lutter. Mac savait comment s'opposer à Isabella quand elle ne lui faisait pas confiance, mais il était désarmé dès lors qu'elle ne se faisait plus confiance.

Au cours du petit déjeuner, Isabella annonça qu'elle projetait d'accompagner Ian, Beth et Hart en Écosse sitôt les courses terminées. Mac prit sa décision sur-le-champ. En d'autres circonstances, il aurait prolongé son séjour à Doncaster, pour rester un peu plus longtemps avec Cameron. Mais Isabella ayant accepté l'invitation de Beth à partager leur compartiment de première classe, il n'était plus question qu'il s'attarde ici.

Quand ils prirent le train, quelques jours plus tard, ni Ian ni Beth ne parurent surpris de voir Mac débarquer lui aussi dans leur compartiment. Il s'installa tranquillement, et croisa les jambes, tandis qu'Isabella, assise près de la fenêtre, s'entêta à l'ignorer. Seul Hart fit le voyage dans un compartiment séparé.

Ils changèrent de train à Édimbourg, et Mac s'invita encore dans leur compartiment, pour la seconde partie du trajet qui les conduirait jusqu'à Kilmorgan.

Leur arrivée dans la petite gare de Kilmorgan constitua, comme à l'ordinaire, un événement. Le chef de station sortit de son bureau pour accueillir Hart. Deux landaus furent avancés, et des domestiques s'occupèrent de charger les bagages. Pendant ce temps, la receveuse des postes, le patron du café, sa femme et d'autres personnes présentes à proximité de la gare en profitèrent pour venir saluer la famille.

Hart avait beau être l'un des pairs les plus importants du royaume, ici, dans ses terres, les villageois parmi lesquels il avait grandi lui parlaient avec une certaine familiarité, n'hésitant pas à lui donner des conseils à l'occasion, ou riant de bon cœur à ses plaisanteries. La femme du bistrotier encouragea Isabella à assister à la fête des moissons, qui aurait lieu dans quelques jours. Beth avait déjà prévu de s'y rendre, mais comme ce serait la première fois, elle posa beaucoup de questions sur l'organisation des festivités.

La receveuse des postes prit Mac par le bras, et lui témoigna, sans fard, sa curiosité :

— Vous êtes-vous remis avec votre femme ? lui demanda-t-elle. C'était tellement dommage, de vous savoir séparés ! Il était évident que vous vous aimiez toujours. Même si c'est une Anglaise.

Mac la gratifia d'un clin d'œil complice.

— Ce n'est pas encore tout à fait gagné, mais soyez assuré que je travaille dans cette direction, madame McNab.

— Je l'espère bien. En ville, c'est peut-être à la mode de se séparer, mais ici, à la campagne, c'est encore un scandale. Si vous voulez mon avis, ce qu'il vous faut, c'est des enfants. Voilà qui rendrait votre femme heureuse, croyez-moi.

Mme McNab avait six fils – qui la craignaient tous religieusement.

Mac vit Isabella se raidir – c'était la preuve qu'elle avait entendu –, mais elle ne manifesta aucune autre réaction et suivit Beth hors de la gare. Mac tapota la main de Mme McNab, la remercia pour son conseil, et emboîta le pas à la jeune femme.

Il ne fut pas assez rapide, cependant, pour grimper dans le même landau qu'elle, et où avaient déjà pris place Ian et Beth. Il monta donc dans la deuxième voiture, avec Hart. À leur arrivée, il ne vit pas Isabella, mais le château de Kilmorgan – en réalité, davantage une grande bâtisse avec des excroissances multiples qu'un authentique château – était si vaste qu'Isabella pouvait se trouver n'importe où. Il gagna sa chambre, pour se changer, puis frappa à la porte voisine. C'était la chambre d'ordinaire réservée à sa femme, mais la pièce était vide et la cheminée éteinte.

— Elle s'est installée à l'autre bout du couloir, milord, lui apprit Maude, qui passait avec un chargement de cartons à chapeaux. À sa demande, précisa la chambrière.

Deux semaines plus tôt, la décision d'Isabella de le fuir et de prendre une autre chambre aurait fait enrager Mac. À présent, cela l'amusait plutôt. Si elle s'imaginait qu'il lui suffirait de partir à l'autre extrémité du couloir pour le décourager, elle se trompait lourdement.

Il continua de la chercher, et il la dénicha finalement au dernier étage – dans son atelier. Elle lui tournait le dos, contemplant trois toiles posées contre le mur. Les trois portraits dénudés d'Isabella peints à Londres par Mac, et qu'il avait pu sauver, avant que son atelier de Mount Street ne parte en fumée.

Isabella avait entendu Mac rentrer dans la pièce, mais elle ne se retourna pas. La vérité, c'est qu'elle était incapable de se détourner des trois portraits d'elle.

Le premier la représentait de face, du sommet du crâne jusqu'à la naissance de sa gorge, ses cheveux dressés en chignon et piquetés de roses jaunes, comme le soir du bal des Abercrombie. Le deuxième la montrait assise par terre, nue, ses jambes étirées devant elle et ses cheveux retombant en rideau sur son visage. Sur le troisième, elle dormait, la tête sur le côté. Et encore nue.

— Je n'ai jamais posé pour ces toiles, dit-elle, toujours sans se retourner.

— Non, répondit Mac, refermant la porte. J'ai peint de mémoire.

Les trois tableaux affichaient les mêmes tons neutres, simplement rehaussés par ce jaune et ce rouge si caractéristiques du pinceau de Mac. Mais, à chaque fois, la femme du tableau semblait réellement vivre et respirer. Isabella se reconnaissait totalement. Jusque dans sa chair.

— Quand ? demanda-t-elle.

— À Londres. Avant l'incendie de ma maison.

— Trois toiles en une semaine ?

— J'étais inspiré, répliqua Mac. Du reste, ils ne sont pas tout à fait terminés.

Elle se décida à se retourner. Mac était resté près de la porte, les mains glissées dans ses poches. Il avait perdu le sourire de séducteur avec lequel il la poursuivait ces derniers temps, pour redevenir le Mac d'humeur sombre qu'il était depuis leur séparation – celui qui avait renoncé à boire, mais aussi presque abandonné la peinture.

— J'espère qu'elles n'ont rien à voir avec ton pari ? Celui concernant des tableaux érotiques ?

— Grands dieux, non ! s'exclama-t-il, outré. Crois-tu que je laisserais des gredins comme Dunstan ou Manning jeter leur regard lubrique sur *ma femme* ? Si tu peux le penser, alors c'est que tu me connais mal, Isabella.

Elle n'y avait pas réellement pensé, mais Mac avait tellement changé, en trois ans, qu'elle n'aurait pu jurer de rien.

— Est-ce que je te connais, seulement ?

— Autrefois, tu me connaissais, murmura-t-il.

Et, s'approchant des tableaux, il ajouta :

— Je vais les détruire.

Instinctivement, Isabella se planta devant les toiles, pour les protéger.

— Non ! C'est de l'excellent travail.

Il haussa les sourcils.

— Es-tu vraiment contente que ton ex-mari t'ait représentée nue ? Peut-être pour avoir tout loisir de reluquer ce qu'il ne pouvait plus voir de visu…

— Est-ce pour cela, que tu les as peints ?

Mac se passa une main dans les cheveux.

— Non. Si. Enfin, je ne sais plus. Mais *je devais* les peindre. C'était une nécessité intérieure. Aujourd'hui, ils n'ont plus la même importance. Je demanderai à Bellamy de les brûler.

— Non.

— Préférerais-tu les détruire toi-même ? Je dois avoir un canif quelque part.

— Tu ne les détruiras pas. C'est ce que tu as peint de mieux à ce jour.

Mac se passa de nouveau la main dans les cheveux.

— C'est vrai que ce n'est pas si mal.

— Pas si mal ? Mac, ils sont la preuve de ton génie. Ils me rappellent les toiles que tu m'avais montrées le lendemain de notre mariage. J'étais fascinée de découvrir ton atelier pour la première fois. Mlle Pringles nous avait donné quelques cours sur l'art, et j'ai tout de suite perçu la qualité de ce que tu peignais.

Il s'esclaffa.

— Je ne m'appelle quand même pas Rembrandt. Ni Rubens.

— Non. Tu ressembles plus à Degas ou à Manet, comme l'a très justement fait valoir M. Crane.

— Crane flatterait n'importe quel auteur de la pire croûte, du moment qu'il pourrait réussir à la vendre et à toucher une commission.

146

— Tu ne parles pas sérieusement! Quoi qu'il en soit, je ne te laisserai pas les brûler, ni même les lacérer. Je vais te les acheter. Comme cela, je me chargerai moi-même de leur protection.

— Tu sais bien que je ne vends jamais mes toiles. Prends-les, si elles te plaisent tant que cela.

Isabella n'était pas étonnée de sa réaction. Mac avait toujours repoussé les compliments sur son travail. Tout simplement parce qu'il se moquait de savoir ce que les gens pensaient de ses toiles. Il peignait pour son propre plaisir, et il ne cherchait pas à savoir comment était reçue sa production. Il n'avait d'ailleurs jamais sollicité l'approbation de l'Académie Royale, et il préférait disperser ses toiles, plutôt que de les exposer. Mac ne tirait aucune vanité de son talent : ce n'était qu'un trait de sa personnalité, parmi d'autres, comme ses yeux couleur de cuivre, ou son léger accent écossais.

— Tu ne te soucies vraiment pas de leur sort ?

Il contempla les toiles avec une lueur de désir dans le regard.

— Pas le moins du monde.

— C'est ce qui s'appelle un gros mensonge.

— Que voudrais-tu que je te dise ? Que oui, ce sont mes meilleures toiles ? Qu'elles crient le désir que tu m'inspires ?

Isabella sentit le feu monter à ses joues.

— Je souhaite juste que tu reconnaisses leur qualité.

— Je ne peux pas la nier. C'est tout ce que j'ai réussi à peindre de convenable depuis des années.

Isabella sursauta.

— Comment cela ?

Mac détourna le regard.

— Je ne plaisantais qu'à moitié, l'autre jour, en assurant que mon faussaire peignait mieux que moi. Tu as bien vu le désastre avec mon portrait de Molly. Je n'ai pas été capable de produire une bonne toile depuis que j'ai arrêté le whisky. J'en suis arrivé à la conclusion que mon talent ne tenait qu'à l'alcool. Sans lui, je ne suis plus rien.

— C'est faux.

— Pas du tout. Mes dernières bonnes toiles représentaient des vues de Venise. Jusqu'au jour où je n'ai plus supporté de voir une gondole sans tomber malade. Le soir même, j'ai jeté mes pinceaux et ma bouteille de whisky dans le Grand Canal. Puis je suis rentré en Angleterre, où j'ai découvert que je n'étais plus bon à rien. Les premiers mois de mon sevrage, mes mains tremblaient tellement que j'étais incapable de boutonner tout seul ma chemise. Alors, peindre...

Isabella se représenta Mac, tout seul dans son atelier de Mount Street, et frustré de ne plus pouvoir tenir un pinceau. Il avait dû terriblement souffrir.

— Tu ne m'en as jamais parlé.

Il s'esclaffa.

— Je t'aurais raconté quoi ? Que je n'étais plus qu'une épave ? Même après avoir été sevré, j'étais toujours incapable de peindre une ligne droite. Et puis... j'ai commis *ça*.

Ces trois toiles étaient la démonstration éclatante de son génie. Elle se souvenait d'avoir vu Bellamy les apporter chez elle, enveloppées dans un papier, après l'incendie. Sur le coup, elle n'y avait pas prêté attention. Mais les toiles les avaient suivis à Kilmorgan, et elle avait été curieuse de voir sur quoi Mac travaillait. Tout à l'heure, elle avait vu Bellamy les monter dans cette pièce, et elle lui avait demandé d'ôter leur emballage.

Bellamy devait ignorer ce que représentaient les toiles, car après avoir enlevé le papier il était devenu cramoisi et il s'était empressé de s'éclipser.

Sur le coup, Isabella avait été furieuse. De quel droit Mac s'était-il permis de la peindre sans l'en avertir ? Elle avait la désagréable impression d'avoir été épiée par le trou d'une serrure.

Mais elle s'était vite rendu compte de leur qualité exceptionnelle. Le talent de Mac explosait littéralement à chaque coup de pinceau, à chaque application de couleur.

— Est-ce pour cela que tu disais avoir perdu ton pari ? Non pas parce que tu n'étais pas capable de faire un tableau érotique, mais parce que tu ne pouvais *plus du tout* peindre ?

— Je préférais perdre mon pari, plutôt que de devoir montrer que j'avais perdu mon talent.

— Tu ne perdras rien du tout, répliqua Isabella. Je te promets que tu vas gagner ce maudit pari. Si tu ne peux rien peindre d'autre que moi, eh bien, tu me peindras.

Mac s'empourpra soudain.

— Pas question ! Je t'ai déjà expliqué que je ne laisserai pas mes prétendus amis te voir nue. Ce spectacle n'est réservé qu'à moi seul.

— Tu pourrais très bien représenter fidèlement mon corps sans qu'on me reconnaisse, suggéra Isabella. En changeant la couleur de mes cheveux, par exemple. Ou en faisant de nouveau appel à Molly, pour peindre son visage à la place du mien.

— Non. Je me refuse à ce genre d'artifices.

— Mac, il ne s'agit pas d'exposer tes toiles à Paris, mais de gagner un pari contre les membres de ton club. Je n'ai pas envie de te voir ridiculisé par une bande d'aristocrates désœuvrés qui n'ont rien de mieux à faire que de déblatérer sur les autres.

Mac avait retrouvé son sourire narquois.

— Mazette. Voilà que tu prends la défense de ton mari !

— Si c'est pour clore le bec à Dunstan et Randolph Manning, avec plaisir.

— Je me moque bien de ce qu'ils peuvent penser de moi.

— Je sais. Mais je n'aimerais pas qu'ils rient de toi dans ton dos, et qu'ils se mettent à raconter partout que tu es devenu… impuissant.

Mac éclata de rire. Il riait encore quand il posa nonchalamment son bras sur l'épaule de la jeune femme.

— Si tu veux me convaincre de peindre des portraits érotiques de toi, je ne chercherai pas à te contredire, chérie. J'aurais bien tort. Mais laisse-moi décider si j'ai envie ou non de gagner ce satané pari.

Quand il redevenait le Mac qu'elle avait toujours aimé – séducteur, enjôleur et provocateur –, Isabella n'avait qu'une envie : se jeter à son cou. Face à son sourire irrésistible, elle oubliait que leur mariage n'avait pas été qu'une partie de plaisir.

— Très bien, dit-elle. C'est ton pari, après tout. Fais comme bon il te semble.

Un son cuivré retentit soudain dans le couloir.

— Bonté divine ! C'est déjà le gong du dîner ? Je n'ai même pas encore eu le temps de me changer.

Elle voulut partir, mais Mac s'interposa entre elle et la porte.

— Je te prends au mot, dit-il. Reviens me voir ici, demain matin à dix heures. Ce n'est pas trop tôt, j'imagine ? Tu auras eu largement le temps de prendre ton petit déjeuner.

— Neuf heures. J'aurai même eu le temps de faire une promenade à cheval.

— Neuf heures, marché conclu. Et ne prends pas la peine de t'habiller.

Isabella rougit, mais sa voix resta ferme.

— Je porterai ma robe la plus épaisse. Tu oublies toujours de chauffer, lorsque tu peins.

Mac baissa son regard sur sa poitrine, comme s'il pouvait déjà voir, à travers l'étoffe de sa robe, ce qu'il peindrait demain.

— Comme tu voudras. À demain.

— Mais non. Nous nous retrouverons à dîner. À moins que tu n'aies l'intention de te cloîtrer dans ta chambre ?

Il sourit.

— Je ne l'envisage pas une seconde, dit-il, avec ce regard dont il savait couver les femmes, et leur faire comprendre qu'il les désirait.

Isabella, le cœur battant, sortit dans le couloir. Elle entendit le rire de Mac la poursuivre.

12

*Avec le printemps, les relations semblent s'être sin-
gulièrement réchauffées entre le lord de Mount Street et
son épouse. Le lord a claironné qu'un petit Mackenzie
ferait son entrée dans le monde à l'automne.*

Mai 1877

Mac prépara son matériel bien à l'avance : il voulait être prêt quand Isabella arriverait, pour ne pas
lui donner le temps de changer d'avis.

À supposer, bien sûr, qu'elle vienne. Hier soir,
au dîner, elle ne lui avait pas une seule fois adressé
la parole. En revanche, elle avait abondamment
bavardé avec Beth, échangé quelques opinions avec
Hart, et mêlé Ian à leur conversation.

Mac s'émerveillait des changements opérés chez
son petit frère. Lui qui avait toujours été si renfermé
s'ouvrait peu à peu à la parole. Et un sourire flottait
sur ses lèvres dès que son regard s'attardait sur sa
femme.

Cependant, Ian avait encore de la difficulté à croiser le regard de quelqu'un – sauf celui de Beth.
Mais il était désormais capable de suivre le fil d'une
conversation, et d'y participer à l'occasion. Lui qui
avait toujours eu du mal à manifester ses émotions,
il ne cherchait pas à cacher l'amour que lui inspirait
sa femme. On pouvait dire, sans exagérer, que Beth

lui avait sauvé la vie. Et de cela, Mac lui serait éternellement reconnaissant.

Après dîner, Mac se retira dans son atelier et commença ses préparatifs pour le lendemain matin. Puis il s'accorda quelques heures de sommeil sur la méridienne qu'il avait fait installer dans la pièce. À l'aube, il se leva, et enfila sa tenue de peintre : son kilt, ses vieilles chaussures, et le foulard qu'il nouait sur sa tête pour protéger ses cheveux.

À neuf heures précises, Isabella franchit la porte sans même avoir frappé. Mac, debout devant sa table de travail, était occupé à mélanger des teintes pour sa palette. Il ne leva pas les yeux de sa tâche.

— Mon Dieu, mais il fait bon, ici ! s'exclama la jeune femme, enchantée. Pour une fois, tu as allumé le feu !

Mac gardait son regard obstinément rivé sur ses couleurs.

— C'est Bellamy qui s'en est chargé. Je ne voulais pas que tu attrapes de rhume. Ferme la porte à clé, chérie, à moins que tu ne veuilles que toute la famille ne puisse te surprendre en petite tenue.

Isabella tourna la clé dans la serrure. Puis elle s'approcha, dans un bruissement de satin. Mac préférait ne toujours pas la regarder.

— Je m'assois sur la méridienne ?

— Hmm.

— Ma promenade à cheval s'est très bien passée, dit-elle. Il soufflait une petite brise vivifiante.

— Hmm.

Un peu plus de jaune cadmium, et ce serait parfait.

— Hart m'a accompagné. Nous en avons profité pour converser longuement. Il m'a demandé si je trouvais que c'était une bonne idée qu'il se remarie.

Mac maniait avec force son couteau à peinture pour obtenir la bonne consistance de ses teintes. Ceux qui prétendaient que la peinture n'était pas une activité physique n'y connaissaient rien.

— Et nous avons vu des cochons voler dans le ciel, ajouta Isabella.

Cette fois, Mac se tourna vers elle.

Isabella était assise au bord de la méridienne, les mains croisées dans son giron, comme une débutante à son premier thé. Ses cheveux étaient attachés très simplement sur sa tête. Elle ne portait qu'un peignoir sur elle, et ses seins s'apercevaient dans l'échancrure.

Dieu tout-puissant !

Mac avait installé la méridienne devant un rideau de brocart cramoisi. Et il avait disposé un drap de soie blanche et des coussins de soie dorée du côté de l'accoudoir. Un vase de roses jaunes ornait la petite table placée à côté. Quelques pétales étaient tombés par terre.

— Allonge-toi à demi, et pose le drap en travers de ta taille. Je suis prêt dans une minute.

Il avait d'innombrables fois lancé, par le passé, de tels ordres à ses modèles. Pour Mac, les modèles étaient des formes, avec des pleins et des déliés, des zones d'ombre et de lumière. Les meilleurs étaient ceux qui se dispensaient de bavarder, de s'agiter ou pire, de flirter avec lui.

Il reporta son attention sur sa palette, mais du coin de l'œil il vit Isabella dénouer tranquillement la ceinture de son peignoir. Sa gorge se serra.

Tu l'as déjà peinte. Ce n'est qu'une image, rien de plus.

— Comme ça ?

Il était bien obligé de regarder. Comment pourrait-il la peindre, s'il ne la regardait pas ?

Mac regarda donc.

Isabella, tournée vers lui et redressée sur un coude, occupait le siège dans une posture nonchalante. À leur mariage, Isabella n'avait que dix-huit ans. Ses seins, alors, pointaient haut et ferme, comme deux pêches dans la gloire de l'été. Un peu plus de six ans plus tard, sa poitrine tombait légèrement plus bas, et ses hanches s'étaient arrondies, les courbes féminines s'étant substituées aux lignes sèches de la gamine. Mais elle était encore plus belle ainsi. Si belle que Mac en avait envie de pleurer.

— Mac ? fit-elle en claquant des doigts. Mac ? Tu es toujours là ?

Mac s'obligea à jeter sur elle un regard clinique, comme si elle n'était qu'une coupe de fruits qu'il s'apprêtait à peindre pour une nature morte.

— Je dois faire un tableau érotique, lui rappela-t-il. Ta pose est un peu trop domestique.

— J'ai peur de ne pas très bien m'y connaître en peintures érotiques.

Mac s'efforçait de garder son sang-froid.

— Eh bien, imagine que tu as été possédée plusieurs fois par ton amant, avant d'être abandonnée à ton sort.

— Ah.

Isabella s'assit droit, et fit mine d'écrire sur ses genoux.

Mac haussa les sourcils.

— Que fais-tu ?

— J'écris à mon avocat pour lui dénoncer la chose, et lui exposer la somme que j'espère recevoir en dédommagement.

— Très drôle. Bon, chérie, rallonge-toi. Et prends un air vautré.

— Comment cela ?

— Ne me dis pas qu'on ne vous a pas appris à vous vautrer chez Mlle Pringles ?

— Pas plus qu'on ne nous a appris à nous débarrasser de nos vêtements avant de poser pour un portrait. Je devrais peut-être suggérer à Mlle Pringles de modifier ses programmes.

Mac s'esclaffa.

— Tu en serais bien capable.

— Si j'ai subi les assauts à répétition de mon amant, je dois être un peu échevelée, non ?

Elle se passa les mains dans les cheveux. Plusieurs mèches se libérèrent et retombèrent en désordre.

Le pire, c'est qu'elle paraissait à son aise. Alors que Mac ne s'était jamais senti aussi nerveux. Elle allait le tuer, pour sûr.

— Plus qu'échevelée, dit-il. Tu es littéralement sens dessus dessous, après une nuit de folle passion.

— Je vais devoir faire appel à mon imagination, alors. Car je n'ai jamais vécu une telle expérience.

Son petit sourire innocent acheva de déstabiliser Mac. Il lâcha sa palette.

— Petite peste.

— Je disais ça pour plaisanter, Mac. J'ai dû connaître *une ou deux* nuits de folle passion.

— Si tu continues, chérie, tu risques de t'attirer...

Mac n'osa pas terminer sa phrase. Isabella haussa les sourcils.

— De m'attirer quoi ?

Une matinée de folle passion, faillit répliquer Mac. Après tout, elle était sa femme. Pourquoi devrait-il se contraindre ?

— Une petite correction. Qui te fera passer le goût de te moquer de ton pauvre vieux mari tout décati.

Elle le regarda de la tête aux pieds, et Mac eut l'impression que des flammes le léchaient.

— Il ne me viendrait pas à l'idée d'employer les adjectifs « vieux » et « décati » à ton sujet.

Mac commençait à éprouver des difficultés à respirer normalement. Ou à parler. Ou à réfléchir. Il s'assit au bord de la chaise, et arrangea les plis du drap sur le ventre de la jeune femme.

— Je te promets d'en avoir terminé d'ici la Saint-Michel, dit-il. Maintenant, *vautre-toi*, chérie. Laisse pendre une jambe dans le vide. Passe un bras sous ta nuque. Comme ceci...

Isabella le laissa bouger son bras et sa jambe sans broncher. Mais elle voyait bien que la main de Mac tremblait.

— Crois-tu qu'une femme resterait ainsi alanguie, après une nuit de passion, au risque de prendre froid ? demanda-t-elle, sceptique. À sa place, j'irais plutôt reprendre des forces avec une bonne tasse de thé bien chaud.

— Imagine que tu es trop épuisée pour cela, répliqua-t-il. Tu peux à peine bouger. Et tu dors déjà à moitié.

Et tapotant affectueusement ses hanches, il ajouta :

— Recule un peu ça. On les voit trop.

— *Ça* ? Insinuerais-tu que je suis grosse, Mac Mackenzie ?

— Le mot n'a jamais franchi mes lèvres, cher petit ange.

— Hmm ! Peut-être un peu ronde, à la rigueur.

Il brûlait d'envie de lui dire qu'il adorait ses courbes voluptueuses, et qu'il considérait qu'elle avait un corps beaucoup plus beau qu'au moment de leur rencontre – même si elle avait un peu maigri depuis leur séparation.

Mais Mac peignait des femmes depuis l'âge de quinze ans, et il savait combien elles étaient sensibles à tout commentaire sur leur poids. Un artiste avisé devait se garder d'évoquer le sujet, à moins de souhaiter perdre une journée de travail.

— Ma chérie, tu as le plus ravissant *derrière* – comme disent les Français – qui se puisse imaginer.

— Menteur ! répliqua Isabella.

Et, saisissant l'ourlet de son kilt, elle lui lança :

— Enlève-moi ça.

Mac se raidit.

— Pourquoi donc ?

— J'aimerais voir, moi aussi, si ton derrière ne s'est pas élargi, avec les années.

Elle risquait surtout de voir que le membre de Mac s'était allongé au maximum.

— Je te rappelle que j'ai déjà soulevé mon kilt dans ton salon, lui dit-il.

— C'était trop bref. Je n'ai pas eu le temps de me rendre compte. Allons, Mac. Un petit effort. Chacun son tour !

Mac prit sa respiration... et se décida à défaire son kilt, qui tomba à terre.

— Eh bien... murmura Isabella, qui ouvrait des yeux ronds comme des soucoupes.

Mac posa un genou sur la méridienne et se pencha vers elle.

— Pensais-tu que je pouvais rester sans réaction en te voyant alanguie, aux trois quarts nue, sur ce siège ? Je suis en érection depuis que tu as franchi cette porte.

— Ce ne doit pas être très pratique pour peindre.

— C'est l'enfer, tu veux dire.

Mac la vit déglutir. Il espérait qu'elle sortirait une plaisanterie, pour détendre l'atmosphère, mais contre toute attente, elle lui caressa la joue.

— La porte est fermée, murmura-t-elle.

— Attention, Isabella. Je ne suis pas un saint.

— Si tu étais un saint, tu ne m'aurais pas épousée et j'aurais manqué quelque chose.

— Je me demande bien quoi. J'ai rendu ton existence misérable.

Elle lui caressa doucement le menton.

— Tu m'as épargné un mariage de convenance avec un homme qui aurait passé ses soirées à son club, et ses nuits avec ses maîtresses. Je n'aurais rien eu d'autre à faire que de m'acheter de nouvelles robes, de me rendre à des thés ou d'organiser des réceptions.

— Tu achetais de nouvelles robes, tu te rendais à des thés et tu organisais des réceptions.

Isabella secoua la tête.

— J'achetais des robes dont je pensais qu'elles te plairaient. Et j'organisais des fêtes pour divertir tes amis.

— Je t'ai laissée très souvent toute seule. Comme un mari ordinaire, après un mariage de convenance.

— Mais pas pour te rendre à ton club ou pour fréquenter des maîtresses, ce que j'aurais trouvé intolérable.

Ses yeux étaient si verts, son regard si tendre, que Mac effleura ses paupières, pour les embrasser.

— Les clubs sont des mouroirs. Je trouve les cabarets ou les cercles de jeu beaucoup plus amusants. N'empêche : je t'abandonnais pendant des semaines, pour me rendre à Paris, Rome ou Venise. Partout où me prenait la fantaisie d'aller.

— Parce que tu croyais que j'avais besoin d'être seule. De respirer loin de ta présence.

Mac déglutit péniblement.

— C'est exact.

Dès le début, leur mariage n'avait pas été de tout repos. Au bout d'un mois à vivre l'un avec l'autre, et l'un sur l'autre, leurs tempéraments indépendants s'étaient rebellés. Ils avaient commencé à se quereller pour tout et pour rien. Mac, convaincu que le meilleur cadeau qu'il pouvait faire à Isabella serait de lui accorder un peu de tranquillité, avait pris sa valise et il était parti.

De retour quelques semaines plus tard, elle l'avait accueilli avec le sourire, et ils avaient connu une seconde lune de miel. Jusqu'à la crise suivante, et ainsi de suite.

Mac voyait bien, au regard d'Isabella, qu'elle ne croyait pas que cela pût être différent cette fois-ci. S'il avait été un homme sensé, il aurait quitté cette pièce à l'instant, pour lui faire comprendre qu'il était désormais capable de patience.

Mais il ne serait jamais un homme sensé.

Il s'empara de ses lèvres.

À l'instant où leurs langues se mêlèrent, il eut le sentiment que la vie coulait à nouveau dans ses veines.

— Tu goûtes toujours aussi bon que lorsque je t'ai volée à ton papa, ma ravissante petite débutante.

Sa ravissante petite débutante noua ses bras à son cou et l'attira sur elle.

Isabella ne put retenir un gémissement de plaisir en sentant le corps de son mari peser de tout son poids sur le sien. Cela faisait si longtemps. Trop longtemps...

Il se redressa légèrement.

— Isabella...

Cela n'avait plus rien à voir avec leur petit interlude de l'autre jour, dans le tub. Mac était alors tout habillé. Il était seul maître de la situation. À présent, ils étaient tous deux dénudés, et leurs corps se pressaient l'un contre l'autre.

— Embrasse-moi, Mac.

— Je n'en ai pas envie.

Isabella écarquilla les yeux.

— Dieu du ciel ! Serais-tu réellement devenu abstinent ?

Son sourire fut si chaleureux qu'il aurait fait fondre un iceberg.

— Oh, non, rassure-toi. J'ai envie de toi. Je voudrais pouvoir te faire l'amour pendant des heures et des heures. Et même des jours entiers. En revanche, je ne me contenterai pas d'un baiser, et rien d'autre.

Isabella lui caressa le menton. Il était rugueux. Mac ne s'était pas rasé ce matin.

— Tu me l'as déjà dit. Mais tu veux tout, tout de suite. Pourquoi ne pas prendre les choses comme elles viennent ?

Mac se releva, et lui saisit le bras pour qu'elle l'imite.

— En tout cas, installons-nous au moins plus confortablement.

Il ne lui proposa pas de rallier sa chambre, ou la sienne. Probablement parce qu'il se doutait que le temps qu'ils se rhabillent et descendent l'escalier, ils auraient retrouvé la raison et changé d'avis.

Or, dans l'immédiat, Isabella n'avait aucune envie de retrouver la raison.

Mac s'installa sur la méridienne, le dos bien calé contre le dossier, et il assit Isabella sur ses hanches.

Puis, la tenant fermement par la taille, il lui embrassa la gorge et le sillon qui séparait ses seins. Isabella en eut la chair de poule. D'autant qu'elle sentait son membre érigé palpiter contre ses fesses.

Sans cesser de l'embrasser, Mac insinua une main entre ses cuisses. Son pouce se retrouva bientôt tout mouillé, ce qui lui arracha un sourire de satisfaction.

— Tu es prête à me recevoir, Isabella.

— Je sais.

— Et j'ai envie de toi. Terriblement envie.

Isabella écarta un peu plus les cuisses.

— Mais je ne sais pas si je vais pouvoir, dit-elle. Cela fait si longtemps.

— Ce n'est pas quelque chose qu'on oublie.

À son grand désarroi, Isabella se sentait paniquer. Elle aurait pourtant pensé qu'elle avait réussi à dépasser ses craintes. Mac ne l'avait plus touchée depuis le soir où elle l'avait repoussé, après sa fausse couche. Cela remontait à près de quatre ans, maintenant. Il n'avait pas insisté, alors. Mais à mesure que les mois passaient, Isabella avait vu la colère monter dans son regard. Elle aurait voulu le réconforter, les réconforter tous les deux en s'abandonnant à cette étreinte qu'il désirait. Mais son corps, à ce moment-là, le refusait catégoriquement. Elle paniquait à la seule idée de s'approcher de Mac. Voilà que cela recommençait…

— Si tu veux arrêter… murmura-t-il.

Isabella apprécia sa générosité : elle devinait que Mac pourrait difficilement se contenir. Cependant, il était clair qu'il avait décidé d'aller à son rythme, de ne pas la brusquer.

Elle prit son visage entre ses mains et l'embrassa.

— Je ne veux pas arrêter, dit-elle. Moi aussi, j'en ai envie.

Mac lui rendit son baiser, et la caressa de nouveau entre les cuisses.

— Es-tu prête ? demanda-t-il.

Elle hocha la tête. Sa nervosité ne l'avait pas complètement abandonnée.

Mac l'embrassa encore, tandis qu'il l'installait plus confortablement sur ses hanches. La jeune femme écarquilla les yeux en le sentant la pénétrer : la sensation était à la fois étrange, et délicieusement familière.

— Tu es serrée, murmura Mac. Comment cela se fait-il ?

— Parce que depuis bientôt quatre ans, j'ai vécu comme une nonne.

— Et moi, comme un moine. Mais j'ai l'impression que nous avons rompu nos vœux.

Isabella rit, avant d'avoir un petit sursaut, quand il la pénétra en entier.

Elle n'avait pas mal, cependant. Rassurée, elle sourit de plaisir, autant que de soulagement. Malgré tout le temps qui s'était écoulé depuis la dernière fois qu'ils avaient fait l'amour, elle n'avait pas oublié le plaisir qu'elle éprouvait à le sentir en elle. Comme s'il avait laissé son empreinte dans son corps.

— C'est ma place, dit-il, lui caressant les cheveux. Ma place exacte.

« Oui ».

Elle commença à le chevaucher.

— Je t'aime, s'entendit-elle dire.

— Je t'aime, moi aussi, mon Isabella. Je n'ai jamais cessé de t'aimer. Pas même une seconde.

La méridienne gémit un peu sous leurs assauts. Mais Mac avait raison : il était à sa place, en elle. Leurs deux corps s'assemblaient à merveille, se connaissaient par cœur.

Il lui sourit.

— Ma petite débutante scandaleuse, murmura-t-il. Qui écarte les cuisses pour un lord dépravé.

— Mais aimant.

— Aimant, oui. Mais dépravé quand même, ma petite coquine.

— J'ai été séduite.

— La belle excuse. Par quoi as-tu été séduite ?
Par ça ?

Il poussa violemment des reins, arrachant un cri
de plaisir à la jeune femme.

— Ou par ça ?

Il accompagna sa question d'une autre poussée,
encore plus forte.

— Oui, Mac. *Oui*.

Il grimaça soudain.

— Oh, non, pitié ! *Pas déjà !*

Tout son corps fut secoué de spasmes. Il n'abandonna cependant pas Isabella. Glissant une main
entre leurs deux corps, là où ils étaient joints, il
caressa la jeune femme pour l'aider à jouir. Isabella était déjà au bord de succomber à l'extase,
mais ses caresses achevèrent de la rendre folle.
Sa voix résonna crescendo sous le plafond de la
pièce, pour mourir dans un cri que Mac cueillit
sur ses lèvres.

Quand elle rouvrit les yeux, il la regardait en souriant.

— Tu es belle, mon amour, dit-il, d'une voix rauque.
Merveilleusement belle.

Isabella plaqua un baiser sur ses lèvres, et il l'attira dans ses bras. Ils restèrent enlacés sur la méridienne, leurs deux corps toujours joints.

Puis Mac s'esclaffa.

— Tu es toute noire ! C'est le fusain. Je devais
avoir de la poussière de charbon de bois sur mes
doigts.

Isabella sourit à son tour.

— Je suis habituée.

— J'ai toujours adoré de te voir gribouillée au
fusain.

— Ou tachée de peinture...

Plusieurs fois, lorsqu'ils s'étaient trouvés seuls
dans son atelier, Mac avait transformé des séances
de travail en étreintes passionnées.

— J'ai beaucoup aimé, ajouta-t-elle. Vraiment.

Cela faisait une éternité qu'elle ne s'était pas sentie aussi épanouie. L'amour était là, de retour. C'était manifeste.

— Nous sommes faits l'un pour l'autre, lui chuchota Mac à l'oreille. Toutes les feuilles à scandale se sont répandues sur notre mariage, mais ces maudits journalistes ignoraient tout du plaisir que nous prenions au lit.

— Les journaux écrivent n'importe quoi.

Mac s'esclaffa encore.

— J'avais particulièrement aimé l'article qui sous-entendait que je m'étais trompé de direction, et que j'étais parti à Rome, au lieu de me rendre à ta soirée.

— C'était ma faute. Comme tout le monde me demandait où tu étais passé, j'ai fini par répondre que tu avais dû te perdre en chemin.

— Eh bien, me voilà de retour.

Isabella ondula des hanches. Elle sentait que Mac était encore dur en elle.

— Je peux difficilement le nier.

— Et j'entends ne plus partir.

— Ça risque de devenir vite inconfortable dans cette position. Surtout pour toi.

— Je ne suis pas sûr.

Isabella voulut répondre, mais Mac poussa lentement avec ses reins, lui arrachant un gémissement de plaisir. Il avait toujours aimé ce petit jeu : lui faire croire qu'il était repu, la laisser s'alanguir, et soudain repartir pour une nouvelle étreinte, encore plus passionnée que la précédente.

C'était exactement ce qu'il avait en tête aujourd'hui. Le temps qu'ils jouissent à nouveau une seconde fois, ils se retrouvèrent par terre – Isabella toujours sur Mac – et le rideau de brocart rouge s'était écroulé derrière eux.

Puis Mac serra la jeune femme dans ses bras tandis qu'ils reprenaient tous les deux leur souffle. Ils restèrent ainsi enlacés, sans parler, un long moment. Dehors, le soleil poursuivait son ascension dans le ciel et n'était plus loin d'atteindre son zénith.

— Mac, murmura la jeune femme. Que nous arrive-t-il ?

Mac lui caressa les cheveux.

— Tu n'aurais jamais dû épouser un Mackenzie. C'est de la folie.

— Pourtant, je n'ai jamais douté un seul instant, répliqua-t-elle. J'ai toujours su que c'était le bon choix. Je pressentais quel genre d'homme voulaient me faire épouser mes parents. Mon père avait déjà repéré trois candidats possibles. Ils s'imaginaient que je n'étais au courant de rien, mais j'avais tout compris. Quand tu m'as murmuré, sur la terrasse, le soir de mon premier bal, que je n'aurais pas le cran de m'enfuir avec toi, j'ai vu l'occasion d'échapper à mon sort, et je l'ai saisie au vol.

Mac fronça les sourcils.

— En d'autres termes, je n'étais à tes yeux qu'une échappatoire ? Tu me vexes, Isabella.

— Je t'ai choisi, Mac. Pas pour ta fortune. Mlle Pringles nous répétait sans cesse qu'une lady ne doit jamais se marier pour l'argent, et que même le plus riche des maris peut faire de vous une femme misérable.

— Cette Mlle Pringles aurait pu monter en chaire.

— Elle nous sermonnait beaucoup, c'est vrai. Mais elle avait souvent raison.

— Et donc, c'est en pensant à la morale de cette chère Mlle Pringles que tu as préféré t'enfuir de chez tes parents, pour vivre dans le scandale avec moi ?

— Nous ne vivions pas dans le scandale, Mac. L'expression me paraît franchement exagérée.

— J'avais pris les précautions nécessaires pour que notre mariage soit parfaitement légal. Je me doutais que, sinon, ton père aurait cherché à obtenir son annulation.

165

— Pauvre papa, murmura-t-elle. J'ai ruiné tous ses espoirs. Je ne l'ai pas fait de bonté de cœur, mais je n'avais pas le choix.

Regardant Mac droit dans les yeux, elle ajouta :

— Si c'était à refaire, je recommencerais.

Il semblait partagé entre la joie, l'espoir et la tristesse.

— J'ai détruit ta vie.

— Ne joue pas les martyrs. Sais-tu pourquoi j'ai accepté de t'épouser, Mac Mackenzie ? Je ne te connaissais pas, pourtant. Nous ne nous étions jamais rencontrés. Mais je savais déjà beaucoup de choses à ton sujet. Tout le monde parlait de ta famille. J'étais au courant du séjour de Ian dans cet horrible asile, et aussi des mariages malheureux de Hart et de Cameron. Je savais que tu te rendais souvent à Paris, pour y peindre des femmes nues.

Mac écarquilla les yeux.

— Juste ciel ! Et toutes ces horreurs étaient tombées dans l'oreille d'une jeune vierge !

— À moins de vivre en ermite au fond d'une grotte, j'aurais difficilement pu échapper aux ragots qui circulaient sur les Mackenzie.

— Un détail m'échappe. Puisque tu savais que Hart et Cameron n'avaient pas été heureux en mariage, pourquoi as-tu tenu à épouser leur frère ?

— Parce que j'avais compris qu'ils aimaient leurs épouses. Élisabeth fut cruelle envers Cameron, et cependant il ne prononça jamais un mot contre elle. Et si Hart était frustré que Sarah soit trop timorée, il n'a jamais dit non plus du mal d'elle. Il avait même renoncé à sa maîtresse pour lui être fidèle. Il s'est beaucoup occupé de sa femme, à la fin. Parce qu'il l'aimait. J'ai vu Hart, après la mort de Sarah et du bébé. Les mauvaises langues prétendaient qu'il était soulagé. C'est faux. Il éprouvait sincèrement du chagrin. La disparition de Mme Palmer l'a beaucoup affecté. Hart est très seul, désormais.

— Isabella, je prendrais très mal que tu te mettes à préparer le thé de Hart, ou à lui repriser ses chaussettes.

— Égoïste, va. Hart a besoin de quelqu'un pour s'occuper de lui.

— Lui, il est le duc de Kilmorgan. *C'est moi*, qui ai besoin qu'on s'occupe de moi. Et qu'on reprise mes chaussettes.

— Arrête de dire des bêtises, répliqua Isabella.

Elle lui embrassa le bout du nez. Il en profita pour prendre son visage dans ses mains, et s'emparer de ses lèvres. Isabella comprit que la conversation était terminée.

Mac l'avait fait rouler sur le rideau cramoisi, et il était prêt à la pénétrer de nouveau, quand on frappa à la porte.

— Milord ? appela la voix de Bellamy.

— Bon sang, Bellamy ! grogna Mac. Laisse-nous tranquilles.

— Vous m'aviez dit qu'en cas d'urgence…

— La maison menace-t-elle de s'écrouler ?

— Pas encore, milord. Mais Sa Grâce désirerait vous voir.

— Répondez à Sa Grâce d'aller voir dans les bois si j'y suis.

Après un silence, Bellamy répliqua :

— Milord, je pense que vous devriez lui parler.

— Enfin, Bellamy ! Tu travailles pour moi. Pas pour mon frère !

— Dans ce cas, milord, permettez-moi de vous présenter ma démission.

Mac soupira lourdement. Les frères Mackenzie étaient habitués à ce que leur aîné les réclame souvent de façon péremptoire, mais Isabella se demandait si cette fois, Hart n'était pas allé un peu trop loin.

— Vas-y, dit-elle, laissant courir son doigt sur le nez de Mac. C'est peut-être important. Je vais t'attendre ici.

Pour toute réponse, Mac l'embrassa longuement, avec passion. Isabella referma ses bras sur lui, et savoura ce moment comme si c'était le dernier. Son intuition lui disait qu'elle ne connaîtrait plus d'étreinte comme celle-ci avant longtemps.

Elle se doutait que Mac aurait préféré rester. Et il serait resté, si Bellamy n'avait pas insisté en frappant de nouveau à la porte.

— Ça a bougrement intérêt à être important, marmonna Mac, se relevant finalement.

Il ramassa son kilt et partit vers la porte, offrant à Isabella une vue imprenable sur son magnifique *derrière*.

13

La dame de Mount Street a fait ses valises et est partie se reposer au bord de la mer, après une soudaine maladie. Mayfair se désole de son absence.

Septembre 1877

Mac dévala l'escalier en redoutant un désastre. «Un cas d'urgence», avait dit Bellamy...

Hart l'attendait dans le hall, avec Ian, et une femme que Mac n'avait jamais vue auparavant. Comme toutes les demeures de style palladien, le hall la traversait sur toute sa largeur, et il était éclairé par de grandes baies vitrées entre lesquelles pendaient des toiles accrochées aux murs. Au centre, trônait une grande table ronde ornée d'une immense composition florale qui était renouvelée tous les jours. À l'origine, la table supportait une sculpture du Bernin représentant un dieu et une déesse grecs intimement enlacés. Mais Beth – sans préjuger du talent du Bernin – avait décidé que des fleurs seraient moins choquantes à regarder pour les dames qui viendraient leur rendre visite. La sculpture avait donc été remisée dans les appartements privés de Hart, à l'étage.

Mac se douta que la dame qui leur rendait visite aujourd'hui n'était venue ni pour Beth ni pour Isabella. Elle était maigre, presque émaciée, et elle portait une robe marron foncé sous un manteau qui flottait sur ses épaules décharnées. Elle ne paraissait pas beaucoup plus âgée qu'Isabella, mais son visage était marqué. Elle tenait par la main une fillette de deux ou trois ans, aux cheveux roux et aux yeux sombres.

Hart s'exprimait avec la femme en français. Ian écoutait, les mains croisées dans le dos, se balançant d'un pied sur l'autre, comme il avait coutume de le faire lorsqu'il était distrait, ou ému.

Mac boutonna la chemise que Bellamy lui avait lancée au vol et s'approcha.

— Hart? Qu'y a-t-il? Qui est cette femme?

Hart lui jeta un regard qui aurait pu percer un mur de briques, tant il semblait furieux.

— Je ne t'ai jamais tenu en laisse, car je ne suis moi-même pas un saint, dit-il. Mais j'ai horreur des mensonges.

— Des mensonges? Quels mensonges? De quoi parles-tu, à la fin?

— Cette femme prétend que sa fille est de toi, intervint Ian. Elle se trompe.

— Bien sûr, qu'elle se trompe! s'exclama Mac, qui tombait des nues. Je ne l'ai jamais vue de ma vie.

La jeune inconnue écoutait leur conversation, qu'elle ne pouvait pas comprendre, en les regardant tour à tour avec angoisse.

— Vous vous trompez, madame, lui dit finalement Mac, en français.

Elle sursauta, avant de débiter un flot de paroles. Non, elle n'avait pas pu oublier Mac Mackenzie, ce lord écossais qui avait été son amant à Paris. Mac avait quitté sa femme pour elle, avant de disparaître un an après la naissance de leur enfant. Elle avait attendu, et attendu encore son retour. Puis elle était tombée malade, et elle se trouvait maintenant trop pauvre pour élever sa petite Aimée. Elle était donc venue jusqu'en Écosse retrouver Mac et lui confier Aimée.

Mac avait écouté son récit avec un étonnement grandissant. Le visage de Hart restait durci par la colère, tandis que Ian regardait par terre.

— Je te jure, Hart, que je ne la connais pas, assura Mac. Et j'ai encore moins couché avec elle. Cette gamine ne peut pas être ma fille.

— Alors, pourquoi prétend-elle le contraire ? demanda Hart.

— Je n'y comprends rien, bon sang !

Mac entendit un pas léger dans son dos, et un bruissement de soie. Il ferma brièvement les yeux. *Damnation !*

Quand il rouvrit les yeux, Isabella achevait déjà de descendre l'escalier. Elle portait à présent une robe parfaitement boutonnée. Mais elle n'avait pas eu le temps de refaire sa coiffure : ses cheveux étaient rassemblés dans une queue-de-cheval qui tombait dans son dos. Elle ne dit aucun mot aux trois frères et se dirigea droit vers la visiteuse.

Hart se plaça en travers de son chemin.

— Remontez dans votre chambre, Isabella.

— Ne me dites pas ce que je dois faire, Hart Mackenzie. Cette femme a besoin de s'asseoir. Est-ce que l'un d'entre vous pourrait s'occuper de commander du thé ?

— Isabella… voulut insister Hart.

— Ce n'est pas la fille de Mac, répéta Ian. Elle est trop jeune.

— Je vous ai entendu, lui répliqua Isabella.

Et, s'adressant à l'inconnue en français :

— Suivez-moi. Nous allons nous asseoir, pour que vous puissiez vous reposer un peu.

Elle prit la jeune femme par le bras, au grand étonnement de celle-ci. Mais au bout de quelques pas, la visiteuse porta sa main à son ventre et elle s'écroula au sol.

Mac héla Bellamy, qui venait de passer sa tête par la porte de l'office, en réponse au coup de sonnette.

— Oublie le thé, Bellamy ! Appelle vite un docteur !

Puis il aida Isabella à soulever la jeune femme, pour la porter sur un sofa.

— Tout va bien se passer, madame, lui dit Isabella, voyant qu'elle regardait Mac avec effroi. Un médecin va venir s'occuper de vous.

— Un ange, sanglota la femme. Vous êtes un ange.

L'enfant, qui avait bien sûr assisté à toute cette commotion, comprit qu'il se passait quelque chose d'inquiétant. Elle réagit comme n'importe quel enfant en pareille situation : elle se mit à pleurer bruyamment.

En écho, les larmes de la femme montèrent d'un cran.

— Ma pauvre petite fille ! Que va-t-il advenir d'elle ?

Ian se dirigea brusquement vers l'escalier, qu'il grimpa quatre à quatre, croisant Beth, laquelle descendait à son tour, sans s'arrêter, comme s'il ne l'avait même pas vue. Beth s'immobilisa au milieu des marches, sans doute pour décider du parti à prendre – devait-elle continuer à descendre, ou tourner les talons et suivre Ian ?

Elle opta pour la descente. S'approchant de la fillette, elle la souleva dans ses bras.

— Calme-toi, lui dit-elle en français. Ta maman est là.

Beth porta l'enfant à sa mère, mais celle-ci ne fit aucun geste envers sa fille. Elle s'était installée sur les coussins, comme si cela faisait une éternité qu'elle n'avait pas profité d'un siège moelleux.

L'enfant s'était calmée, mais elle reniflait sur l'épaule de Beth.

— Je crois qu'elle est épuisée, dit en anglais Isabella, qui tenait la main de la jeune femme.

— Ce n'est pas seulement de la fatigue, j'en ai peur, dit Mac. N'est-ce pas, Beth ?

Beth hocha la tête.

— J'ai déjà vu un cas semblable. Le docteur pourra soulager ses souffrances, mais ce ne sera que provisoire.

— C'est pour ça qu'elle est ici, reprit Isabella, qui caressait la main de la jeune femme.

Et, en français, elle lui dit :

— Vous avez entrepris ce voyage parce que vous étiez très malade.

La femme hocha la tête.

— Je n'avais pas d'autre endroit où aller.

— Il faut la mettre au lit, trancha Isabella.

Hart n'avait pas bougé de tout ce temps. Il était resté planté au milieu du hall, comme une statue.

— Attendez le retour de Bellamy, dit-il. Il se chargera de la porter.

— Inutile, répliqua Mac. Je peux le faire moi-même.

Il souleva la femme dans ses bras. Elle était si maigre qu'il avait l'impression de porter un squelette habillé. Beth avait raison : elle se mourait.

Tandis qu'il la portait dans l'escalier, la femme le dévisageait avec un air de perplexité. Isabella et Beth les suivaient, Beth tenant la fillette par la main.

— Croyez-vous que Ian ait été effrayé par la gamine ? lui entendit demander Mac.

— Je n'en sais rien, répondit Isabella. Mais ne vous inquiétez pas. Je suis sûre que Ian sera très à l'aise avec votre bébé.

Mac devinait l'anxiété de Beth, mais il se sentait impuissant pour la réconforter. Ian était très souvent imprévisible, et personne ne pouvait préjuger de sa réaction lorsqu'il se retrouverait père.

Il se dirigea vers une chambre d'amis, et posa la jeune femme sur le lit. Elle regarda, médusée, le décor élégant qui l'entourait.

Isabella la recouvrit d'une couverture, puis sonna Maude. Après quoi elle retira la fillette à Beth, pour la confier à Mac.

— Occupe-toi d'elle, dit-elle. Mais laisse-nous entre femmes.

La gamine leva les yeux sur Mac, et reprit ses larmes de plus belle. Isabella les poussa tous les deux sans ménagement vers la porte, juste quand Maude arrivait avec une pile de linge. Une autre soubrette suivait, avec une bassine d'eau chaude.

Aimée criait de plus en plus fort, mais la porte de la chambre se claqua au nez de Mac.

Ian réapparut au même instant, une grande boîte à la main.

— Que lui as-tu fait ? demanda-t-il à Mac, haussant là voix pour couvrir les pleurs de la fillette.

— Rien. Je me contente de la tenir. Ces dames nous ont jetés dehors.

Ian ne donnait pas l'impression d'avoir écouté sa réponse.

— J'ai trouvé un jeu de construction dans le grenier, dit-il.

Il partit vers le petit salon de l'étage. Mac le suivit avec la fillette. Ian s'était déjà accroupi au sol, et vidait le contenu de la boîte sur le tapis. Aimée contempla les éléments du jeu avec intérêt, et cessa de renifler.

— Assieds-la par terre, dit Ian.

Mac s'exécuta. La fillette hésita un instant, avant de s'emparer d'une brique.

Ian lui montra comment les empiler les unes sur les autres, tandis que Mac se laissait choir dans un fauteuil.

— Comment as-tu su que ce jeu se trouvait au grenier ?

— Nous y jouions, quand nous étions petits.

— C'est vrai, mais c'était il y a si longtemps ! Je suis stupéfait que tu t'en sois souvenu.

Ian n'écoutait pas. Il avait construit un mur, qu'Aimée prit grand plaisir à faire écrouler. Ian attendit patiemment qu'elle ait terminé le massacre, avant de l'aider à remonter le mur.

Mac, pendant ce temps, se passait une main dans les cheveux. Quelle matinée de folie ! Tout à l'heure, encore, il était dans les bras d'Isabella et se pensait le plus heureux des hommes, convaincu que leur réconciliation était à portée de main. Puis cette Française avait surgi de nulle part, avec sa fillette, en prétendant qu'elle était de Mac. Isabella, au lieu d'aller chercher un fusil dans l'armurerie pour tirer sur Mac, s'était précipitée pour secourir l'inconnue.

Tout cela tenait du cauchemar.

Mac se releva. Il désirait se changer. Et, par-dessus tout, il voulait découvrir qui était cette femme.

À peine avait-il atteint la porte, qu'Aimée recommença à pleurnicher et à crier, d'une voix aiguë, qui vrilla ses oreilles. Il fut obligé de revenir sur ses pas et de se rasseoir à côté d'elle. Aussitôt, Aimée se calma et recommença à jouer.

— Que lui arrive-t-il ? demanda Mac.

Ian haussa les épaules.

— Elle te veut.

— Mais pourquoi ? Elle ne me connaît pas.

Ian ne répondit pas. Il construisait un mur de son côté, et, comme lorsqu'il était enfant, il prenait un soin extrême à aligner les briques les unes par rapport aux autres.

Aimée détruisit encore son mur, dans un grand éclat de rire.

— Ian, demanda Mac, alors que son frère, sans s'énerver, recommençait de zéro, pourquoi es-tu le seul à me croire ? Je veux dire, à croire que cette gamine ne peut pas être de moi ?

Ian ne leva pas les yeux de sa tâche – qui semblait le fasciner.

— Tu n'as pas fréquenté une seule femme depuis qu'Isabella t'a quitté. C'était il y a trois ans et demi. Or cette gamine ne doit pas avoir beaucoup plus de deux ans. Elle est trop jeune pour être de toi.

C'était évidemment d'une logique imparable. Comme toujours, avec Ian.

— J'aurais très bien pu mentir en prétendant que j'étais resté chaste pendant tout ce temps.

Ian releva les yeux.

— Tu n'as pas menti.

— Non, en effet. Mais Hart me considère comme un menteur. Et Dieu seul sait ce qu'Isabella doit penser.

— Isabella croit en toi.

Ian avait dit cela en le regardant droit dans les yeux. Mac apprécia cette faveur, dont il connaissait la rareté. C'était d'autant plus précieux que Ian lui signifiait ainsi qu'il avait une totale confiance en lui.

Puis Ian cligna des yeux et reporta son attention sur le jeu de construction. Le charme était rompu.

Une odeur reconnaissable entre toutes se répandit soudain dans la pièce. Les deux frères regardèrent Aimée, qui jouait imperturbablement avec ses briques.

Mac grimaça.

— Je crois qu'il est grand temps de retrouver les femmes.

— Oui, acquiesça Ian.

Ils se relevèrent d'un même mouvement. Aimée se mit d'abord à quatre pattes, avant de se redresser sur ses petites jambes et de tendre ses bras vers Mac.

Un sourire amusé flotta sur les lèvres de Ian. Mac prit la fillette dans ses bras, et ils quittèrent tous trois le salon, à la recherche des femmes.

Le médecin du village resta un long moment au chevet de la Française. Durant toute sa visite, Isabella assista la malade, pour aider le docteur.

Aimée refusait que Mac s'éloigne hors de sa vue. L'une des femmes de chambre, une solide Écossaise mère de cinq enfants, se chargea de laver la fillette et de la changer, mais Mac fut obligé d'être présent : dès qu'il essayait de partir, Aimée se remettait à crier. Et ce fut ainsi toute la journée : Aimée refusa d'être confiée à quiconque, pas même à Beth. Si bien que ce soir-là, Mac s'endormit tout habillé sur son lit, avec Aimée couchée sur son ventre.

Le lendemain matin, il sortit la fillette sur la terrasse. Le vent avait fraîchi – l'automne arrivait vite, dans les Highlands –, mais le soleil brillait dans un ciel sans nuages. La gouvernante apporta une petite chaise pour Aimée et aida Mac à l'emmailloter pour la prémunir du froid. Aimée s'endormit au soleil, pendant que Mac, accoudé à la balustrade, contemplait le jardin, et la ligne des montagnes qui marquait l'horizon.

Il entendit Isabella arriver à son tour sur la terrasse, mais il ne se retourna pas. La jeune femme se posta à côté de lui, pour admirer elle aussi le paysage.

— Elle est morte dans son sommeil, dit-elle, après un long silence, d'une voix qui trahissait sa fatigue. Le médecin a dit qu'elle souffrait d'un cancer qui s'était répandu dans tout son corps. Il était même surpris qu'elle ait pu avoir la force d'entreprendre ce voyage. Sans doute ne voulait-elle pas mourir avant d'avoir assuré la sécurité de son enfant.

— T'a-t-elle dit son nom ?

— Mirabelle. C'est à peu près tout ce que j'ai pu apprendre.

Mac regardait toujours le jardin. Bientôt, les fontaines seraient coupées, pour leur éviter de geler. Et les parterres disparaîtraient sous la neige.

— Je te crois, tu sais, dit Isabella.

Mac se tourna vers elle. Isabella portait une robe sombre, ce matin, mais dont l'étoffe brillait au soleil. Elle se tenait comme les femmes des tableaux de Renoir : droite, le port régalien. Ses traits pâles accusaient le manque de sommeil, mais la découpe de son visage était toujours aussi parfaite.

— Merci, répondit Mac.

— Je te crois, parce que Mirabelle m'a fait l'effet d'un petit lapin que tout effraie. Elle n'aurait jamais quitté Paris, si elle avait pu trouver une autre solution. Elle était terrifiée à l'idée de venir ici. Ce n'est pas le genre de femme qui aurait pu te séduire.

— Mais supposons qu'elle ait été quand même mon genre ?

— Tu ne l'aurais pas abandonnée avec son enfant. Cela ne te ressemble pas.

— En d'autres termes, tu n'as pas spécialement confiance en ma fidélité. Tu ne te fies qu'à ma générosité, et à mes goûts en matière de femmes.

Isabella haussa les épaules.

— Nous avons vécu séparés plus de trois ans et demi. Comment pourrais-je jurer de ta fidélité ? La plupart des hommes, à ta place, auraient été chercher leur plaisir ailleurs.

— Sauf que je ne suis pas comme la plupart des hommes. J'y ai pensé, bien sûr – ne serait-ce que pour te punir de m'avoir quittée. Mais tu m'avais brisé le cœur. Je me sentais totalement vidé. L'idée de caresser un autre corps…

Les amis de Mac avaient fait de sa chasteté un sujet de plaisanterie. Ses frères avaient cru qu'il essayait de prouver sa volonté à Isabella. Il y avait sans doute eu un peu de cela, mais la vérité, c'est qu'il s'était trouvé incapable de désirer une autre femme.

— C'est sans doute lui le père, suggéra Isabella. Je veux parler de l'imposteur qui a vendu tes faux tableaux à Crane.

— Je suis arrivé à la même conclusion. Quand j'ai porté Mirabelle dans l'escalier, hier, j'ai bien vu, à son regard, qu'elle ne me reconnaissait pas. Mais elle ne m'a rien dit. En a-t-elle parlé à Beth, ou à toi ?

— Évidemment non. Réfléchis, Mac : si tu étais une femme sans le sou, prête à mourir, préférerais-tu laisser ton enfant au frère d'un duc, ou confesser ton erreur et risquer que l'enfant ne se retrouve à la rue ?

Isabella avait raison, bien sûr.

— Aimée ne sera pas jetée à la rue. Elle pourrait être recueillie par l'un de nos fermiers.

— Elle ne sera recueillie par personne. Je vais l'adopter.

Mac sursauta.

— Isabella...

— Qu'est-ce qui m'en empêcherait ? Ce n'est quand même pas la faute d'Aimée si son père l'a abandonnée, et que sa mère est morte d'une maladie incurable. J'ai de l'argent, une grande maison, et du temps pour l'élever.

— Son père n'a pas toute sa raison. Ce type, quel qu'il soit, imite mes toiles et les signe de mon nom, puis les vend à un galeriste sans venir récupérer l'argent. À Doncaster, Steady Ron a vu quelqu'un me ressemblant enregistrer des paris. C'est donc que ce type nous a suivis là-bas. Et je ne parle pas de l'incendie de ma maison.

— Aimée n'est pas responsable de ses agissements.

— Je sais. Mais supposons qu'il vienne la rechercher ?

— Je saurai la protéger, s'entêta Isabella.

— Chérie, je sais que tu désires un enfant...

— Oui, je désire un enfant ! le coupa Isabella, s'emportant soudain. Et personne ne veut d'Aimée. Pourquoi ne viendrais-je pas à son secours ?

— Comment expliqueras-tu aux journaux à scandales d'où elle sort ?

— Je n'aurai besoin de rien dire à personne. Aimée est rousse, comme moi. Je raconterai qu'elle est l'orpheline de l'un de mes cousins parti en Amérique.

— Mon ange, tout le monde, à Londres, la prendra pour la fille illégitime que j'aurai eue avec une inconnue. C'est d'ailleurs ce que pense déjà Hart.

— Cela fait belle lurette que je ne me soucie plus de ce qu'impriment les feuilles à scandales.

Elle avait dit cela d'un ton dédaigneux, mais Mac savait qu'elle n'était pas aussi insensible qu'elle s'efforçait de le paraître. Les journalistes s'étaient beaucoup inspirés de leur mariage pour vendre du papier. Le grand public, en effet, avait semblé fasciné par ses multiples péripéties. En tant que frère de l'un des ducs les plus puissants du royaume, Mac était habitué à ce que ses faits et gestes soient épiés par la presse. Mais Isabella n'avait pas été préparée à ce que sa vie privée soit ainsi jetée en pâture au plus grand nombre.

En toute honnêteté, Mac devait bien reconnaître qu'il n'avait rien fait pour éloigner les journalistes. Son comportement n'avait pu que les réjouir, hélas.

— Mais Aimée pourrait s'en soucier en grandissant, répondit-il.

Le regard d'Isabella afficha soudain une détermination farouche.

— Je ne priverai pas cette enfant de soins et d'affection. Quel que soit son père, il n'a manifestement pas voulu d'elle. Mirabelle m'a raconté qu'elle lui avait servi de modèle – en s'imaginant poser pour le célèbre Mac Mackenzie. Elle n'aurait pas pu se laisser abuser si nous n'avions pas été séparés. Ou plus exactement, si je ne t'avais pas quitté.

— Bon sang, Isabella, tu n'es pas responsable de l'existence d'Aimée.

— J'aurais dû rester, Mac. J'aurais dû faire des efforts pour que notre mariage réussisse.

Elle tremblait. Ses yeux brillaient un peu trop. L'absence de sommeil se faisait de plus en plus cruellement sentir : voilà, à présent, qu'elle s'accusait de tous les maux.

— Je te pourrissais l'existence, lui rappela Mac. L'aurais-tu déjà oublié ?

— Je sais. Mais j'ai préféré m'enfuir plutôt que d'essayer de lutter. J'ai été lâche.

— Arrête ! lui intima Mac, l'attirant dans ses bras. Si quelqu'un n'est pas lâche, Isabella, c'est bien toi. Car enfin, il fallait sacrément du courage, pour m'épouser !

— Ce n'est pas le moment de plaisanter, Mac.

Mac lui caressa les cheveux.

— Tu peux t'occuper d'Aimée, si tu le souhaites.

— Merci.

Mac ne dit plus rien. Mais il n'aimait pas cela. Non pas la générosité d'Isabella envers la fillette, mais son entêtement à vouloir se rendre coupable de quelque chose. Il s'inquiétait aussi de la réaction du vrai père de l'enfant – ce fou, car c'était un fou –, quand il apprendrait qu'Isabella se chargeait désormais d'élever Aimée.

La fillette se réveilla sur ces entrefaites, aperçut Isabella, et capta son attention. De toute évidence, elle avait faim.

Isabella la prit dans ses bras. Aimée reprit ses pleurs et se tourna vers Mac. Celui-ci, résigné, récupéra l'enfant, qui se calma aussitôt.

Isabella sourit.

— Je crois qu'elle t'a choisi, Mac. Que cela te plaise ou non.

— Ce qui veut dire que si tu veux vraiment l'élever, je serai obligé de rester toujours près de toi.

— Au moins jusqu'à ce qu'elle s'habitue à moi, oui. Tu vas donc demander à Bellamy de nous acheter des billets de train pour rentrer à Londres.

— À Londres ? Pourquoi quitter Kilmorgan ? Elle a toute la place, ici, pour s'amuser. Elle pourrait même jouer avec les enfants des fermiers.

Isabella le gratifia d'un regard destiné à lui signifier qu'un homme ne pouvait rien comprendre à la situation.

— Je vais devoir lui recruter une nurse et une gouvernante. Il faudra aussi lui acheter des vêtements et préparer sa chambre. Bref, il y aura mille choses à faire avant que la saison mondaine ne débute.

Mac berça Aimée dans ses bras.

— Elle me semble un peu jeune pour faire ses débuts. Elle est trop petite pour danser la valse.

— Ne dis pas de bêtises. Tu sais bien que mon agenda est toujours très chargé durant la saison. Et il n'est pas question que je me débarrasse de ma fille à la campagne, pendant que je courrai les réceptions.

— Comme l'ont fait tes parents avec toi, compléta Mac.

Aimée s'amusait à lui tirer les cheveux. Il la lança très haut, à bout de bras, avant de la faire retomber. La fillette cria son plaisir.

— Oui, acquiesça Isabella. J'ai trop souffert de la solitude, dans mon enfance, pour faire revivre cela à Aimée.

Elle avait de toute évidence pris sa décision. Mac savait qu'elle avait été profondément affectée par la perte de leur bébé, mais il n'avait pas réalisé, avant aujourd'hui, à quel point elle désirait un enfant.

Puisqu'elle était décidée à rentrer à Londres avec Aimée, Mac serait bien obligé de les suivre. Car, pour sa part, il n'était pas question qu'il perde la jeune femme de vue.

C'est ainsi qu'ils partirent à Londres tous les trois. Depuis près de quatre ans, Mac et Isabella tournaient séparément dans le vide, comme deux satellites orphelins. Mais désormais, ils faisaient partie d'un solide trio.

14

Londres a été choqué d'apprendre l'étrange arrange-
ment conclu entre le lord écossais et sa dame. Le lord
est de nouveau parti sur le continent, mais sa dame
n'habite plus Mount Street. Il existe un adage que
devraient méditer beaucoup de jeunes gens : « Marie-
toi à la hâte, repens-t'en toute ta vie. »

Janvier 1878

Mac, sur la terrasse, avait qualifié Isabella de courageuse. Mais, durant leur trajet de retour à Londres, la jeune femme eut tout loisir d'apprécier ses propres qualités.

Ils partirent le lendemain des funérailles de Mira-belle, qui s'étaient tenues sous la pluie, dans le petit cimetière accolé à l'église du village.

Aimée se raccrochait plus que jamais à Mac, et n'autorisait personne à la toucher. À l'exception d'Isabella, qu'elle laissait la prendre dans ses bras, car elle avait compris qu'Isabella était indissociable de Mac. Mais elle témoignait clairement qu'elle préférait Mac. Lequel se pliait bien volontiers à son affection, la faisant sauter sur ses genoux pendant qu'elle s'ingéniait à lui tirer les cheveux ou lui pincer le nez.

Isabella n'aurait jamais imaginé que Mac puisse se montrer aussi à l'aise avec des enfants.

Lorsqu'elle était enceinte, elle avait même craint qu'il ne se désintéresse de leur bébé, une fois que celui-ci serait né. Mais, en le voyant si bien s'occuper de la fillette dans leur compartiment de train, elle en arrivait à se demander s'il n'était pas plus doué qu'elle avec les enfants ! Il lui avait fait boire du lait dans une tasse, coupé un peu du pain qui avait été servi avec son dîner et il n'avait regimbé qu'au moment de lui changer ses couches. Il y avait des limites, avait-il protesté, en tendant la fillette à Maude. La camériste d'Isabella s'était beaucoup radoucie à son égard, depuis qu'elle le voyait à l'œuvre avec Aimée, et il lui arrivait même de le gratifier de sourires indulgents.

Tandis que le train poursuivait sa course, Mac finit par s'assoupir contre le montant du compartiment, et Aimée s'endormit dans ses bras. Le spectacle de son mari, en kilt, avec la fillette sur ses genoux, donna chaud au cœur d'Isabella.

À leur arrivée à Londres, le lendemain matin, Mac ordonna à son cocher de les conduire tout droit chez Isabella. La jeune femme se rendit tout de suite compte, en descendant de voiture, suivie de son mari portant un enfant dans les bras, qu'ils étaient l'attention de tout le voisinage. Elle sentit des rideaux se soulever, des visages apparaître aux fenêtres. Mac avait raison : les ragots ne les épargneraient pas.

Ses domestiques, en revanche, s'étaient démenés pour l'occasion. Morton, averti par un télégramme de Bellamy, avait aménagé la chambre où avait dormi Daniel pour en faire une nursery. Il avait également pris la liberté de contacter sa nièce, qui cherchait un emploi de nurse. Mlle Westlock viendrait cet après-midi même pour rencontrer milady – si bien sûr milady en était d'accord.

— Je comprends que tu m'aies volé mes domestiques, commenta Mac, à l'adresse d'Isabella. Morton est l'as des majordomes.

— Je m'efforce de vous donner satisfaction, milord, répliqua Morton, plutôt fraîchement.

— Je sais, Morton. Mais je sais aussi que vous me tourneriez le dos sans hésiter si vous aviez à choisir entre moi et ma femme. Dites à Bellamy de me préparer du thé.

Isabella aima Mlle Westlock d'emblée – elle était déjà rassurée de savoir que Morton la lui recommandait – et elle l'embaucha pour le poste. Âgée de trente-cinq ans, Mlle Westlock était si sûre d'être engagée, qu'elle était venue avec sa valise. Elle s'installa aussitôt dans la chambre contiguë à la nursery et se mit au travail.

Isabella avait projeté de passer le restant de la journée à faire les magasins pour acheter le lit d'Aimée, des vêtements de bébé, des jouets... Mac l'abandonna à ses emplettes, expliquant qu'il avait hâte de se rendre à Mount Street, avec Bellamy, pour voir où en était la réfection de sa maison. Mais il dut emmener Aimée et Mlle Westlock avec lui, car la fillette fit clairement comprendre qu'elle n'était toujours pas disposée à le laisser s'éloigner.

Isabella le regarda remonter en voiture, l'enfant dans les bras, avec un mélange d'amusement et de tristesse. Ils étaient constamment ensemble depuis qu'ils avaient quitté Londres, et elle s'était vite habituée à ce qu'il soit toujours à côté d'elle.

« J'ai pourtant vécu trois ans et demi sans lui », se rappela-t-elle. « Trois ans et demi ». Mais Mac n'était pas parti depuis cinq minutes, que la maison lui semblait déjà vide ! Mieux valait, dans ces cas-là, s'occuper. Elle commanda donc sa voiture, et partit sur-le-champ pour Regent Street.

Isabella s'aperçut qu'elle adorait acheter des choses pour les enfants. La pauvre Maude se retrouva bientôt les bras chargés de livres d'images, de jeux de construction, d'un service à thé miniature et d'une poupée à moitié aussi grande qu'elle. D'un magasin à l'autre, Isabella croisa quelques connaissances, et pour satisfaire leur curiosité elle leur annonça tout de go qu'elle comptait adopter un enfant. De toute façon, la nouvelle se répandrait tôt ou tard, car elle n'avait aucune envie de garder secrète l'existence d'Aimée.

De retour à la maison, pendant que les valets déchargeaient la voiture, Isabella trouva une lettre d'Ainsley Douglas qui l'attendait. Mac n'étant pas encore rentré, elle monta tout droit dans sa chambre pour la lire.

Elle la lut même deux fois, avant de l'embrasser.

— Que Dieu te bénisse, Ainsley, murmura-t-elle, avant de glisser la lettre dans son décolleté.

Mac rentra à la maison avec Aimée endormie dans ses bras. Il trouva Isabella dans la nursery. Mlle Westlock s'étant absentée quelques minutes, il coucha lui-même l'enfant dans son petit lit.

Isabella se tenait devant la fenêtre. Elle regardait au-dehors, caressant distraitement les cheveux d'une poupée posée sur le rebord. Mac recouvrit Aimée d'une couverture et s'approcha d'elle.

La jeune femme ne se retourna pas. Un rayon de soleil rasant – l'après-midi touchait à sa fin – éclaira son visage, et le chagrin que Mac y lut le bouleversa.

— Isabella, murmura-t-il, lui touchant l'épaule.

Isabella se retourna, les yeux mouillés de larmes. Elle ouvrit la bouche, comme si elle voulait s'excuser de pleurer, mais aucun son ne sortit de sa gorge. Mac lui tendit les bras et elle s'y réfugia.

Des images du passé assaillirent Mac tandis qu'il étreignait la jeune femme. « Non », se morigéna-t-il. « Oublie cela ».

Mais les souvenirs étaient sans pitié.

Il se revit, aussi clairement que si c'était hier, entrer dans la chambre d'Isabella, à Mount Street, après sa fausse couche. Malgré les efforts de Ian pour le garder sobre, Mac était ivre mort.

Dans le train ralliant Douvres à Londres, il avait vidé une flasque de whisky dans l'espoir d'amoindrir son chagrin. Il ne s'était jamais senti aussi malheureux, même au lendemain de la mort de sa mère, quelques années plus tôt. Tout simplement parce qu'il ne s'était jamais senti proche de sa mère – c'est à peine s'il l'avait connue. Leur père était si maladivement jaloux qu'il avait tenu la duchesse dans un isolement presque total, allant jusqu'à la priver de ses fils. Elle avait d'ailleurs fini par mourir de cette jalousie excessive dont elle était la victime.

Le chagrin qu'avait pu avoir Mac de sa disparition n'était donc rien en comparaison de ce qu'il avait éprouvé quand Ian était venu lui apprendre qu'Isabella avait perdu leur bébé, et qu'elle était elle-même entre la vie et la mort.

Aussitôt arrivé chez lui, il s'était rué dans la chambre de la jeune femme. Isabella était assise devant la cheminée. Elle avait tourné vers lui ses yeux rougis.

Mac avait titubé jusqu'à son fauteuil, et il était tombé à genoux devant elle.

— Je suis désolé, avait-il murmuré. Sincèrement désolé.

Il avait espéré qu'elle lui caresserait les cheveux et qu'elle lui pardonnerait.

Mais ni le geste ni les paroles n'étaient venus.

Ce n'est que beaucoup plus tard que Mac avait pris conscience de son attitude égoïste et sans cœur. Sur le coup, il avait été très choqué, et blessé, qu'Isabella ne lui accorde pas son pardon. Il avait alors voulu la serrer dans ses bras, mais il était si soûl qu'il s'était écroulé de tout son long et qu'il avait vomi sur le tapis.

Ian, qui manifestait rarement ses émotions, quelles qu'elles soient, l'avait tiré, très en colère, hors de la pièce. Puis, pendant que Bellamy nettoyait Mac, Ian s'était emporté :

— Isabella pleurait après toi, avait-il expliqué. Alors, je suis parti te chercher jusqu'à Paris. Mais je me demande bien pourquoi elle te voulait. Tu ne sais plus que boire.

Mac se posait la même question, en vérité. Dès qu'il s'était senti mieux, il avait cherché Isabella, conscient qu'il aurait doublement à s'excuser.

Il l'avait trouvée dans la nursery, sa main caressant le rebord du berceau qu'ils avaient acheté ensemble, dès qu'ils avaient appris qu'Isabella était enceinte.

Mac s'était approché dans son dos et l'avait enlacée, sa joue posée sur l'épaule de la jeune femme.

— Je ne peux pas te dire à quel point je suis navré, avait-il murmuré. Que ce drame soit arrivé, que je n'aie pas été là au bon moment, et que je sois un ivrogne. Mais je crois que j'en mourrai, si tu ne me pardonnes pas.

— Je suppose que je finirai par te pardonner, avait répliqué Isabella. Je l'ai toujours fait jusqu'ici.

Mac s'était détendu un peu. Il avait enfoui son visage dans la chevelure de la jeune femme.

— Nous pourrions essayer encore. Tenter d'avoir un autre bébé.

— C'était un garçon.

— Je sais. Ian me l'a dit.

Il lui avait embrassé la nuque, avant d'ajouter :

— Le prochain sera peut-être aussi un garçon.

— Non, avait murmuré Isabella, si bas, que Mac avait failli ne pas entendre.

Il pensait avoir compris ce qu'elle avait voulu dire : elle avait besoin de temps pour oublier.

— Quand tu te sentiras prête, préviens-moi, avait-il répondu, lui caressant la joue. Et nous ferons une autre tentative.

Isabella s'était écartée brusquement de lui.

— Parce que c'est aussi simple que cela, pour toi ? lui avait-elle lancé, le regard plein de colère. Cet enfant n'a pas pu vivre, mais ce n'est pas grave, nous en ferons un autre ?

Mac avait sursauté, désarçonné par son éclat.

— Ce n'est pas ce que je voulais dire.

— Pourquoi t'es-tu donné la peine de rentrer de Paris, Mac ? Tu aurais été plus heureux avec tes amis, à continuer à boire jusqu'à plus soif.

— Je ne suis plus ivre, aujourd'hui.

— Disons que tu n'es pas ivre au point de vomir sur mon tapis.

— C'était un malheureux accident.

Isabella avait serré les poings.

— Explique-moi pourquoi tu es revenu ?

— Ian m'a dit que tu me réclamais.

— Ian a dit… *Ian a dit !* Est-ce la seule raison qui t'ait fait rentrer ? Toi-même, n'avais-tu pas envie de me retrouver, après cet horrible drame ?

— Bon sang, Isabella, cesse de déformer tous mes propos ! Crois-tu que je n'ai pas de chagrin, moi aussi ? À ton avis, pourquoi je bois, si ce n'est pas pour essayer de l'apaiser ?

— Mon pauvre, pauvre petit chéri.

Elle l'aurait giflé qu'elle ne lui aurait pas fait plus mal.

— Que t'arrive-t-il, Isabella ? Je ne t'ai jamais vue ainsi.

— Il m'arrive que nous avons perdu notre bébé, lui avait-elle répliqué, criant presque. Tu n'es pas revenu pour me réconforter, Mac. Tu es venu pour que je *te* réconforte.

Mac en était resté un instant bouche bée.

— Bien sûr que j'ai besoin de ton réconfort. Comme tu as besoin du mien.

— Je n'ai plus de réconfort à donner à personne. Je ne suis plus qu'une coquille vide. Et tu n'étais pas là. Tu n'étais pas là quand j'avais besoin de toi.

Le soleil couchant lançait des flammes dans sa chevelure.

— Je sais, avait répondu Mac, la gorge nouée. Je sais. Mais, chérie, c'était imprévisible. Tu n'aurais pas dû accoucher avant plusieurs mois. Ni toi ni moi ne pouvions prévoir ce qui est arrivé.

— Tu aurais compris, si tu m'avais accompagnée à ce bal. Si tu t'étais trouvé à Londres. Si tu ne t'étais pas volatilisé depuis des semaines, sans me dire où tu allais.

— Parce que maintenant, tu voudrais me tenir en laisse ? avait répliqué Mac, soudain en proie, lui aussi, à une colère exacerbée par son chagrin. Tu sais très bien pourquoi je suis parti. Nous ne cessions pas de nous disputer. Tu avais besoin que je te laisse respirer.

— *Tu avais décidé* de partir. Sans me prévenir. J'aurais peut-être préféré que tu restes. J'aurais peut-être préféré poursuivre nos disputes, plutôt que d'habiter une maison vide. T'es-tu seulement posé la question ? Non. Tu es parti, un point c'est tout.

Mac n'avait pas compris cet emportement. Cherchait-elle à le rendre fou ?

— Isabella, mon père a tué ma mère. Il l'a secouée à lui en briser le cou. Et pourquoi ? Parce qu'ils se disputaient, qu'il était ivre, et qu'il n'a pas été capable de maîtriser sa colère. Crois-tu que je veuille te souhaiter le même sort ? Que je me réveille, un jour, de ma stupeur, pour découvrir ce que je t'aurais fait ?

— Tu n'as jamais porté la main sur moi.

— Parce que je suis toujours parti avant que cela n'arrive !

Elle l'avait regardé d'un air choqué.

— Grands dieux, Mac ! Essaies-tu de me dire que tu pars parce que tu voudrais me frapper ?

— Non ! avait protesté Mac. (Il n'avait jamais songé à un pareil geste, mais il avait toujours été effrayé à l'idée de se conduire un jour comme son père, qui avait battu comme plâtre femme et enfants. Le vieux duc avait même envoyé Ian à l'asile, pour se débarrasser du seul témoin de la véritable cause du décès de leur mère.) Non, Isabella, avait-il ajouté. Je n'ai jamais voulu te frapper. Jamais.

— Alors, pourquoi pars-tu ?

Mac avait senti sa colère revenir.

— Un homme doit-il justifier tous ses faits et gestes à sa femme ?

— Si c'est mon mari, oui.

Mac avait soudain eu envie de rire.

— Oh, ma petite débutante ! Les griffes t'ont poussé.

— Je ne cherche pas à avoir des griffes. Je souhaite simplement un mariage normal. Est-ce trop demander ?

— Tu veux dire un mariage pour lequel je passerais la plupart du temps à mon club ? Un mariage où je m'abriterais derrière mon journal à la table du dîner ? Où je prendrais une maîtresse pour satisfaire mes envies, pendant que tu dépenserais mon argent pour t'acheter des choses inutiles ?

Il avait pensé la faire sourire, avec ce scénario ridicule, mais il n'avait fait qu'attiser sa colère.

— Je te reconnais bien là. Avec toi, c'est toujours tout ou rien. Soit notre mariage doit être scandaleux, soit nous devons vivre en nous ignorant mutuellement. N'as-tu jamais pensé qu'il pouvait exister un moyen terme ?

— Non, parce que nous réagissons toujours comme maintenant. Regarde : nous nous disputons constamment. Quand nous ne faisons pas l'amour, nous nous crions dessus, d'un bout à l'autre de la maison. Voilà pourquoi je préfère partir : afin de te laisser souffler un peu. Mais si tu t'imagines que je cours rejoindre d'autres femmes...

— Non, je ne m'inquiète pas pour cela. Ian me le dirait.

— Ah oui, Ian. Ton ange gardien. Qui ne te quitte jamais d'une semelle.

— Enfin, Mac, tu ne vas pas être jaloux de Ian !

— Mais non, je ne suis pas jaloux de lui.

Enfin, il ne pensait pas l'être. Une chose était sûre : Ian n'essaierait pas de séduire sa sœur, car Ian ne séduisait jamais personne. Il satisfaisait ses désirs auprès de courtisanes tarifées, mais il n'avait jamais manifesté le moindre attachement pour aucune femme. En revanche, il était devenu un ami sûr pour Isabella.

— Je constate cependant que tu n'es pas mécontente de l'avoir à tes côtés.

— Parce que lui, au moins, il est présent ! Alors que toi, tu n'es jamais là. Et spécialement quand j'ai le plus besoin de toi.

Mac avait compris que cette fois, le pardon viendrait difficilement. Isabella ne serait pas près de se calmer, et de l'accueillir enfin avec le sourire.

Il avait reculé, levant les bras en signe de reddition.

— Je m'excuse, Isabella. Je suis sincèrement désolé. Si j'avais pu savoir, je me serais précipité à tes côtés. Tu as besoin de cicatriser, ce que je peux parfaitement comprendre. Fais-moi signe, lorsque tu souhaiteras me revoir.

Il avait tourné les talons, descendu l'escalier, il était sorti de la maison, et il avait pris le premier train pour l'Écosse. À Kilmorgan, il s'était adonné au pur malt des Mackenzie, en attendant un message d'Isabella.

Lequel n'était jamais venu.

Mais c'était du passé, désormais. Pour l'heure, Mac serrait Isabella dans ses bras, tandis qu'Aimée dormait paisiblement à côté d'eux.

— Isabella, murmura-t-il. Je me suis conduit très égoïstement. Mais j'en ai pris conscience, à présent. J'espère que tu me crois ?

La jeune femme regarda par la fenêtre.

— C'était il y a longtemps.

— Mais je sais que tu n'as pas pu oublier.

Elle soupira.

— J'ai tourné cette page de notre existence. La colère, les récriminations, le chagrin… Je n'ai aucune envie de me replonger dedans.

Mac l'embrassa derrière l'oreille.

— Moi non plus. Et je ne veux pas que tu me pardonnes. Jamais.

— Mac...

— Écoute-moi. Quand je te dis que je veux te voir revenir dans ma vie, j'entends aussi te rendre tout ce que je t'ai pris.

— Tu ne m'as rien pris.

— Si. J'acceptais tout ce que tu me donnais – ton admiration, ton indulgence... –, mais j'ai oublié de t'aimer pour toi-même.

— Et tu aurais changé ?

Il rit du scepticisme qui s'entendait à sa voix.

— En tout cas, je veux le croire.

Isabella se retourna dans ses bras.

— Je préférerais que nous reparlions de tout cela une autre fois, Mac.

Mac hocha la tête. Il se conduisait encore comme un idiot. C'était ridicule d'espérer qu'Isabella l'admirerait parce qu'il avait changé, alors qu'elle avait manifestement l'esprit ailleurs.

— Ainsley m'a écrit, ajouta-t-elle. Sa lettre m'attendait quand je suis revenue des courses.

Mac se moquait éperdument de ce que pouvait lui écrire Ainsley, mais il s'obligea à demander :

— Et alors ? La situation a-t-elle progressé ?

— Elle a organisé une rencontre entre Louisa et moi. Après toutes ces années, je vais enfin revoir ma sœur.

Mac, sachant combien c'était important pour elle, la serra un peu plus fort dans ses bras.

— Voilà une excellente nouvelle. Quand et où cette rencontre doit-elle avoir lieu ?

— Demain après-midi, dans Holland Park. Mais tu n'es pas invité. C'est quelque chose que je dois faire seule.

Son regard était implacable. Mac se força à sourire.

— Très bien. Je n'insisterai pas.

En fait, il projetait d'assister à la rencontre de loin, mais Isabella n'était pas obligée de le savoir.

— Merci.

Mac pencha la tête pour l'embrasser, mais c'est précisément le moment que choisit Aimée pour se réveiller. Isabella se libéra prestement, attrapa la poupée et se précipita vers la fillette pour lui montrer son nouveau jouet.

Isabella arriva à Holland Park bien avant l'heure prévue pour le rendez-vous – quatre heures de l'après-midi. Elle allait et venait dans l'allée centrale, imaginant toutes sortes de raisons qui pourraient empêcher sa sœur de venir. Leur père aurait peut-être eu vent de cette réunion secrète, et il aurait décidé d'enfermer Louisa dans sa chambre. Ou alors Louisa, n'ayant pas complètement pardonné la fuite scandaleuse de sa sœur, changerait d'avis au dernier moment.

Mais non, c'était ridicule. Elle devait se fier à Ainsley. Son amie avait du charme, elle était capable de séduire n'importe qui. Et le fait qu'Ainsley soit l'une des dames d'honneur de la reine ne pouvait qu'influencer favorablement la mère d'Isabella. En outre, Ainsley était pleine de ressources. Si quelqu'un était capable d'organiser un rendez-vous secret entre Louisa et Isabella, c'était bien elle.

Cependant, Isabella ne parvenait pas à surmonter sa nervosité. Que dirait-elle à Louisa, en la revoyant ? *Comment as-tu passé les six dernières années ? Oh, comme tu as grandi ?*

La dernière fois qu'elle avait vu Louisa, sa sœur portait encore des couettes. Mais elle avait déjà commencé à bombarder Isabella de questions sur les robes, les coiffures, le mariage et les hommes, comme si Isabella, encore tout innocente, était un oracle en la matière.

La jeune femme entendit un bruit derrière elle, et son cœur s'emballa dans sa poitrine. Se retournant, elle vit un homme se faufiler entre deux buissons.

— Mac! s'exclama-t-elle, exaspérée, croyant le reconnaître à sa silhouette et à sa chevelure.

Mais l'homme tourna la tête dans sa direction. Ce n'était pas Mac. Isabella eut à peine le temps de réagir que l'inconnu fondait déjà sur elle. Il lui saisit le bras d'une main, et plaqua l'autre sur sa bouche, pour l'empêcher de crier.

— Isabella, dit-il en postillonnant, tu ne me quitteras plus jamais.

15

Lady Isabella M. a surpris tout Londres en donnant une soirée dans sa nouvelle résidence de North Audley Street, afin de présenter Mlle Sarah Connolly, une mezzo-soprano d'origine irlandaise, aux mélomanes de la capitale. Ils furent si nombreux à répondre à son invitation que tout le monde ne put assister au concert.

Mars 1878

Isabella se débattit comme un beau diable, mais son agresseur ne lâchait pas prise. Il l'entraîna hors de l'allée, et se glissa entre deux haies d'arbustes, à l'abri de tous les regards.

C'était ahurissant ! On était au beau milieu de Londres, au beau milieu d'un jardin public et au beau milieu de l'après-midi, mais ce taillis était si bien isolé qu'il aurait pu se trouver en pleine campagne, à mille lieues de toute habitation.

Isabella entendit le clocher de l'église voisine sonner quatre heures. Ainsley et Louisa ne tarderaient plus à arriver. Mais que trouveraient-elles ? Rien. Isabella n'avait même pas eu la présence d'esprit de laisser tomber un mouchoir, ou une broche, comme l'aurait fait, à sa place, n'importe quelle héroïne de roman. Ainsley en déduirait qu'Isabella avait été retardée, ou pire, avait changé d'avis. Et Isabella préférait ne pas penser à ce que s'imaginerait Louisa.

L'homme tourna son visage vers elle. Isabella le griffa cruellement, mais il la gifla en retour.

— Ne lutte pas, Isabella. Tu m'appartiens.

Physiquement, il ressemblait beaucoup à Mac. Mais sa voix n'avait rien à voir : celle de Mac avait des sonorités de baryton, la sienne était éraillée.

Soudain, Isabella entendit crier, et l'homme la relâcha si brutalement, qu'elle trébucha et s'écroula dans un buisson, égratignant sa robe dans sa chute. Mais l'instant d'après, une main ferme la faisait se relever.

Isabella voulut encore se débattre, jusqu'à ce qu'elle entende murmurer :

— Isabella...

Isabella poussa un cri de joie et noua ses bras autour du vrai Mac, s'accrochant à lui avec soulagement.

Mac l'examina sous toutes les coutures, comme pour s'assurer qu'elle n'était pas blessée.

— Bon sang, je vais le tuer !

Isabella était encore trop sous le choc pour répliquer. Elle s'agrippait désespérément à Mac.

— C'était lui, n'est-ce pas ? demanda-t-il. Mon sosie ?

Elle hocha la tête.

— De dos, je l'ai pris pour toi.

— Et de face ?

— C'est toi, et ce n'est pas toi. Quelqu'un qui te connaît bien ne pourrait pas s'y tromper longtemps.

— Ce gredin ne perd rien pour attendre. Imiter mes peintures et incendier ma maison, c'est une chose. Mais toucher à ma femme en est une autre. Beaucoup plus impardonnable.

Isabella ferma les yeux. Son cœur battait à tout rompre dans sa poitrine. De frayeur, bien sûr, mais pas seulement pour elle : elle craignait que Mac ne coure un danger en se lançant à la poursuite de ce fou.

— Reste avec moi, dit-elle.

Il la serra un peu plus fort dans ses bras.

— Ne t'inquiète pas, chérie. Je suis là.

Les cloches de l'église sonnèrent le quart d'heure.

— Louisa ! s'exclama Isabella, d'une voix misérable.

Mac lui prit le bras pour l'aider à sortir des buissons et revenir dans l'allée principale, là où Isabella aurait dû rencontrer Louisa. Il n'y avait personne. Mais, vers la sortie du parc, Isabella aperçut Ainsley qui marchait bras dessus bras dessous avec quelqu'un. D'autres gens se promenaient alentour, et elles étaient déjà trop loin pour qu'Isabella puisse les appeler sans attirer l'attention.

— Louisa… murmura la jeune femme, anéantie.

Mac l'enlaça à la taille.

— Je suis désolée, mon amour. En rentrant à la maison, écris à Mme Douglas pour lui proposer un autre rendez-vous. Dans un endroit plus sûr, cette fois.

Isabella gardait les yeux rivés sur Louisa. Sa petite sœur était devenue une grande jeune fille au port altier.

Elle ne se retourna pas une seule fois.

Isabella attendit d'être installée bien au chaud, devant sa cheminée, pour poser à Mac la question qui s'imposait :

— Comment as-tu pu venir aussi vite à ma rescousse ?

La jeune femme était si pâle – à l'exception d'une ecchymose, près de sa bouche – que Mac n'avait pas décoléré depuis tout à l'heure. Le faussaire, quel qu'il soit, avait signé, aujourd'hui, son arrêt de mort.

— Mac ? le pressa Isabella.

— Je te suivais, bien sûr.

— Pourquoi ?

— Ce rendez-vous secret avec ta sœur, dans un parc, ne m'inspirait rien de bon. Les événements ont prouvé que j'avais raison de m'inquiéter.

Isabella prit la tasse de thé fumant que lui tendait Maude.

— Je te suis reconnaissante de m'avoir sauvée, bien entendu. Mais pour autant, je ne suis pas très heureuse de savoir que tu m'espionnes.

— N'emploie pas les grands mots, s'il te plaît, chérie. Je craignais surtout que ton père ne débarque au beau milieu de l'entrevue. Ou que tu n'attires l'attention d'un vide-gousset qui t'aurait délestée de tes bijoux. Je ne pouvais pas me douter que mon sosie t'attendrait pour te sauter dessus.

Isabella frissonna, et Mac maudit une fois de plus ce damné gredin. La vision de la jeune femme à terre avait réveillé, en lui, un sentiment primitif. Il s'obligea, cependant, à contenir sa rage.

— Te sens-tu mieux ? lui demanda-t-il, après s'être penché pour lui embrasser le front. Je voudrais ressortir.

— C'est vraiment nécessaire ?

Ce matin, encore, il aurait été comblé de voir Isabella le supplier de rester auprès d'elle. Mais il devait coûte que coûte démasquer cet autre Mac, et lui briser le cou.

— Je ne serai pas long, promit-il.

— Où vas-tu ?

— Voir quelqu'un, répondit-il évasivement.

Il l'embrassa de nouveau, échangea un regard avec Maude et quitta la pièce.

Mac ne s'était encore jamais rendu à Scotland Yard – la première fois, il avait reçu Fellows chez lui –, et en d'autres circonstances il aurait sans doute trouvé l'expérience captivante. Mais là, il bondit hors de sa voiture, tenant son chapeau pour empêcher que le vent ne le fasse envoler,

et il s'engouffra rapidement à l'intérieur du bâti-
ment.

Le hall et les couloirs étaient parcourus d'hommes
vêtus d'uniformes ou de costumes noirs qui se déplaçaient d'une pièce à l'autre. Mac héla un sergent
et lui demanda le chemin pour rallier le bureau de
l'inspecteur Fellows.

— En haut de cet escalier, lui indiqua le sergent.

Mac gravit les marches quatre à quatre. Puis il
ouvrit les portes qui se présentaient à lui, sans frapper, jusqu'à trouver l'inspecteur en compagnie de
deux autres policiers en civil.

Il plaqua ses deux mains sur le bureau de Fellows.

— Alors, où en êtes-vous ? Votre enquête progresse-
t-elle ?

Fellows ne parut guère intimidé.

— Plus ou moins, répondit-il.

— Dites-moi tout ce que vous savez. Je veux lui
mettre la main dessus au plus vite.

Fellows changea d'expression. C'était un bon
limier, qui comprenait rapidement.

— Il est arrivé quelque chose de nouveau, devina-
t-il. Quoi ?

— Il s'en est pris à ma femme, voilà ce qui est
arrivé, lâcha Mac, en jetant sa canne et son chapeau
sur le bureau. Mais il le paiera cher.

— Il a agressé votre femme ? Quand et où ?

Mac raconta l'incident survenu à Holland Park.
L'inspecteur, tout en l'écoutant, prenait des notes.
Mac remarqua qu'il était gaucher. Les deux autres
policiers, pendant ce temps, étaient restés plongés
dans leurs dossiers.

— Pourrais-je m'entretenir avec votre femme ?
demanda finalement Fellows. Elle pourrait se souvenir d'un détail utile.

— Pas aujourd'hui. Elle est encore sous le choc.

— Oui, j'imagine. Elle n'est pas blessée, j'espère ?

— Il l'a frappée au visage. Mais il le paiera.

Fellows lança un regard aux deux autres policiers, qui quittèrent la pièce.

— Maintenant, nous pouvons parler plus tranquillement, reprit Fellows, après leur départ. Qu'avez-vous l'intention de lui faire?

— Le tuer me semble une bonne solution.

— Mais ce n'est pas le genre de chose à dire dans un poste de police, lui fit remarquer Fellows, non sans humour. Faites-moi confiance, je finirai par l'arrêter. Il sera inculpé de faux, d'escroquerie, d'incendie volontaire, et maintenant, de violence à personne.

— Je n'ai pas envie qu'Isabella soit convoquée à la barre des témoins pour raconter son agression par un inconnu. Les journalistes seraient trop contents. Elle ne mérite pas une telle humiliation.

— L'incendie suffira, dans ce cas. Si vous pouvez le prouver.

— C'est votre travail, Fellows, il me semble! répliqua Mac, exaspéré.

— J'ai besoin de preuves, insista l'inspecteur. Sinon, l'accusation sera trop mince. Si seulement vous l'aviez surpris dans votre grenier…

— Bon, Fellows, avez-vous au moins réuni des indices de votre côté?

— J'en ai quelques-uns, oui, que je vous révélerai bien volontiers, si vous me laissez parler.

Mac s'efforça de se calmer, mais il était trop furieux – et trop angoissé, aussi. Au début, l'histoire des faux tableaux lui avait paru une bonne plaisanterie – d'autant que son faussaire s'était manifesté à une époque où lui-même n'était plus capable de peindre décemment. L'incendie, en revanche, l'avait mis en colère, car des domestiques innocentes avaient failli y perdre la vie.

Mais à présent, c'était différent. Ce fou, quel qu'il soit, avait attiré Isabella dans le jeu. Et cela, Mac ne pouvait pas le supporter.

— Il s'appelle Samson Payne, lâcha Fellows. Il est originaire de Sheffield. Il est venu à Londres il y a sept ans, pour travailler chez un avocat. Son patron nous a dit qu'il ne lui avait jamais causé le moindre ennui. Mais il a démissionné il y a deux ans, pour visiter, disait-il, le continent. Son patron ne l'a plus revu depuis.

Mac sursauta.

— Vous voulez dire que vous avez découvert son identité ? Pourquoi ne pas me l'avoir annoncé plus tôt ?

— Je connais son nom. Du moins, je pense qu'il s'agit bien de lui. Mais je ne sais pas *où* le trouver. Et comme vous me l'avez fait remarquer, c'est mon travail de le dénicher, et de prouver qu'il est bien coupable de ce dont on l'accuse.

— D'accord, d'accord. Mais comment avez-vous appris son nom ?

Fellows eut un sourire entendu.

— Je suis policier. J'ai questionné Crane et son assistant, et enquêté dans le voisinage de la galerie, jusqu'à ce que j'aie pu obtenir une description assez précise de l'individu. Puis j'ai lancé des recherches, et j'ai fini par découvrir qu'il avait loué un petit appartement sur Great Queen Street, près de Lincoln Inn Fields. Il avait donné à sa logeuse le nom de Samson Payne. D'autres investigations m'ont permis d'apprendre qu'un type du même nom avait travaillé, autrefois, chez un avocat de Chancery Lane. C'était assez logique qu'il ait voulu habiter dans un quartier qu'il connaissait déjà.

— Mais comment savez-vous qu'il s'agit bien de lui ?

Le sourire de Fellows se fit plus chaleureux. Il était de toute évidence très satisfait de son enquête.

— L'avocat avait gardé sa photo. Je l'ai montrée à l'assistant de Crane, qui l'a immédiatement reconnu. Il vous ressemble beaucoup, mais pas exactement. L'avocat se souvenait qu'il était brun, mais avec un peu de teinture, et un maquillage pour gonfler ses joues, c'est votre portrait tout craché.

Mac éprouva un frisson désagréable.

— Ne me dites pas qu'il serait un Mackenzie. Que mon père serait responsable de ce monstre?

— Ne craignez rien. J'ai remonté sa trace à Sheffield. Sa mère était fille de boulanger, et son père un ancien cocher reconverti en tenancier de pub. Ce sont bien ses parents. Ils m'ont expliqué que leur fils avait toujours aimé dessiner, et qu'il aurait voulu faire les Beaux-Arts. Mais ses parents n'avaient pas les moyens de les lui payer. Ils m'ont montré une lettre qu'il leur a envoyée, à son retour en Angleterre. Il leur expliquait qu'il avait appris à peindre, et qu'il resterait à Londres pour tenter sa chance.

— Mais vous ignorez où il se trouve à présent? demanda Mac.

— Pour l'instant, hélas, je n'en ai pas la moindre idée. Sa logeuse ne l'a pas revu depuis un certain temps.

— Pourquoi se fait-il passer pour moi?

Fellows haussa les épaules.

— Il rêvait d'être artiste. Mais il ne disposait manifestement pas des relations nécessaires pour vendre ses œuvres, ni même les faire reconnaître. Peut-être qu'un jour quelqu'un l'aura confondu avec vous, et il se sera dit qu'il pouvait se faire un peu d'argent ainsi.

— Ce qui expliquerait les faux tableaux. Mais pas l'incendie de ma maison, ni l'agression contre ma femme.

Fellows haussa encore les épaules.

— Il aura fait une fixation sur vous. Maintenant, il cherche à vous éliminer, pour prendre votre place.

— Mais pourquoi s'attaquer à Isabella? Elle n'a rien à voir avec cette histoire. Elle m'a quitté!

Fellows semblait mal à l'aise, comme s'il répugnait à l'idée de se mêler de la vie privée de Mac.

— J'ai posté un homme à proximité de son appartement, au cas où il déciderait d'y revenir. L'enquête se poursuit, monsieur Mackenzie.

— Je le veux, Fellows.

Fellows hocha la tête et croisa le regard de Mac avec détermination.

— Nous l'aurons. Ne vous inquiétez pas.

Dès que Maude eut fini de s'agiter autour d'Isabella pour masquer son angoisse et qu'elle eut quitté la chambre, Isabella se releva et s'installa à son petit bureau. Elle écrivit une lettre à Ainsley, expliquant qu'elle s'était trouvée brutalement souffrante, mais qu'elle se remettait rapidement. L'excuse lui paraissait un peu faible, mais Isabella ne voulait pas troubler Louisa en lui avouant la vérité. Et elle faisait confiance à Ainsley pour organiser un autre rendez-vous.

Sa lettre terminée, Isabella la glissa dans une enveloppe. Elle la confierait à un valet, pour qu'il se charge de la poster.

Mac n'étant pas encore rentré, la jeune femme se rendit ensuite dans la nursery, pour voir Aimée. Mlle Westlock examina son ecchymose et suggéra un emplâtre à base d'herbes qu'elle prépara elle-même à l'office. Isabella dut reconnaître que l'emplâtre fit merveille: sa joue n'était déjà pratiquement plus enflée, quand une soubrette apporta le thé.

Cela faisait bien longtemps qu'Isabella n'avait plus eu l'occasion de prendre le thé dans une nursery. Le breuvage – légèrement infusé, et servi avec du sucre et beaucoup de lait – était accompagné de petits sandwichs au jambon et fromage, et de tranches de gâteau. Aimée dévora sa part de bon cœur, et Mlle Westlock s'assura qu'Isabella mangeait aussi.

À huit heures du soir, Mac n'était toujours pas rentré. Isabella, fatiguée, se mit au lit.

Elle se réveilla quelques heures plus tard, quand Mac voulut se glisser à côté d'elle sous les couvertures. Et bien sûr, il était entièrement nu.

Elle se redressa.

— Que fais-tu ?

Il bâilla.

— Je me couche. Je suis épuisé.

— Tu as ta propre chambre.

— Ah ? J'ai dû entrer dans celle-ci par erreur. Sois indulgente, chérie. Je suis trop fatigué pour me relever.

— Alors, c'est moi qui vais déménager.

Elle était déjà à moitié sortie du lit, quand Mac la tira en arrière.

— Il est trop tard pour te promener dans la maison, chérie. Tu vas réveiller les domestiques. Laisse-les se reposer.

Isabella se rallongea, résignée. Outre qu'elle répugnait à abandonner la chaleur des couvertures, elle devait bien s'avouer que le spectacle de Mac étendu, nu, à ses côtés, n'était pas déplaisant.

Elle se souvint du premier soir où Mac l'avait ramenée chez lui. Comment elle s'était assise, en peignoir, au bord du lit, très nerveuse, pendant qu'il se débarrassait de ses habits. La découverte progressive de son corps, qui se révélait un peu plus à chaque pièce de vêtement ôtée, lui avait presque fait oublier sa propre timidité. Elle n'avait bien sûr encore jamais vu d'homme nu de sa vie, et tous ceux qu'elle avait pu côtoyer jusque-là étaient même toujours pleinement habillés. Le comte de Scranton ne tolérait pas qu'on pût se montrer chez lui en manches de chemise.

Mais ce soir-là, elle avait donc été confrontée d'emblée à la nudité de Mac. Et elle avait pu s'apercevoir, à la rigidité de son membre, de l'intensité de son désir. Il n'avait pas paru, cependant, le moins du monde embarrassé : il avait plaqué ses mains sur ses hanches, et il avait ri.

Isabella avait alors compris qu'il n'avait pas eu d'autre but, dès le début, que de la conduire dans sa chambre à coucher. À aucun moment il n'avait eu l'intention de se contenter de flirter avec elle, ni même de danser ou de lui voler un baiser. Ces étapes successives – et leur mariage précipité, qui avait couronné le tout – s'étaient enchaînées logiquement, pour aboutir au résultat escompté.

Et, dans son admirable candeur, Isabella avait succombé à son piège.

Six ans plus tard, alors qu'elle le contemplait à côté d'elle, Isabella devait bien s'avouer qu'elle n'avait pas totalement perdu sa candeur : le spectacle de la nudité de Mac continuait de la fasciner, et de lui faire perdre tous ses moyens.

Il lui caressa tendrement la joue.

— On ne voit presque plus rien, dit-il.

— Mlle Westlock m'a posé un emplâtre.

— Brave Mlle Westlock, murmura-t-il, sans cesser de la caresser. Mais une lueur de colère s'alluma soudain dans ses yeux. J'ai passé tout l'après-midi et une partie de la soirée à traquer ce maudit gredin, reprit-il. Malheureusement, il demeure pour l'instant insaisissable.

Isabella sursauta.

— Tu l'as pris en chasse, Mac ? Mais il est dangereux ! Fais attention.

— Moi aussi, je suis dangereux, ma chérie. J'ai bien l'intention de le tuer pour le punir d'avoir osé s'en prendre à toi.

— Si tu le tues, il ne me restera plus qu'à assister à ta pendaison pour meurtre. Non, merci. Laisse la police s'en occuper.

— J'ai commencé par aller à Scotland Yard. L'inspecteur Fellows a pu identifier le gredin, mais pour ce qui est de lui mettre la main dessus, c'est une autre affaire. Ce M. Payne leur échappe.

— Payne ? C'est son nom ?

Mac hocha la tête, et lui raconta en détail tout ce qu'il avait appris de la bouche de Fellows.

— Crois-tu qu'il retournera à son ancien appartement ? demanda la jeune femme, quand il eut terminé.

— Avec un policier en faction près de la porte ? Il est plus malin que cela.

— Fellows sait-il pourquoi ce M. Payne se fait passer pour toi ?

— Non, mais c'est bien la question que je me pose aussi, répliqua Mac, contemplant le plafond au-dessus de sa tête. Seul un fou pourrait désirer se glisser dans ma peau, alors que j'ai passé plus de trois ans à ne plus vouloir être moi !

— Cela aurait été bien dommage.

Mac était parfait tel qu'il était : un Écossais viril, et présentement couché auprès d'elle. Il prenait presque toute la place, mais Isabella ne songeait pas à s'en plaindre. Elle ne connaissait pas de meilleure bouillotte que Mac. Les nuits d'hiver, c'était un plaisir que de coucher avec lui. Sans parler de ses caresses...

Elle pensait qu'il ironiserait sur sa réponse, mais pas du tout : son visage était devenu grave.

— Tu le penses vraiment, chérie ?

— Bien sûr.

Elle lui avait dit une fois qu'il ne faisait jamais les choses à moitié : il avait toujours tendance à passer d'un extrême à l'autre. Ce qui le rendait intéressant par certains côtés, mais ce qui ne facilitait pas la vie au quotidien.

Du reste, toute la famille Mackenzie aimait flirter avec les extrêmes. Hart ne vivait plus que pour la politique, et la rumeur lui attribuait des penchants très sombres en matière de sexualité. Cameron était obsédé par ses chevaux. Et Ian était capable de se souvenir du moindre mot d'une conversation vieille de plusieurs années, alors même que le sens des répliques échangées lui échappait la plupart du temps.

Si Mac n'avait pas été tel qu'Isabella le connaissait – séducteur, drôle, scandaleux, sensuel, provocateur et imprévisible –, elle ne serait jamais tombée amoureuse de lui.

Elle se lova un peu plus contre lui et posa une main sur son torse puissant.

Le regard de Mac s'assombrit.

— Ne joue pas avec le feu, Isabella.

Pour toute réponse, Isabella se rapprocha encore… et l'embrassa.

16

Le marquis de Dunstan a dévoilé chez lui, jeudi dernier, plusieurs tableaux d'une rare qualité. Il s'agit de vues de Venise. Elles paraissent si vivantes que le spectateur jurerait entendre le bruit de l'eau et le chant des gondoliers. Ces toiles sont l'œuvre de lord Mac Mackenzie. Mais l'artiste était absent : il s'est retiré dans ses terres, en Écosse.

Septembre 1878

Le cœur de Mac fit un bond. « Mon Isabella, tu me rends fou », songea-t-il, émerveillé.

La jeune femme était nue sous sa chemise de nuit. Mac s'attaqua aux premiers boutons du fragile vêtement, avant de suspendre son geste.

Le baiser d'Isabella avait quelque chose de désespéré dans sa ferveur. Ce monstre de Payne l'avait terrorisée – même si elle ne voudrait jamais l'admettre. Elle était forte, bien sûr, cependant elle ressentait toujours les émotions violemment. En l'embrassant, elle cherchait à se réconforter.

Mac aurait pu dire la même chose de lui. De savoir qu'il avait été très près de perdre Isabella le faisait encore frissonner. S'il n'avait pas eu la bonne idée de la suivre…

Mais il l'avait suivie. Il avait pu déjouer l'agression de Payne. Maintenant, il serrerait Isabella dans ses bras. Désormais, il ne la quitterait plus d'une semelle.

La jeune femme mit fin à leur baiser, et s'écarta, comme si elle était revenue à la raison.

— Non, lui dit Mac. Reste avec moi.

À travers les boutons qu'il avait défaits, il pouvait apercevoir la gorge de la jeune femme qui se soulevait.

— Je suis très fatiguée, dit-elle.

— Moi aussi, répliqua-t-il.

Et, lui caressant de nouveau la joue, il ajouta :

— Je ne voudrais pas que tu aies peur de moi, Isabella.

Elle sourit soudainement.

— Peur de toi ? Je n'aurai jamais peur de toi, Mac Mackenzie.

Mac ne souriait pas.

— Je ne veux pas que tu penses que je puisse lui ressembler.

— Tu veux parler de ce Payne ?

Elle secoua la tête.

— Évidemment, non.

— Il me ressemble, et il paraît déterminé à me voler mon existence, fit valoir Mac. Je ne le laisserai pas faire. Et certainement pas en ce qui te concerne, précisa-t-il, la serrant très fort dans ses bras.

— Si jamais je devais te renvoyer de chez moi, c'est parce que *je* l'aurais décidé, mais certainement pas parce que Payne m'aurait influencée.

— Je reconnais bien là mon Isabella.

Et il s'attaqua aux derniers boutons de sa chemise de nuit, avant d'attirer la jeune femme sur lui. La première nuit – leur nuit de noces –, il l'avait entraînée sous les couvertures alors qu'elle portait encore le peignoir qu'il lui avait prêté. Devinant qu'elle n'avait jamais révélé sa nudité à quiconque, il avait voulu lui épargner la moindre gêne. Probablement lui avait-on enseigné de se baigner avec ses habits.

Dans certaines familles, la pudibonderie atteignait des limites insoupçonnables de ridicule.

Puis, une fois sous les couvertures, il lui avait ôté son peignoir. Cette nuit-là, Isabella l'avait embrassé maladroitement.

Mais, désormais, ses baisers témoignaient de son expérience.

Sa chère, chère Isabella. Les hommes étaient idiots de ne pas prendre leurs épouses pour maîtresses. Pourquoi Mac irait-il voir des courtisanes, alors qu'il possédait Isabella ? Que pouvait-il rêver de mieux que de s'endormir et de se réveiller à ses côtés, de passer la journée avec elle, et de reprendre avec elle, comme autrefois, leurs petits jeux érotiques ?

Ses pensées s'arrêtèrent net : la jeune femme avait enroulé une main sur son membre érigé.

— Ne me provoque pas, murmura-t-il. J'ai trop envie de toi.

Elle lui répondit d'un sourire.

— Moi aussi, j'ai envie de toi, Mac.

Sa belle promesse de résister à Isabella jusqu'à ce que leur réconciliation soit complète vola soudainement en éclats. Mac l'empoigna par la taille, et l'assit à califourchon sur lui. Puis la jeune femme le guida elle-même jusqu'à son intimité, et il la pénétra.

Mac avait le sentiment de renouer avec le bonheur. Il ne connaissait rien de plus beau que de s'unir charnellement à Isabella. Leur première nuit ensemble avait constitué une révélation, et il connaissait toujours le même émerveillement à lui faire l'amour.

— Quand je suis en toi, j'ai l'impression d'être au paradis, murmura-t-il.

Isabella lui embrassa les lèvres et le nez.

— Tu m'as dit, un jour, que tu m'avais épousée car tu pensais que j'étais une sorte d'ange, dit-elle, avec le sourire le plus coquin qu'il lui ait jamais vu.

— Petite diablesse !

Elle plaqua ses deux mains sur son torse, renversa la tête en arrière et le chevaucha furieusement. Ses cheveux ondulaient sur son corps, comme une cascade de feu.

Leur étreinte dura longtemps – le temps d'exorciser leurs colères, leurs craintes et leurs chagrins. Plus rien d'autre n'avait d'importance que leurs deux corps réunis en un seul.

Mac savait quand Isabella approchait de la jouissance, et cela l'excitait encore plus. Il accéléra ses coups de reins, mêlant ses propres cris de plaisir à ceux de la jeune femme.

Isabella s'écroula soudain sur son torse, ses cheveux retombant devant son visage comme un rideau rouge.

— C'était bon ! Incroyablement bon ! Je n'avais jamais eu autant de plaisir. C'était…

Elle ne trouvait plus ses mots.

Mac avait envie de rire. Mais il jouit à son tour, et c'est un grognement qui s'échappa de sa gorge.

Après quoi, ils restèrent silencieux. Mac avait toujours aimé ces instants précieux, où leurs deux corps s'apaisaient lentement. La félicité qu'il éprouvait alors lui avait autant manqué que le plaisir de la pénétrer.

— C'était encore meilleur qu'en Écosse, dit-elle. Je me demande bien pourquoi.

Mac aurait préféré fermer les yeux et la serrer dans ses bras. Mais Isabella attendait une réponse.

— Peut-être parce que le lit était confortable, dit-il. Plus confortable, en tout cas, que le tapis de mon atelier. Et aussi parce que la journée fut éprouvante.

— J'ai cru ne plus jamais te revoir, confessa la jeune femme. Et, tout à coup, tu as surgi, et tu m'as sauvée.

— C'est normal, je suis un héros. Et forcément, tu me désires.

Isabella fronça les sourcils.

— Ce n'est pas drôle.

— Excuse-moi, chérie. Tu as raison. Ce n'est pas un sujet de plaisanterie.

Mac était arrivé à temps pour empêcher Payne de la kidnapper, ou de l'assassiner, si c'était son intention, mais il s'en était fallu de peu. De très peu.

Il en avait encore des frissons.

Isabella releva la tête.

— Mac?

— Oui, chérie?

— Je n'ai plus sommeil.

— Veux-tu que nous jouions aux cartes? Ou préférerais-tu une partie de tennis?

— Ne sois pas idiot. J'ai tout simplement envie de recommencer.

Mac sentit son sang couler plus vite dans ses veines.

— Petite coquine.

Isabella lui embrassa le bout du nez.

— J'ai été éduquée par un lord très, très coquin.

— Qu'as-tu en tête?

Isabella lui montra. Ils adoptèrent une position qu'ils avaient déjà essayée autrefois: Isabella le chevauchant encore, mais dans l'autre sens – face à ses pieds –, puis se courbant en arrière jusqu'à ce que son dos touche le torse de Mac. De cette manière, tout en la pénétrant, Mac pouvait lui caresser les fesses et l'entrejambe, là où leurs deux corps étaient joints. Et les râles de plaisir d'Isabella l'excitaient au-delà du possible. Cette fois, ils jouirent exactement en même temps, leurs cris se joignant à l'unisson dans le silence de la nuit.

Mais Mac était toujours en érection. Il fit rouler Isabella sur le lit, et la pénétra de nouveau, en face à face. Une position certes conventionnelle, mais qu'il jugeait la meilleure, car elle lui permettait d'embrasser Isabella, et de lire sa jouissance dans ses yeux verts. S'il réussissait un jour à capturer cette expression sur une toile, ce serait le chef-d'œuvre de sa carrière. Mais bien sûr, il ne le montrerait à personne. Le tableau ne serait réservé qu'à son seul plaisir.

Mac lui fit l'amour jusqu'à épuisement. Puis il remonta les couvertures, et s'endormit, serrant sa merveilleuse femme dans ses bras.

Quand Isabella descendit pour le petit déjeuner, le lendemain matin, encore un peu fatiguée de ses activités nocturnes, elle eut le plaisir de trouver une lettre d'Ainsley qui l'attendait à côté de son rond de serviette.

Mac était déjà levé. Il lisait le journal, à un bout de la table, en croquant un toast. Isabella remercia Morton, qui l'avait servie en café, et décacheta la lettre.

Elle laissa échapper un petit gémissement dépité, et aussitôt Mac abattit son journal sur la table.

— Qu'y a-t-il, chérie ?

— C'est Mme Douglas, expliqua Isabella. Elle m'écrit qu'elle va tenter d'organiser un autre rendez-vous avec Louisa, mais elle n'est pas sûre que cela soit pour tout de suite.

— Quoi qu'il en soit, la prochaine fois, je t'accompagnerai.

— Surtout pas ! Ainsley a déjà suffisamment de difficulté à trouver des prétextes pour sortir avec Louisa sans ma mère. Et Louisa risque de prendre peur, si elle te voit avec moi.

Mac replia son journal et le posa de côté, le visage grave.

— Isabella, il n'est pas question que je te perde de vue un seul instant. N'avertis pas Ainsley de ma présence, si tu penses que cela peut ruiner vos plans. Mais je serai là, quoi qu'il advienne.

— Mac…

— Non.

Mac recourait très rarement à son autorité maritale. Il avait expliqué à Isabella, le premier jour de leur mariage, qu'il trouvait absurde que les maris puissent dicter leur comportement à leurs épouses. En conséquence de quoi, il lui avait assuré qu'il lui laisserait une entière liberté de manœuvre.

Mais cette fois, il semblait déterminé à user pleinement de son autorité. Elle comprit, à son regard, qu'il ne céderait pas, quoi qu'elle pût argumenter.

Elle essaya tout de même.

— C'est ma sœur.

— Et il y a un fou en liberté, qui rêve de te faire subir Dieu sait quoi. Tu n'iras nulle part sans moi.

Isabella baissa les paupières.

— Comme tu voudras, mon chéri, dit-elle, d'une voix mielleuse.

— N'essaie pas de feindre la capitulation pour me berner dès que j'aurai le dos tourné. Tes domestiques sont d'accord pour m'informer de toutes tes sorties. Si tu essaies de quitter cette maison sans moi, je te promets de te ramener par la peau du cou, et de t'enfermer dans la cave, au pain sec et à l'eau.

L'ennui, avec Mac, c'est qu'il était parfaitement capable de mettre ses menaces grotesques à exécution. Et puis, il avait raison sur le fond. Payne représentait un danger. Isabella n'avait aucune envie de retomber une deuxième fois à sa merci.

— Très bien, concéda-t-elle. Je m'incline. À condition que tu ne troubles pas ma rencontre avec ma sœur.

— Ne t'inquiète pas pour cela. Mais je te suivrai où que tu ailles. Je préfère ne m'en remettre à personne d'autre pour ta sécurité.

Isabella tartina un toast de marmelade.

— Ne crains-tu pas que cela ne bouscule beaucoup sur ton emploi du temps ?

— Mon emploi du temps, c'est toi.

Isabella en éprouva une bouffée de plaisir. Mais il n'était pas question bien sûr de l'avouer.

— Tu dois bien avoir des courses à faire? Des gens à voir?

— Les serviteurs peuvent s'occuper de mes courses. Et les gens peuvent venir me voir ici. D'ailleurs, j'attends une visite ce matin. Tu ne pourras donc sortir qu'après.

Isabella lui jeta un regard qui aurait pu réduire son journal en cendres. Mais malgré son irritation d'avoir perdu sa liberté de mouvement, elle était au fond très heureuse de savoir que Mac était déterminé à la protéger.

L'enthousiasme d'Isabella fut douché un peu plus d'une heure plus tard par le visiteur de Mac. C'était Me Gordon, l'avocat de la famille Mackenzie.

Isabella le connaissait bien. Me Gordon s'était occupé de leur contrat de mariage, puis des dispositions matérielles lors de leur séparation. Me Gordon lui avait déconseillé le divorce, long, onéreux, et pénible. Isabella serait obligée d'accuser Mac des pires turpitudes, et celui-ci devrait se défendre publiquement devant un tribunal. Une simple séparation contractuelle, avec entente amiable sur le montant de la pension versée à Isabella, serait beaucoup moins cruelle et scandaleuse. Me Gordon était resté calme et patient durant toute la tempête, et Isabella lui serait toujours reconnaissante de son attitude bienveillante.

— Bonjour, milady, lui dit-il, en s'inclinant.

Me Gordon ne correspondait pas du tout au stéréotype de l'avocat – maigre, âgé et la mine aussi sombre que le costume. C'était un homme rondelet, avec des joues roses et un sourire aimable. Il était marié, et il avait cinq enfants tout aussi rondelets que lui, et avec les mêmes joues roses.

— Maître Gordon, quel plaisir de vous revoir. Comment va votre famille?

Pendant que Me Gordon lui donnait des nouvelles de sa progéniture, Isabella l'entraîna jusqu'au salon. Ils y trouvèrent Mac à quatre pattes, qui jouait au cheval avec Aimée.

Isabella s'arrêta un moment sur le seuil, pour jouir du spectacle. Mac était en gilet et manches de chemise. Aimée, juchée sur lui, le tenait par les cheveux, tandis qu'il galopait sur le tapis. La fillette hurlait de joie.

— J'imagine qu'il s'agit de l'enfant en question, dit Me Gordon.

Mac s'aplatit pour aider Aimée à descendre de sa monture, puis il se redressa et la prit dans ses bras.

— Comment ça, « en question » ? répéta Isabella.

Elle invita, du geste, Me Gordon à s'asseoir, et prit elle-même place sur le canapé.

Mac, Aimée toujours dans ses bras, se percha sur l'un des accoudoirs du canapé.

— J'ai demandé à Gordon de venir pour officialiser l'adoption. Je serai désormais le tuteur d'Aimée jusqu'à sa majorité.

— Toi ? s'étonna Isabella. Je croyais que c'était moi qui avais parlé d'adopter ?

— C'est ce que j'ai expliqué à Gordon. Mais il a suggéré qu'il serait préférable que je place Aimée sous la protection de la famille Mackenzie. Ce qui ne t'empêchera pas de l'élever à ta guise. Je t'abandonne entièrement son éducation.

Mac prenait encore l'initiative, mais Isabella ne pouvait que confesser son soulagement. Elle avait un peu craint qu'il ne change d'avis à propos d'Aimée – après tout, elle était la fille de l'agresseur de sa femme. Mais, de toute évidence, il savait faire la part des choses, et il ne songerait pas à reprocher à Aimée les actes de son père. Isabella y voyait une raison de plus de l'aimer.

— Êtes-vous bien sûr de votre décision, milord ? demanda Gordon. Se porter garant d'un enfant, et plus particulièrement d'une fille, est une responsabilité importante.

Mac haussa les épaules d'un air résigné.

— Il faudra bien que quelqu'un lui paie ses robes, ses chapeaux et ses colifichets, répliqua-t-il. Nous l'enverrons chez Mlle Pringles pour parfaire son éducation, et nous donnerons, pour la lancer dans le monde, un bal comme Londres n'en aura encore jamais vu.

Et, clignant de l'œil en direction d'Isabella, il ajouta :

— Bien entendu, il ne sera pas question qu'elle s'enfuie avec le premier lord qui l'aura embrassée.

— Très amusant, commenta Isabella.

Mac redevint sérieux.

— Je suis sûr de ma décision, dit-il à Gordon. Sa mère est morte, et son père l'a abandonnée. De toute façon, son père est un gredin. Elle sera beaucoup plus en sécurité auprès de nous.

Cela parut suffire à Gordon. Du reste, il s'était toujours comporté, avec les frères Mackenzie, davantage en oncle bienveillant qu'en avocat tatillon.

— Et puis, Aimée t'a déjà adopté, fit remarquer Isabella, voyant la fillette s'amuser avec l'un des boutons du gilet de Mac.

— Je lui ai demandé si elle était d'accord pour vivre avec oncle Mac et tante Isabella pour le restant de ses jours, et elle m'a dit oui.

Isabella plissa les yeux.

— C'est bien vrai, ce mensonge ? Elle te l'a vraiment dit ?

— Euh, elle ne parle pas encore beaucoup – et uniquement en français.

Mais son regard était éloquent.

— Je vois.

— Ce ne sera pas très compliqué, assura Gordon. Quelques formalités, et le dossier sera bouclé. Il n'y aura aucune difficulté à faire reconnaître l'enfant comme orpheline.

D'autant moins que la famille de Mac était riche et puissante. Gordon avait eu raison de proposer que Mac prenne lui-même l'initiative de l'adoption. Même à supposer qu'il veuille récupérer sa fille, Payne ne pèserait rien contre Hart Mackenzie, duc de Kilmorgan. Aimée resterait leur fille.

Mlle Westlock arriva sur ces entrefaites. Professionnelle jusqu'au bout des doigts, elle avait deviné qu'il était temps de renvoyer la fillette dans la nursery. Aimée accepta de partir sans protester – ce qu'Isabella interpréta comme un autre point en faveur de Mlle Westlock –, mais elle insista tout de même pour embrasser Mac et Isabella afin de leur dire au revoir.

Isabella serra quelques instants la fillette dans ses bras, le temps que celle-ci plaque deux bisous sonores sur ses joues. « Mac voulait un enfant », réalisa-t-elle soudain. Il n'avait pas seulement convoqué Gordon pour faciliter la procédure d'adoption, il avait déjà adopté Aimée avec son cœur. C'était évident à la façon dont il l'avait laissée dormir dans ses bras, durant leur retour d'Écosse en train. Ou à la façon dont il jouait tout à l'heure avec elle sur le tapis. Isabella songea à leurs récentes joutes érotiques – ici, et à Kilmorgan – et elle se demanda si un bébé pourrait en naître. Ce n'était pas impossible.

Elle rendit Aimée à Mlle Westlock. La nurse emporta la fillette dans ses bras, et referma la porte derrière elle.

— Maintenant, passons à l'autre dossier, suggéra Me Gordon. (Il tira une liasse de papiers de sa serviette et la tendit à Mac.) Je pense que tout est en ordre.

— Quel autre dossier ? demanda Isabella.

Me Gordon regarda Mac avec étonnement.

— N'aviez-vous pas prévenu milady de ma visite ?

Mac consultait les papiers. Il ne répondit rien.

— Mac aura oublié, répliqua Isabella, d'une voix cassante. Nous avons été quelque peu dérangés, ces derniers jours. De quoi s'agit-il ?

— Mais de l'annulation de votre séparation, bien sûr, expliqua Me Gordon.

Et, avec un sourire, il ajouta :

— Je dois avouer que j'espérais cela depuis longtemps, milady. C'est un grand jour pour moi également.

Mac sentit monter la colère d'Isabella. Une explosion menaçait. Abandonnant l'accoudoir du canapé, il se laissa choir dans un fauteuil, et posa ses pieds sur la table basse. Point n'était besoin de se tourner vers Isabella : il sentait son regard noir braqué sur lui.

— L'annulation de notre séparation ? répéta-t-elle, d'une voix glaciale.

— Oui, confirma Me Gordon.

Il parut vouloir ajouter autre chose mais, voyant l'expression d'Isabella, il préféra s'abstenir.

— Réfléchis, mon amour, c'est très logique, avança Mac, qui rivait ses yeux sur un tableau accroché au mur – un paysage de Claude Lorrain, qu'il avait offert à Isabella quelques années plus tôt, pour se faire pardonner l'une de ses escapades. L'incroyable bleu du ciel, et le gris-vert des ruines antiques l'avaient toujours fasciné. Je vis désormais sous ton toit, à la vue de tout le monde, précisa-t-il. C'est évidemment scandaleux. Les gens ne vont pas manquer de jaser sur notre compte.

— Crois-tu ?

— Bellamy m'a déjà prévenu que les domestiques faisaient des paris à notre sujet. Tes voisins observent nos allées et venues. Avant longtemps, la nouvelle de notre réconciliation se répandra dans toute la ville.

— Réconciliation? répéta encore Isabella, d'une voix si tranchante qu'elle aurait coupé du verre. Quelle réconciliation?

Mac s'obligea finalement à la regarder. Elle était assise au bord du canapé, le dos raide, les yeux lançant des étincelles. Mais même furieuse, elle demeurait éclatante de beauté. Et Mac aurait voulu disposer d'un pinceau et d'une toile, pour capturer son expression.

— Isabella, nous avons vécu chacun de notre côté, et sans nous parler, pendant trois ans et demi. Aujourd'hui, nous nous reparlons. Nous habitons ensemble. Et il nous arrive de partager le même lit. Le monde ne croira plus à notre séparation. Alors, autant officialiser les choses.

— Sauf que moi, je veux rester séparée.

Mac commençait à perdre patience.

— Alors que je déploie des efforts pour que nous repartions du bon pied? Un bon avocat te recommanderait au moins d'essayer.

Gordon, le «bon avocat», fouillait dans ses papiers, comme s'il n'était pas là.

— Je ne veux pas qu'on me force la main, insista Isabella, dont la voix trahissait à présent l'anxiété.

— Enfin, chérie, sois raisonnable. Je n'ai jamais eu de maîtresse. Je ne t'ai jamais frappée. Je n'ai plus touché à une goutte de whisky depuis une éternité. Qui pourrait nous empêcher de redevenir mari et femme?

Isabella bondit sur ses pieds.

— Mac, je ne supporte pas que tu bouscules les choses.

Me Gordon toussa discrètement.

— Je pourrais peut-être revenir une autre fois, milord? Quand vous aurez discuté de tout ceci avec milady.

— Pardonnez-nous, Gordon, lui lança Isabella. Je suis désolée qu'il vous ait fallu assister à cette scène sordide. Transmettez mes salutations à Mme Gordon.

Là-dessus, elle se rua vers la porte, ses jupes voletant autour d'elle, et disparut dans le couloir.

Gordon paraissait en plein désarroi, mais Mac s'était déjà lancé à la poursuite de la jeune femme.

— Où vas-tu ?

— Dehors.

— Tu ne sortiras pas toute seule.

— Bien sûr que non. Morton, faites atteler le landau. Et dites à Maude de me retrouver dans ma chambre. Merci.

Elle grimpa l'escalier la tête haute, tandis que Gordon sortait discrètement du salon, sa serviette sous le bras. Morton lui tendit son chapeau.

— Merci, Gordon, lui dit Mac. Je vous préviendrai dès que ce petit problème sera résolu.

— Bien, milord, répondit sobrement Gordon, avant de s'éclipser.

Une porte claqua à l'étage. Mac tira une chaise devant la porte d'entrée, s'y assit et attendit.

Peu lui importait qu'Isabella fût en colère : il n'avait pas l'intention de la laisser sortir de la maison sans lui. Mais il était conscient aussi d'avoir mal calculé son coup, et de s'être montré trop pressé. Pourtant, Isabella lui avait manifesté tous les signes d'une réconciliation, bon sang ! Pas plus tard que cette nuit !

Elle redescendit l'escalier au même instant où il entendit le landau se garer au bas du perron. Elle avait troqué sa robe bleue pour une robe de promenade, grise, avec une veste vert bouteille.

— Sois gentil de t'écarter de mon chemin, dit-elle, alors qu'elle achevait d'enfiler ses gants.

— Bien volontiers.

Mac attrapa son chapeau au portemanteau, ouvrit la porte à la jeune femme et la suivit dehors.

Devant le landau, Isabella ignora la main tendue de Mac et laissa le valet l'aider à monter en voiture. Le pauvre garçon lança un regard contrit à Mac, mais Mac lui répondit par un clin d'œil, et grimpa à côté de la jeune femme.

Elle le fusilla du regard.

— Je ne peux pas avoir un moment de tranquillité ?

— Pas tant qu'un fou risque de te sauter dessus à tous les coins de rue. Je ne plaisantais pas, quand je t'ai dit que je ne te lâcherais pas d'une semelle.

— Mon valet et mon cocher ne laisseront personne s'approcher de moi. Et je n'ai pas l'intention de me faufiler toute seule dans une ruelle obscure. Je ne suis pas idiote, Mac. Nous ne sommes pas dans un roman gothique.

— Non, en effet. Je crois plutôt que nous nageons en pleine comédie des quiproquos. Ce qui n'empêche pas que ce type est dangereux.

— Alors pourquoi n'envoies-tu pas Bellamy me protéger ? Lui aussi, est dangereux.

— Parce que j'ai besoin de lui pour garder la maison, au cas où Payne chercherait à berner ton personnel en se faisant passer pour moi. Même toi, tu as d'abord failli te laisser abuser par sa ressemblance.

— Bon, je reconnais que tu as raison sur ce point. Nous devons nous montrer prudents. Mais la séparation ? De quel droit serais-tu seul à décider qu'elle est terminée ? Pourquoi ne m'as-tu pas consultée, avant de convoquer Me Gordon ? Le pauvre homme était très embarrassé.

Mac ne pouvait plus garder son calme. Même si elle n'avait pas tort sur le fond – il aurait dû la prévenir –, il commençait à en avoir assez d'être coupable de tout.

— Parce que *tu m'as consulté*, quand tu as décidé que nous devions nous séparer ? Et m'as-tu consulté, quand tu m'as quitté ? Non, tu t'es volatilisée en me laissant juste un mot. Même pas : tu l'avais confié à Ian.

— Si je t'avais écrit directement, tu ne m'aurais pas prise au sérieux, répliqua Isabella, dont le ton avait aussi monté. Avec Ian, au moins, j'étais sûre que tu me lirais. Et que tu comprendrais. Si je n'étais pas passée par lui, tu aurais ri, et tu aurais jeté ma lettre au feu.

— J'aurais ri ? J'aurais ri que ma femme adorée me quitte ? Enfin, Isabella ! J'ai lu et relu ta maudite lettre jusqu'à ce que chaque mot me sorte par les yeux. Tu as une bien drôle d'idée des choses qui pourraient me faire rire.

— J'avais pensé te le dire de vive voix. Mais si je m'étais retrouvée face à toi, tu aurais réussi, une fois de plus, à me convaincre de rester.

— Évidemment, que j'aurais essayé de te convaincre de rester ! se récria Mac. Je t'aime. J'aurais été prêt à tout pour que tu ne me quittes pas. Si seulement tu m'avais laissé une chance.

17

Notre lord écossais et sa dame se sont montrés l'autre soir à l'opéra de Covent Garden. Mais ils occupaient deux loges différentes. Notre lord était invité dans celle du marquis de Dunstan, alors que la dame était assise dans la loge du duc de K. – le frère de notre lord. Des témoins assurent qu'ils les ont vus se croiser dans le foyer, sans s'adresser la parole. Ni même sembler remarquer la présence de l'autre.

Février 1879

Les prunelles d'Isabella jetaient des lueurs incendiaires.

— Je t'ai accordé ta chance *pendant trois ans*, Mac. Si tu m'avais convaincu une fois de plus de rester, que se serait-il passé ? Tu aurais aussitôt débouché une bouteille de champagne pour fêter l'événement, que tu aurais vidée d'un trait. Et je me serais réveillée le lendemain matin pour découvrir que tu étais encore parti Dieu sait où. En m'ayant – peut-être, je dis bien *peut-être* – laissé un mot pour m'assurer de ne pas m'inquiéter. J'ai préféré te donner un petit aperçu de ce que tu m'avais infligé en trois ans de mariage.

— Je sais, je sais. Je me suis conduit comme un idiot. Mais bon sang, j'essaie de faire les choses bien, désormais ! Le problème, c'est que tu ne veux rien entendre.

— Parce que je suis fatiguée que tu me roules dans la farine. Regarde : je t'ai accordé un doigt, et aussitôt tu as voulu prendre tout le bras. J'ai accepté, pour ton confort, de t'héberger parce que ta maison avait brûlé, mais tu en conclus que nous sommes réconciliés et tu convoques notre avocat.

— *Mon confort ?* S'agissait-il seulement de mon confort, cette nuit ?

— Oui.

— Je ne te crois pas.

— Crois ce que tu veux. De toute façon, tu as une tellement bonne opinion de toi-même.

— Tiens donc ! s'exclama Mac qui, lorsqu'il était en colère, retrouvait comme par magie son accent écossais, banni par des années d'éducation anglaise. Il me semble pourtant t'avoir entendue crier de plaisir tout au long de la nuit ? N'oublie pas que j'étais à côté de toi.

— Nos réactions corporelles n'obéissent pas toujours à notre volonté. C'est un fait médicalement établi.

— Nous avons fait l'amour, Isabella. Quatre ou cinq fois.

La jeune femme s'empourpra.

— Tu savais que tu pourrais facilement abuser de ma solitude. J'aurais dû verrouiller ma porte. Et même te jeter hors de chez moi !

Mac changea brutalement de banquette, pour venir s'asseoir juste à côté d'elle. Isabella, cependant, ne tressaillit pas : elle ne montrait jamais sa peur, et encore moins à lui.

— Je te rappelle que tu habites *ma* maison, lui dit-il. C'est mon argent qui paie le loyer, les domestiques et tes robes. Parce que tu es toujours *ma femme*, figure-toi.

— Crois-tu que je ne sois pas au courant ? Et t'imagines-tu que cela me plaise de dépendre de ta charité ? J'aurais pu demander à Mlle Pringles de me trouver un emploi de professeur, mais je n'ai aucune expérience. Alors, je préfère ravaler ma fierté, même si cela me coûte, et te laisser payer mes factures.

Mac jeta un regard par les vitres de sa portière, mais il ne trouva aucune consolation dans le spectacle d'Oxford Street.

— Bon sang, Isabella! Je ne te donne pas la charité! Payer tes factures est bien le moins que je puisse faire pour te dédommager d'avoir eu la folie de m'épouser.

— Parce que maintenant, je suis folle!

— Cesse de faire les questions et les réponses, Isabella. Ou alors, préviens-moi quand la conversation sera terminée. Nous gagnerons du temps.

— Et toi, tu cries et tu t'emportes à tout propos, en oubliant le principal: tu avais décidé d'annuler notre séparation sans m'en parler.

Mac pouvait difficilement réfuter l'accusation. Pour tout avouer, il avait espéré qu'Isabella le féliciterait de son initiative.

Mais il s'y était pris un peu trop vite. Elle n'était pas encore prête à sauter le pas.

— Tu ne peux quand même pas m'en vouloir d'avoir souhaité cette réconciliation? dit-il, son accent écossais refluant à mesure qu'il se calmait. N'avons-nous pas été séparés assez longtemps comme cela, Isabella?

— Je ne sais pas.

Elle était non seulement belle, mais élégante, assise dans ce landau avec sa veste cintrée qui mettait en valeur son buste. Quel homme aurait été assez fou pour ne pas la désirer?

Lorsqu'elle l'avait quitté, Mac aurait été parfaitement en droit de demander le divorce pour abandon du domicile conjugal, mais il avait décidé – avant même que Gordon ne le conseille utilement – qu'il ne donnerait plus de grain à moudre aux amateurs de ragots. Un divorce aurait ruiné Isabella, socialement autant que financièrement, et elle se serait retrouvée à la merci d'hommes peu scrupuleux. Or,

Mac préférait mourir, plutôt que de laisser un autre homme la toucher. Aussi, malgré sa blessure d'avoir été abandonné, avait-il installé la jeune femme dans ses propres meubles, pour qu'elle puisse mener une existence indépendante.

— Voilà plus de trois ans que nous vivons séparés, insista-t-il. C'est long.

— Mais qu'est-ce qui me prouve que tout ne recommencera pas comme avant ? Que tu ne joueras pas la fille de l'air à tout moment, en me laissant t'attendre ? Tu ne peux pas toujours décider de tout, Mac.

Mac ouvrit les bras.

— Regarde-moi, Isabella. J'ai changé. Je ne bois plus. Je suis toujours rentré pour dîner. J'ai abandonné mes anciens amis de débauche. Je suis devenu un mari modèle.

— Juste ciel, Mac ! Tu n'es un modèle en rien.

— Je veux être l'homme que tu désires : sobre, fiable... enfin, tous ces qualificatifs assommants.

— Parce que tu crois que c'est ce que j'attends ? Je suis tombée amoureuse, il y a bien longtemps, d'un Mac charmeur, et imprévisible. Si j'avais voulu quelqu'un d'ennuyeux, je t'aurais tourné le dos pour choisir parmi les candidats que me destinait mon père.

— Tu es décidément difficile à satisfaire. Si j'ai bien compris, tu ne veux pas du Mac ivrogne et toujours absent, mais tu ne veux pas non plus d'un Mac qui resterait à la maison.

— Je veux surtout que tu arrêtes de jouer à ce que tu n'es pas. Car je suis sûre d'une chose : d'ici quelques mois, tu ne supporteras plus ton nouveau rôle.

Mac la dévisagea un long moment, sans plus rien dire.

— C'est toi qui te trompes, Isabella Mackenzie.

— Comment cela ?

— Tu as décidé une fois pour toutes quel genre d'homme j'étais, ce qui rend toute conversation impossible. Tu ne crois pas que je puisse changer. Alors que j'ai déjà changé. Mais tu refuses de le voir.

— Je suis au courant que tu as cessé de boire. J'ai pu constater l'amélioration.

Mac s'esclaffa.

— À t'entendre, cela s'est fait sans effort. Mais arrêter l'alcool n'est pas chose facile. J'ai été malade comme un chien pendant toute une année. Je n'avais pas réalisé à quel point j'étais devenu dépendant de l'alcool. Je me souviens d'une nuit, à Venise, où j'étais affalé par terre dans ma chambre d'hôtel, et je priais le Ciel de me donner la force de ne pas aller chercher une bouteille de vin pour apaiser mon sentiment de manque. Je n'avais jamais vraiment prié de ma vie, mais cette fois, c'était sincère. Du reste, ça tenait davantage de la supplication. En tout cas, c'était une expérience entièrement nouvelle pour moi.

— Mac...

— Je pourrais te raconter bien d'autres histoires du même acabit, qui te feraient blêmir, chérie. Mais je préfère t'épargner. Il y eut beaucoup d'épisodes semblables à celui-là. En fait, à chaque fois que je me croyais enfin tiré d'affaire, une nouvelle nuit horrible m'attendait. Mes amis n'en pouvaient plus. Ils m'ont tourné le dos un par un. Jusqu'au dernier.

Isabella avait pâli.

— C'était cruel de leur part.

Mac haussa les épaules.

— Ce n'étaient pas de vrais amis. Juste des compagnons de débauche. Rien ne vaut les épreuves, pour savoir qui tient réellement à vous.

— Oh, Mac... Ne pouvais-tu donc compter sur personne ?

— Si. Sur Bellamy. Il veillait à ce que je m'alimente un minimum. Et il fut le premier à comprendre que je pouvais boire du thé par bassines entières, alors que même l'eau me rendait malade.

Les yeux d'Isabella s'étaient embués.

— Je suis reconnaissant à Bellamy d'avoir pris soin de toi. Je le lui dirai. Il mérite un cadeau. À ton avis, qu'est-ce qui lui ferait plaisir ?

— J'ai déjà considérablement augmenté ses gages. Je ne cesse de chanter ses louanges. Ce qui le met très mal à l'aise !

Isabella détourna la tête, pour regarder un long moment par la fenêtre. Quand elle reporta son attention sur lui, toute trace de colère avait déserté ses prunelles.

— Qu'est-il arrivé à ton ami ? demanda-t-elle. Celui dont tu m'avais parlé au bal des Abercrombie ?

Mac ne comprenait pas.

— Quel ami ?

— Celui qui avait besoin de leçons pour faire la cour à une certaine dame.

— Ah oui, celui-là. Il est toujours impatient d'apprendre.

— Je crois me souvenir que nous avions commencé à évoquer quelques principes de base. Nous pourrions peut-être continuer ?

Mac retenait son souffle. Isabella reporta ses yeux sur lui. Ils étaient magnifiques.

— Dans ce cas, dit-il, nous devrions oublier ce qui s'est passé cette nuit dans ta chambre. C'était un peu trop scandaleux pour un couple supposé simplement se faire la cour.

Elle sourit.

— Tu as raison. Ce n'était pas convenable. Mieux vaut que tu n'en parles pas à ton ami.

— De toute façon, je n'ai jamais soufflé mot à mes amis de ce qui se passait dans mon lit. Cela ne les regarde pas.

Mac lui prit la main, la baisa poliment, et retourna s'asseoir sur la banquette d'en face.

— Un gentleman ne doit jamais occuper la même banquette qu'une lady dans les transports, fit-il valoir. Et en voiture, il doit s'asseoir dos au cocher, pour offrir à la dame le siège dans le sens de la marche.

Isabella s'esclaffa. Mac trouva délicieux de l'entendre rire à nouveau.

— Je crois que je vais beaucoup m'amuser à te voir essayer de te conduire en gentleman, dit-elle.

Mac accrocha son regard.

— S'il faut en passer par là, j'en passerai par là. Aussi longtemps qu'il sera nécessaire. Je suis un homme patient. Je n'ai qu'une ambition : reconquérir ton cœur, Isabella. Par tous les moyens.

Isabella sourit. Mais il comprit, à son regard, qu'elle n'avait pas encore totalement capitulé. Cependant, Mac était convaincu, à présent, de ses chances. Elle voulait qu'il essaie, et elle désirait qu'il réussisse. En d'autres termes, la balle était dans son camp.

Le lendemain matin, au petit déjeuner, on livra un bouquet de fleurs, accompagné d'un message pour Isabella. Le bouquet était de taille raisonnable, et arrangé avec beaucoup de goût, sans fleurs exotiques tape à l'œil – juste des roses jaunes, des violettes et des gypsophiles. Quant à la carte, elle était liserée de rouge et d'or et portait l'écriture de Mac :

J'ai été très honoré, milady, d'avoir le privilège de vous accompagner, hier, en voiture. M'autorisez-vous à vous proposer, pour aujourd'hui, une promenade dans Hyde Park, à condition que le temps le permette ? Je sonnerai à trois heures à votre porte, si cela vous agrée.

Votre très dévoué serviteur
Roland F. Mackenzie

Isabella ne put s'empêcher de sourire. Mac jouait si bien les chevaliers servants qu'il avait usé de son nom véritable. Elle savait pourtant qu'il détestait qu'on l'appelle Roland Ferdinand Mackenzie, ou lord Roland, ayant toujours préféré le surnom qu'on lui avait collé tout petit, lorsqu'il était incapable de prononcer son patronyme en entier, et qu'il ne savait dire que « Mac ».

— Un gentleman t'envoie des fleurs ? demanda-t-il, abrité derrière son journal. J'espère que c'est quelqu'un de convenable.

— Je l'espère, répondit Isabella, s'asseyant à table. Il m'invite à une promenade dans Hyde Park cet après-midi.

Mac replia un coin de son journal, pour la dévisager.

— Et qu'as-tu décidé ?

— Je vais accepter. Il n'y a rien d'inconvenant à se promener avec un gentleman dans un endroit public.

— Fais quand même attention. Je me suis laissé dire que ce lord Roland avait très mauvaise réputation.

— Il s'est amendé. Du moins, c'est ce qu'il prétend.

— Tss, tss, tss. Sois quand même très prudente. On raconte qu'il peint des femmes... des femmes *nues*.

— Ne crois-tu pas que tu en fais un peu trop, Mac ?

Mac sourit malicieusement, et se replongea dans son journal. Cette nuit, il avait dormi dans sa propre chambre. Isabella était restée éveillée un long moment, avant de pouvoir surmonter sa déception.

À trois heures précises, cet après-midi-là, la sonnette retentit et Morton alla ouvrir. Mac, vêtu d'un costume de promenade, que complétaient un chapeau et une canne de marche, se tenait sur le perron.

— J'ai rendez-vous avec milady, annonça-t-il, d'une voix solennelle.

Isabella, qui se trouvait sur le palier, se retint d'éclater de rire.

Morton, la mine chiffonnée, se décida à introduire Mac dans le salon. Puis il alla trouver sa maîtresse.

— Milady...

— Merci, Morton, je descends. Pardonnez à lord Mackenzie. Il a envie de s'amuser.

— Bien, milady, répliqua Morton, d'une voix d'enterrement, avant de disparaître en direction de l'office.

Dès qu'Isabella entra dans le salon, Mac se releva, son chapeau à la main.

— Bonjour, milady. J'espère que vous allez bien ?

— Ma santé est excellente. Mon moral également.

— Je suis ravi de l'entendre. M'autoriserez-vous à vous tenir compagnie dans Hyde Park ?

— Mais certainement, milord. Et merci pour les fleurs. C'était très aimable de votre part.

Mac eut un geste vague de la main.

— Ce n'était rien du tout. J'ai cru comprendre que vous aimiez les roses jaunes. J'espère que les miennes vous auront plu.

— Très certainement. Ah, j'entends la voix d'Aimée dans le couloir. Sa nurse m'a dit qu'elle avait besoin de prendre l'air. J'ai pensé qu'elles pourraient se joindre à nous.

Une lueur de surprise traversa le regard de Mac, mais il s'empressa de la masquer en s'inclinant poliment.

— Chaperonné par une nurse et un bébé, marmonna-t-il. Eh bien, nous ferons avec.

Le temps était si magnifique que Hyde Park était bondé de monde. Mac renonça vite à jouer les gentlemen irréprochables : il repoussa son chapeau en arrière de sa tête, et insista pour pousser le landau d'Aimée. Isabella marchait à côté de lui, ravie de voir ce grand Écossais promener un bébé. Mlle Westlock suivait quelques pas en arrière.

Aimée, assise dans son landau, et se cramponnant aux rebords, regardait avec intérêt le spectacle animé qui s'offrait à ses yeux. C'était une enfant robuste –

«athlétique», n'hésitait pas à dire l'enthousiaste Mlle Westlock – qui s'intéressait au monde l'entourant.

Mais que pouvait-elle ressentir de la disparition de sa mère ? se demandait Isabella. Sans doute était-elle trop jeune pour comprendre ce qui s'était passé. Quoi qu'il en soit, elle semblait très bien accepter son changement de situation. Elle adorait embrasser Mac et Isabella et, bien qu'elle manifestât clairement qu'elle préférait Mac, elle ne répugnait plus, désormais, à se trouver seule avec Isabella ou Mlle Westlock.

— Mac ! Vieille canaille ! lança soudain une voix.

Et Isabella vit quatre gentlemen arriver dans leur direction.

La jeune femme retint un soupir. C'étaient les anciens camarades de collège et d'université de Mac, qui l'avaient accompagné dans ses années de débauche.

Celui qui marchait en premier, un jeune homme mince, blond, de petite taille, était devenu marquis de Dunstan à l'âge de vingt-deux ans. Comme son prénom était Cadwallader, ses compagnons l'appelaient Cauli, pour faire plus court. Les trois autres étaient lord Charles Summerville, Bertram Clark et lord Randolph Manning. Aucun de ces quatre gentlemen n'avait été considéré par le père d'Isabella comme un prétendant convenable. Il n'avait pas eu tort, d'une certaine manière. Car c'étaient ces mêmes quatre gentlemen qui avaient mis au défi Mac de s'inviter au bal des Scranton, et de danser avec la fille du comte.

— Mes yeux me tromperaient-ils ? s'exclama lord Charles Summerville, approchant un monocle de son œil gauche. Non, *c'est bien* Mac Mackenzie, promenant un bébé. Où l'as-tu volé, vieux sacripant ? À moins que tu ne l'aies gagné dans un pari ?

— C'est ma fille, répliqua Mac, assez fraîchement. Mlle Aimée Mackenzie. Je viens juste de l'adopter.

Et merci de surveiller ton langage devant elle et devant ma femme.

Summerville pouffa bruyamment, tandis que Bertram Clark s'inclinait devant Isabella.

— Quel plaisir de vous revoir, lady Isabella. Vous êtes resplendissante.

Lord Randolph Manning fut encore plus direct.

— Je vous croyais débarrassée de cette fripouille, Dizzy ? Je regrette que vous n'ayez jamais cherché à vous consoler auprès de moi. Mais sachez que ma porte vous reste ouverte.

— Insulte encore ma femme, Manning, lui lança Mac, et ta mâchoire tâtera de mon poing.

Manning sursauta.

— Grands dieux, qu'ai-je dit de si extraordinaire ?

— Excusez-le, milady, intervint Bertram Clark.

Clark était le plus poli de la bande, mais il avait aussi la réputation d'être le plus dissipé.

— Lord Randolph est ivre, précisa-t-il.

— Ce n'est pas grave, répondit Isabella. Je suis habituée à sa vulgarité.

Les quatre comparses éclatèrent de rire.

— Toujours aussi franche du collier ! s'exclama lord Charles. Vous nous avez manqué, milady. Mais parlons sérieusement, Mac : que fais-tu avec cette enfant ?

— Je vous l'ai dit, je l'ai adoptée.

Manning cligna plusieurs fois des paupières.

— Autrement dit, c'est une bâtarde qui t'est tombée dessus ? Ta femme est bien conciliante, Mac.

Le marquis de Dunstan en resta bouche bée, mais Bertram Clark attrapa Manning par le col.

— Ça suffit, maintenant. Il serait temps de te dégriser.

Et il entraîna Manning avec lui. Celui-ci continuait de demander ce qu'il avait bien pu dire de répréhensible.

— Cauli, commença Mac, d'une voix glaciale. Dunstan, qui était beaucoup plus petit que Mac, lui donna toute son attention. Sache une chose, pour-suivit Mac : Aimée n'est pas ma bâtarde. Je l'ai adoptée légalement, et elle sera élevée comme une lady digne de ce nom. Tout ragot à son sujet sera sévèrement réprimé. J'entends que tu diffuses la bonne parole autour de toi. Et toi aussi, Charlie.

Cauli porta sa main à sa tempe, en un geste mili-taire.

— À vos ordres, chef. Vous pouvez compter sur nous. Mais puisqu'il a été question de pari, tout à l'heure, qu'en est-il de celui... enfin, tu sais bien de quoi je veux parler...

Il mima un tableau avec ses mains.

— ... mon nu érotique ? compléta Mac, à sa place. Ne t'inquiète pas, Isabella est au courant. Je ne cache rien à ma femme. J'y travaille.

Charles secoua la tête.

— Le temps passe vite, Mac. Nous approchons de la Saint-Michel.

— J'aurai terminé à temps, assura Mac.

Cauli sortit sa montre de sa poche pour la consulter.

— Ne nous déçois pas, lui conseilla-t-il. Tu as toujours été mon héros, Mac. Je n'avais que dix ans, que je t'admirais déjà.

— C'était il y a longtemps, répondit Mac.

Cauli rangea sa montre, salua Isabella et prit Charles par le bras.

— Allons, viens, Charlie. Allons boire du cham-pagne pour célébrer notre future et immanquable victoire.

Charles salua à son tour Isabella et s'éloigna avec Cauli, d'une démarche mal assurée. Mac les regarda s'éloigner sans cacher son dédain.

— Quand je pense que j'étais fier d'être le chef de cette bande de soiffards. N'empêche : j'aimerais bien gagner ce damné pari, avant de leur donner la correction qu'ils méritent. Tu es toujours par-tante ?

— Pour poser pour toi ? (Isabella regarda derrière elle, mais Mlle Westlock gardait une distance respectable avec eux.) Je crois que oui.

Son pouls s'accéléra, au souvenir de ce qui s'était passé la dernière fois qu'elle avait posé pour Mac.

Mac plaqua un baiser sur ses lèvres, à la vue de tout le monde. Et notamment d'Aimée, qui observa la scène avec grand intérêt.

— Parfait, chuchota-t-il. Je me sens inspiré pour peindre, aujourd'hui.

Mac n'aurait pas su dire par quel mystère il s'était persuadé que peindre Isabella dans une pose suggestive ne lui poserait plus aucune difficulté. Il croyait même que sa main tiendrait plus fermement le pinceau, maintenant qu'ils avaient recouché ensemble. C'était évidemment une pure illusion.

Bellamy l'aida à transformer une partie des combles de la maison d'Isabella en atelier. La pièce, éclairée par de grandes fenêtres, était lumineuse à souhait – et chauffée, car Bellamy y avait installé un poêle à charbon. Mac ne voulait pas qu'Isabella puisse attraper froid.

Elle arriva tout habillée, ne souhaitant pas que ses domestiques sachent que Mac la peignait nue. Elle leur avait simplement parlé d'un « portrait », sans donner plus de détails. Mac tenta de rester le plus détaché possible pour préparer son matériel, mais quand la jeune femme lui annonça qu'elle aurait besoin de son aide pour la déshabiller, son sang-froid l'abandonna.

C'est les paumes moites qu'il déboutonna sa robe, et délaça son corset.

Il l'avait souvent déshabillée, du temps de leur mariage, embrassant chaque centimètre de peau qu'il dénudait. Mais aujourd'hui, il se contenta de lui effleurer la nuque et l'épaule avec ses lèvres, tandis qu'elle se débarrassait de sa camisole.

Sa peau et ses cheveux sentaient l'essence de rose. Mac s'en enivra, pendant que la jeune femme achevait de se déshabiller.

— Je ne vais pas pouvoir te peindre, dit-il. J'ai envie de te faire l'amour.

— Dans ce cas, me peindre quand même serait une belle démonstration de volonté et de tempérance.

— Au diable la tempérance.

Mac sentait qu'Isabella était aussi nerveuse que lui.

— Viens ici, dit-il, l'enlaçant à la taille.

Le siège qu'il avait choisi cette fois-ci – une vieille chaise Récamier – n'était pas aussi confortable que la méridienne utilisée en Écosse. C'était à dessein : Mac pensait ainsi s'éviter toute tentation. Mais maintenant, il se maudissait de sa prudence.

Il s'assit sur le siège, retroussa son kilt et installa la jeune femme sur ses cuisses, ses seins se pressant contre son torse nu. Elle poussa un petit cri quand il la pénétra.

Leur étreinte fut torride, mais brève. Trop brève. Mac jouit rapidement, sans pouvoir se retenir. Quand tout fut consommé, il rejoignit son chevalet, tandis qu'Isabella prenait la pose, disposant à nouveau une étoffe de satin blanc sur son ventre.

Le temps qu'il parvienne à une esquisse convenable, il transpirait abondamment.

— Satané poêle, grommela-t-il.

Et s'essuyant le front d'un revers de bras, il ajouta :

— Il fait trop chaud. Si nous reprenions demain ?

— Volontiers. Je commence à avoir des crampes.

Elle repoussa l'étoffe de satin blanc, qui ne cachait pas grand-chose, et se releva avec grâce.

Mac souffrait lui aussi de crampes – mais pas de même nature que celles de la jeune femme, ni au même endroit. Aussi préféra-t-il détourner le regard. Avec un peu de chance, il réussirait à se contenir jusqu'à ce qu'elle ait quitté la pièce.

Mais Isabella lui demanda :

— Tu peux m'aider à me rhabiller ?

Il s'écoula encore une bonne heure, avant qu'ils ne sortent enfin de l'atelier. Isabella redescendit directement dans sa chambre, pour se changer et se recoiffer. Ces séances, songeait Mac, en la regardant s'éloigner, finiraient par le tuer.

Ils s'installèrent dans une certaine routine – mais qui n'avait rien d'ennuyeux ! Le matin, ils partageaient le petit déjeuner en lisant leur correspondance. Puis Isabella et Mac se rendaient dans la nursery, pour dire bonjour à Aimée, et rester un peu auprès d'elle, pendant qu'elle prenait son propre petit déjeuner. Après, Mlle Westlock se chargeait de la fillette, et Mac et Isabella s'enfermaient dans l'atelier.

Tout en travaillant à sa toile, Mac prenait des esquisses du visage d'Isabella, pour un portrait auquel il comptait s'atteler plus tard. Ils faisaient l'amour deux ou trois fois par séance – peut-être la nature quelque peu scandaleuse de leur activité rendait-elle l'atmosphère de la pièce plus érotique. Et puis, là-haut, ils étaient à l'abri du regard des domestiques.

La séance terminée, ils se séparaient, chacun vaquant à ses occupations. Mais dès qu'Isabella avait besoin de sortir de la maison, Mac l'accompagnait. Ils faisaient donc leurs courses ensemble, Mac lui portant ses paquets, et Isabella l'accompagnant à la banque. Parfois, il devait voir Me Gordon, pour régler certaines affaires, mais il ne fut plus jamais question d'annuler leur contrat de séparation.

L'après-midi, ils se promenaient dans Hyde Park, ou se déplaçaient en landau, selon le temps, ou l'activité que Mac avait en tête pour continuer de faire la cour à la jeune femme. Les jours de pluie, ils se rendaient à des expositions ou visitaient les musées, et les jours de soleil ils écumaient les jardins et les parcs de la ville. D'autres fois, encore, si l'envie leur en prenait, ils faisaient un peu de tourisme, allant admirer la vue depuis la Tour de Londres, ou s'accordant une visite au musée de cire de Mme Tussaud.

Payne ne s'était plus manifesté depuis l'agression d'Isabella, et Mac voulait croire qu'il avait préféré se retirer à Sheffield et cesser sa mascarade. En tout cas, Payne n'était jamais revenu à son ancien logement, et l'inspecteur Fellows avait bien dû avouer qu'il avait perdu sa trace.

Mac désirait toujours lui faire la peau, mais il souhaitait par-dessus tout que ce gredin disparaisse de leur vie. Si Payne retournait à l'obscurité, Mac et Isabella pourraient reprendre tranquillement le cours de leur existence.

Ils ne se disputaient plus au sujet de leur séparation, ni sur les motifs qui l'avaient provoquée – ni sur les souffrances qu'ils avaient vécues chacun de leur côté. Cela ressemblait vraiment à un nouveau début. Aimée n'avait pas peu contribué à ramener de la stabilité dans leur couple et Mac tenait à en profiter le plus possible. Il savait que tout s'écroulerait un jour, car tout s'écroulait toujours, avec lui, mais pour l'instant, il savourait son bonheur.

Quelques jours avant la Saint-Michel, il avait terminé quatre tableaux d'Isabella. Tandis qu'il vernissait le dernier, la jeune femme les examinait tous d'un œil critique.

— C'est de l'excellent travail, dit-elle finalement. On sent que cette femme prend du plaisir avec son amant.

Le premier tableau était celui d'Isabella à demi allongée sur la méridienne, une jambe pendant dans le vide, un bras replié sous la nuque. La deuxième toile était plus osée encore : on la voyait penchée sur le dossier du siège, tête baissée et reins cambrés, prête à recevoir les assauts de son amant. Sur le troisième, elle se tenait assise bien droite, ses mains englobant ses seins dont les tétons surgissaient entre ses doigts. Quant au quatrième, il la représentait allongée sur un lit, membres écartés, le poignet droit et la cheville gauche entravés aux montants du lit par des rubans de soie, des rubans pendant aux deux autres extrémités, comme s'ils avaient été arrachés dans une joute enthousiaste. Du reste, les séances pour ce tableau-ci avaient été particulièrement volcaniques.

Un vase de roses jaunes figurait sur chaque toile – parfois en pleine floraison, d'autres fois leurs pétales tombant à terre. Le célèbre jaune Mackenzie contrebalançait le rouge écarlate des tentures du décor.

Le visage d'Isabella n'était reconnaissable nulle part. Mac l'avait laissé dans la pénombre, ou masqué derrière un rideau de cheveux noirs, si bien que personne ne pourrait savoir, en voyant les toiles, qu'il avait représenté sa femme.

Excepté lui, bien sûr.

Il reposa sa brosse à vernis.

— Oui, ce n'est pas si mauvais, acquiesça-t-il.

Isabella fronça les sourcils.

— Tu exagères! C'est magnifique, pour quelqu'un qui prétendait ne plus savoir peindre.

— Je ne prétendais pas, c'était la réalité.

— Alors, il faut croire que le sujet t'aura inspiré?

— C'est surtout le modèle, qui m'a inspiré.

Isabella leva les yeux au plafond.

— Ne me fais pas croire que je suis ta muse. Tu peignais déjà très bien avant de me rencontrer.

Mac haussa les épaules.

— N'empêche que quand tu m'as quitté, et que j'ai cessé de boire, je n'ai plus été capable de produire que des croûtes. Tu es revenue, et voilà le résultat.

C'étaient, à l'évidence, des peintures érotiques. Mais dans l'acception la plus noble de l'érotisme. Mac avait le sentiment de s'être surpassé.

Il était persuadé d'avoir raison. L'alcool l'avait aidé à peindre avant qu'ils ne se rencontrent. Mais depuis… depuis, Isabella était bel et bien devenue sa muse. Car lorsqu'elle n'avait plus été là, et qu'il n'y avait plus eu l'alcool pour le soutenir, son talent l'avait déserté.

Or, il était finalement revenu. Et cette conviction l'emplissait de bonheur. *Il pouvait peindre sans être obligé d'être ivre*. Il n'avait besoin que d'Isabella à ses côtés.

— Une chose est sûre, dit-elle, examinant toujours les toiles. Tu as gagné ton pari.

— Non, répondit Mac. J'ai perdu. J'irai trouver mes amis et je leur dirai que je déclare forfait.

18

Le lord écossais et sa dame ont beau être séparés, les garden-parties de la dame, dans sa propriété du Buckinghamshire ne désemplissent pas. Les mauvaises langues pourraient évidemment prétendre que la dame croule sous les admirateurs, mais force est de reconnaître que son attitude demeure au-dessus de tout soupçon.

Juillet 1879

Isabella regardait Mac avec incrédulité. Il avait enfilé une chemise, mais il gardait encore son foulard noué dans ses cheveux.

— Que me chantes-tu là, Mac ? Ces toiles sont magnifiques. C'est exactement ce que tes amis attendaient.

— Isabella chérie, je n'ai aucune envie que Randolph Manning et les autres jettent leur regard concupiscent sur toi.

— Mais puisqu'ils ne sauront pas que c'est moi ! Tu avais bien dit, dès le départ, que tu peindrais le visage de Molly à la place du mien.

— Non, je ne le ferai pas.

— Mac, c'était convenu ! Molly a besoin de poser. N'oublie pas qu'elle a un petit garçon à charge.

— Nous n'avions rien convenu du tout, répliqua Mac, de son air d'Écossais borné qui signifiait que personne, pas même Dieu, ne le ferait changer d'avis. C'était ton idée. Je n'ai jamais dit que j'étais d'accord.

— Tu es impossible, Mac! Pourquoi perdre bêtement ce pari? Et comment vas-tu leur présenter la chose?

Mac dénoua le foulard qui cachait ses cheveux.

— Je leur dirai qu'ils avaient raison. Que je suis devenu trop prude pour peindre ce genre de toile.

— Mais tu n'as jamais été prude! Je ne veux pas qu'ils puissent se moquer de toi.

Mac se laissa tomber sur le lit qui avait servi de décor à la dernière toile. Ses cheveux étaient en désordre, sa chemise ouverte en V laissait voir son torse magnifique et ses jambes musclées dépassaient de son kilt. Isabella s'étonnerait toujours qu'un aussi bel homme l'ait choisie pour l'épouser, et qu'il lui soit resté fidèle depuis lors.

— Sais-tu pourquoi ces tableaux sont réussis? demanda-t-il.

— Parce que tu es un grand peintre.

— Parce que je suis fou amoureux de la femme que j'ai peinte. Mon amour transpirait à chaque coup de pinceau. Avec Molly, c'était différent. Elle n'a jamais été qu'un modèle, pour moi. Un vase aurait tout autant convenu. Mais toi, tu es bien réelle. Je sais à quoi ressemble ta peau, je pourrais décrire, les yeux fermés, le moindre détail de ton corps. Je connais le goût de tes lèvres. Et je t'aime tout entière. C'est cet amour que j'ai peint, aussi je refuse que quiconque, à part nous deux, puisse voir le résultat.

Ses arguments, à défaut de convaincre entièrement Isabella, lui avaient réchauffé le cœur.

— Mais tu t'es donné tant de peine! Les membres de ton club vont te ridiculiser.

— Je me moque bien de ce que ces oisifs peuvent penser de moi, répliqua-t-il. Où étaient-ils, quand je souffrais le martyre? Bellamy était là. Ian aussi.

Et Cameron, et Daniel. Même Hart, m'a aidé de son mieux. Mais ceux qui se prétendaient mes amis m'avaient tourné le dos. (Il regarda encore les tableaux, et il conclut, en souriant.) Laissons-les me ridiculiser à leur guise. Ces toiles ne sont que pour nous deux, mon amour.

— Mais tu devras t'acquitter de ton pari en te joignant à la fanfare de l'Armée du Salut, fit valoir Isabella, que cette perspective ne semblait guère enchanter.

Mac se releva en riant.

— Bah, j'ai un peu pratiqué la musique dans ma jeunesse. Je ne suis pas mauvais aux cymbales.

— Sauf que tu ne possèdes pas de cymbales.

— La cuisinière me permettra d'emprunter ses casseroles. Je *veux* perdre ce pari, chérie. Et je n'ai même jamais été aussi heureux de perdre un pari de ma vie.

Il l'embrassa tendrement. Un baiser d'apéritif, en quelque sorte, qui laissait entendre qu'il était prêt à l'embrasser toute la nuit.

— J'espère que tu m'accompagneras, reprit-il. J'aurai davantage le cœur à chanter dans la rue des refrains incitant à la tempérance si je te sais à proximité.

Isabella ne put s'empêcher de sourire.

— C'est la plus étrange requête que tu m'aies jamais formulée. Mais oui, je viendrai.

— Parfait. Et maintenant…

Le matelas les attendait. Isabella éclata de rire, et ils en firent tous les deux le meilleur usage.

Une semaine plus tard, un mercredi soir, Mac se tenait, avec un détachement de l'Armée du Salut, à l'extrémité d'Aldgate High Street, là où elle s'élargissait à l'entrée de Whitechapel. Le sergent – une femme – qui commandait le détachement était ravi qu'un aristocrate de renom se soit joint à leur formation.

Une petite foule de spectateurs s'était déjà assemblée avant même qu'ils ne commencent à jouer. On trouvait là une douzaine de membres du club de Mac, mêlés à de simples badauds. Un peu à l'écart, Isabella tenait Aimée par la main, en compagnie de Bellamy et de Mlle Westlock. Deux solides valets étaient également de la partie, pour les protéger.

Les amis de Mac rugirent dès que celui-ci leva ses cymbales. Le sergent, les ignorant superbement, donna à ses musiciens et chanteurs le signal du départ.

Acclamez tous le puissant nom de Jésus
Que les anges se prosternent
(Boum ! Boum !)
Apportez le royal diadème
Et couronnons-le Seigneur suprême.
(Boum ! Boum ! Boum ! Boum !)

Mac chantait de bon cœur, tout en frappant généreusement ses cymbales, qui ponctuaient les paroles de manière tonitruante. Le sergent encouragea la foule à se joindre à l'hymne sacré, et bientôt toute la rue chanta le refrain à tue-tête :

Apportez le royal diadème
Et couronnons-le Seigneur suprême
(Boum ! Boum ! Boum ! Boum !)

Six couplets plus tard, l'hymne s'acheva dans une salve d'applaudissements. Puis le sergent s'adressa à la foule, l'encourageant à rejeter tous les vices, dont l'alcool, pour embrasser la foi du Christ, leur Sauveur.

Mac rendit ses cymbales à un membre du détachement, et passa dans la foule avec son chapeau, pour la quête.

— À votre bon cœur, messieurs, dit-il, promenant son chapeau sous le nez de Cauli et de lord Randolph.

Ses deux amis s'esclaffèrent, croyant à une plaisanterie.

— Très drôle, Mac, fit Cauli.

Mac insista avec son chapeau.

— Donnez votre argent au Seigneur, au lieu de le gaspiller dans l'alcool et les cartes.

Cauli n'en croyait pas ses oreilles.

— Bonté divine ! Ils l'ont enrôlé pour de bon !

— Quelle décadence, ironisa Randolph.

— Trente guinées ! s'exclama Mac, haussant la voix. Vous donnez trente guinées ? Comme c'est généreux de votre part, lord Randolph Manning. Nul doute que votre père sera très fier de vous. Et vous aussi, Cauli ? Le marquis de Dunstan donne également trente guinées, mesdames et messieurs.

La foule applaudit. Mac continua à tendre son chapeau sous le nez de Cauli, jusqu'à ce qu'il se décide à y verser une pluie de billets de banque. Randolph avait le regard noir, mais il donna son dû. Mac se tourna alors vers le troisième.

— *Quarante* guinées pour vous, Bertram Clark ?

Bertram haussa les sourcils.

— Quarante guinées ? Tu plaisantes, Mac.

— Je ne plaisante jamais quand il s'agit de charité.

Bertram marmonna quelque chose entre ses dents, mais il ajouta son écot.

Mac approcha ensuite Charles Summerville, qui s'empressa de payer sans protester. Puis le chapeau fut présenté aux autres aristocrates qui les avaient accompagnés. Devant le regard insistant de Mac, même les plus réfractaires finirent par céder, et remplir à leur tour le chapeau.

Mac connaissait la plupart d'entre eux depuis le collège. Ensemble, ils avaient souvent fait le mur de l'internat pour aller boire, fumer et perdre leur pucelage en ville. Et dans ces escapades, Mac avait toujours été considéré par eux tous comme le chef de leur bande.

Quand il eut terminé sa collecte – en prenant garde de ne pas harceler les badauds visiblement les plus pauvres –, il rapporta le chapeau, qui débordait, au sergent. Elle écarquilla les yeux en découvrant son contenu.

— Merci, milord. Et merci à vos amis, de leur générosité.

Mac reprit les cymbales.

— Ils sont toujours ravis de donner pour une bonne cause. Je vais d'ailleurs m'assurer qu'ils continueront à vous soutenir.

— C'est trop aimable à vous, milord.

Le sergent, aux anges, dirigea un nouvel hymne bien connu de la foule :

Franchissons les portes de la Nouvelle Jérusalem
(Boum !)
Purifiés par le sang de l'Agneau !
(Boum ! Boum ! Boum ! Boum !)

Mac rentra à Mayfair dans sa voiture, Isabella assise à côté de lui et Aimée sur ses genoux. Il avait mal aux bras d'avoir frappé de toutes ses forces avec les cymbales, mais il se sentait heureux et en paix.

Très satisfait, également. La mine de Randolph Manning, lorsqu'il avait été obligé de lâcher ses trente guinées, l'avait réjoui au-delà du possible. Randolph était notoirement radin, et il s'arrangeait toujours pour taper ses amis, bien que son compte en banque fût généreusement pourvu.

— Qu'y a-t-il de si drôle ? demanda Isabella.

Mac réalisa qu'il avait pouffé à haute voix.

— Je pensais que mes amis s'y reprendront à deux fois avant de parier avec moi.

Elle sourit à son tour.

— En d'autres termes, ils étaient convaincus que tu avais perdu, alors qu'en réalité, c'est toi qui as gagné ?

— C'est un peu cela.

Il se garda de préciser que cette histoire de pari lui avait permis de gagner sur tous les tableaux. Non seulement il avait renoué avec son talent, mais il avait aussi pu faire l'amour tout son soûl à Isabella.

— Tu es un joli gredin, murmura-t-elle, abandonnant sa tête sur son épaule.

Il tenait Aimée d'une main, et de l'autre il enlaçait sa femme. Qu'aurait-il pu rêver de mieux ?

Un peu plus tard, après avoir reconduit Aimée dans la nursery, il trouva Isabella qui l'attendait devant la porte de sa chambre. Il en oublia aussitôt ses crampes aux bras, et la suivit à l'intérieur.

Isabella fut étonnée, en fin d'après-midi, de voir sa vieille amie, Ainsley Douglas, descendre d'une voiture devant son perron, pour lui rendre visite.

Isabella l'invita au salon, et commanda du thé. Ainsley apportait de toute évidence des nouvelles, mais elle resta muette tant que Morton n'eut pas achevé de servir le thé et les petits-fours. D'ordinaire, Isabella appréciait beaucoup le cérémonial apaisant du thé. Mais pour une fois, elle bouillait d'impatience.

Ainsley reposa sa tasse dès que Morton se fut retiré.

— Isabella, je suis navrée, commença-t-elle, le regard sombre. Mais j'ai préféré t'avertir avant que tu ne lises les journaux.

Isabella, sursautant, renversa quelques gouttes de thé sur ses jupes.

— M'avertir de quoi ? Est-il arrivé quelque chose à Louisa ?

Elle pensa à Payne, et frissonna d'angoisse.

— Non, non, elle va très bien, la rassura Ainsley.

Et, ôtant sa tasse des mains d'Isabella, elle la reposa également, avant de préciser :

— Ce n'est pas au sujet de Louisa. Enfin, pas directement.

Isabella avait déjà lu, au petit déjeuner, la *Gazette de Pall Mall*, et elle n'avait rien découvert qui aurait pu l'affecter personnellement.

— De quoi s'agit-il ? Tu m'affoles.

Ainsley prit les mains d'Isabella dans les siennes.

— Comme tu le sais, mon frère aîné, Patrick, travaille à la City. Il est très souvent au courant de ce qu'il s'y passe d'important avant tout le monde. Il a eu vent de la nouvelle ce matin et, sachant que nous étions très amies, il m'a conseillé de te préparer.

— Eu vent de quoi ? Ainsley, viens-en au fait, avant que je ne me mette à crier !

— Excuse-moi, mais je voulais te ménager. C'est ton père, Isabella. Il est ruiné. Complètement ruiné. Ta famille n'a plus un sou.

Mac avait pensé que ses amis l'éviteraient, après le mauvais tour qu'il leur avait joué avec la fanfare de l'Armée du Salut, mais contre toute attente, il n'avait fait que grimper encore plus dans leur estime. Le lendemain après-midi, quand il croisa Cauli à l'entrée de Tattersalls, la salle de vente pour chevaux de course, sur Knightsbridge, celui-ci lui serra la main avec enthousiasme.

— Bravo, Mac. Tu as brillamment retourné les cartes en ta faveur.

Mac récupéra sa main, qui menaçait d'être broyée.

— L'Armée du Salut était ravie de votre générosité. Je crois qu'ils envisagent de poser une plaque au carrefour où nous avons joué.

Cauli prit un air horrifié.

— Dieu me préserve d'être célébré comme philanthrope. Tout le monde viendrait me tendre sa sébile.

— Je plaisantais, Cauli.

Son ami soupira de soulagement.

— Ouf, tant mieux. Ah, j'aperçois ton frère, Cameron. Serait-ce une réunion de famille ?

Cameron arrivait par l'arcade entourant la salle des enchères. Il marchait, comme toujours, à grandes enjambées. Après de rapides salutations avec Cauli, ce dernier les quitta pour assister aux enchères.

Cameron le regarda s'éloigner d'un air pensif.

— Il paraît qu'il est le plus cultivé de la famille. Ce qui est un peu inquiétant pour l'avenir du marquisat. Et toi, Mac ? Je me suis laissé dire que tu avais joué des cymbales à Whitechapel. Je ne te savais pas si musicien.

Mac haussa les épaules.

— J'avais perdu un pari. Quand es-tu arrivé ?

— Par le dernier train, répondit Cameron. J'avais un rendez-vous important au Jockey Club. (Et plaquant une main solide sur l'épaule de Mac, il ajouta.) J'aimerais te parler, si tu n'y vois pas d'inconvénient.

Mac hocha la tête, et ils sortirent de Tattersalls. Cameron resta silencieux jusqu'à ce qu'ils aient atteint la voiture de Mac. Une fois à l'intérieur, Cameron l'informa de ce qu'il avait appris d'un ami travaillant à la City.

— Nom d'un chien ! s'exclama Mac. Comment Scranton a-t-il fait pour se ruiner ?

— De mauvais investissements. Une ligne de chemin de fer qui n'a jamais été construite. Une nouvelle invention révolutionnaire qui n'a pas dépassé le stade des esquisses. Des choses de ce genre. Le coup de grâce fut une mine de diamants, en Afrique, qui ne recélait aucun diamant. Lord Scranton n'était pas un investisseur très avisé.

Mac imagina Isabella apprenant la nouvelle, et s'inquiétant pour sa famille.

— Quel imbécile !

— Il aura suivi de mauvais conseils.

— Je suppose que dès que les créanciers de Scranton vont l'apprendre, ils assiégeront sa porte pour se faire payer.

— La chute de Scranton ne s'est pas faite du jour au lendemain, Mac. Il était depuis déjà un moment sur la mauvaise pente. Hart m'en avait parlé. Scranton avait été obligé de vendre une partie de ses terres.

Mac le regarda, incrédule.

— Hart t'avait prévenu ? Mais pourquoi ne m'en a-t-il pas parlé ? Et pourquoi ne m'as-tu pas répercuté l'information ?

Cameron haussa les épaules, mais Mac devina qu'il avait dû se plier, de mauvaise grâce, à la décision de leur aîné.

— Hart pensait que tu te sentirais obligé d'avertir Isabella, et il considérait qu'elle avait déjà bien assez de soucis comme cela. J'étais d'accord avec lui là-dessus. Hart croyait que Scranton finirait par se redresser, mais apparemment la malchance le poursuivait.

— Il faudra bien qu'un jour Hart cesse de décider pour moi.

— Ce jour promet d'être intéressant. J'espère être là pour y assister.

Les deux frères demeurèrent silencieux le restant du trajet, jusqu'à North Audley Street. Arrivé à destination, Mac sauta de voiture et se précipita à l'intérieur, suivi de près par Cameron. Morton prit leurs manteaux et leurs chapeaux et désigna la porte, fermée, du salon, d'un regard soucieux.

Aussitôt que Mac se rua dans la pièce, Isabella bondit sur ses pieds. Elle était pâle comme un linge. Ainsley Douglas, qui lui tenait les mains, se releva plus lentement.

— Mac, commença-t-elle, et il vit tout de suite qu'elle se retenait de ne pas craquer. Il est arrivé quelque chose de terrible.

Mac s'approcha et prit les mains glacées de la jeune femme dans les siennes.

— Je sais, dit-il. Mais je te promets que nous allons faire quelque chose.

— Je vais vous laisser, annonça Ainsley. Je suis désolée d'avoir été porteuse de la mauvaise nouvelle, Isabella.

Isabella, les yeux rouges de larmes contenues, se tourna vers elle.

— Je suis heureuse, au contraire, de l'avoir appris de ta bouche. Merci, Ainsley.

Les deux amies s'étreignirent, puis Ainsley, elle-même au bord des larmes, embrassa Isabella sur la joue.

Alors qu'elle allait sortir, Cameron s'encadra sur le seuil. Les deux s'immobilisèrent un court instant, Cameron plissant les yeux, tandis qu'Ainsley n'osait pas soutenir son regard. Finalement, Cameron la salua de la tête, Ainsley piqua un fard, lui rendit furtivement son salut et se faufila hors de la pièce.

En d'autres circonstances, Mac n'aurait pas manqué d'être intrigué par une telle scène. Mais Isabella, ne pouvant davantage retenir ses larmes, s'effondra dans ses bras.

Cameron s'assit sur le canapé, à la place même qu'occupait Ainsley deux minutes auparavant et sortit sa flasque de whisky de la poche intérieure de son veston.

— Je me destinais à venir vous annoncer la nouvelle, quand j'ai croisé Mac, Isabella, expliqua-t-il. Je pourrais enquêter dans la City, si vous désirez savoir ce qui s'est réellement passé. Hart a des relations bien placées dans le monde de la finance.

Isabella secoua la tête.

— Les détails n'ont plus d'importance. Je voudrais seulement savoir comment va ma mère. J'ai peur qu'elle ne soit pas capable de faire face. Louisa doit être effondrée. Le bal qui devait la lancer dans le monde sera évidemment annulé.

— Pas nécessairement, objecta Mac. Ton père a la chance d'avoir un gendre très riche, et qui possède d'excellentes relations. Comme l'a dit Cameron, Hart connaît beaucoup de monde, à la City. Je vais voir ce qu'on peut faire pour empêcher la ruine publique de ton père.

Isabella secoua tristement la tête.

— Il ne te laissera pas te mêler de ses affaires. Et surtout, il refusera le moindre sou des Mackenzie.

— Nous nous débrouillerons pour qu'il ne l'apprenne pas. Non seulement je le sauverai, mais en plus, je lui préserverai sa fierté !

Le sourire qu'elle lui offrit, si mince fût-il, rassura Mac. L'expression d'Isabella, lorsqu'il était entré dans la pièce, lui avait rappelé la mine qu'elle avait après sa fausse couche. Mac n'avait pas été capable d'empêcher cette première tragédie, en revanche, il pourrait intervenir sur celle-ci.

Il convainquit Isabella de monter dans sa chambre, et de laisser Maude s'occuper d'elle. Puis il ressortit avec Cameron, et ils se dirigèrent tout droit vers la City.

Malheureusement, le chargé d'affaires de Hart ne put que leur confirmer que la situation de lord Scranton tournait à la catastrophe. Outre ses mauvais investissements, le comte s'était lourdement endetté auprès de banques ou d'amis. Maintenant, ses créanciers demandaient à récupérer leur argent. Mais ce n'était pas tout : lord Scranton avait également puisé dans la caisse de l'association des anciens élèves de son université. Et, bien sûr, il se trouvait dans l'incapacité de rembourser ce qu'il avait pris.

Mac voulait épargner à Isabella ces détails sordides. Et il chercha, tout le restant de la journée et même une partie de la soirée, les moyens de réduire l'ampleur du désastre.

Il rentra tard à la maison. Isabella était déjà couchée, mais elle veillait, attendant son retour. Mac la serra très fort dans ses bras. Ni l'un ni l'autre ne parla. Ils partageaient une même inquiétude, mais ils finirent par s'endormir d'épuisement.

Le lendemain, une autre terrible nouvelle attendait Isabella. L'inspecteur Fellows adressa un mot à Mac pour l'informer que le comte Scranton était mort d'une attaque d'apoplexie pendant la nuit.

19

La saison a débuté, comme d'habitude, par un grand bal donné par la lady auparavant domiciliée Mount Street. Sa nouvelle résidence de North Audley Street, quoique plus modeste, a encore reçu tout ce qui brillait. Ses trois beaux-frères, dont le duc en personne, se tenaient à ses côtés pour accueillir les invités. La rumeur a couru que son mari, dont elle est désormais séparée, se trouvait à Paris, avec une maîtresse. Mais ces ragots ont bien vite été démentis. Notre lord passe ses journées enfermé dans sa résidence de Mount Street, sans voir personne, ou il voyage seul à travers le continent, quand il ne vit pas, en reclus, dans le château familial des Highlands. Et pendant ce temps, sa femme continue d'être l'une des hôtesses les plus recherchées de la ville.

Janvier 1880

— Maman !

Isabella se rua dans le salon de sa mère. Lady Scranton, immobile devant la fenêtre, se retourna et, avec un sanglot, prit Isabella dans ses bras.

La mère et la fille s'étreignirent un long moment, laissant libre cours à leurs larmes. Sans le voir, Isabella sentit que Mac les avait rejointes : sa présence réchauffait la pièce comme un rayon de soleil.

Lady Scranton fut la première à rompre leur étreinte. Elle était intégralement vêtue de noir, et une voilette tombait sur ses yeux rougis par les larmes.

— Oh, mon enfant, dit-elle, serrant les mains d'Isabella dans les siennes. Je croyais ne jamais te revoir.

— Comment avez-vous pu penser une chose pareille, maman ? Je ne pouvais pas ne pas venir.

— Je me disais… je craignais que tu ne me haïsses.

— Jamais de la vie. Venez vous asseoir, maman. Vous avez besoin de repos.

Lady Scranton se laissa conduire jusqu'à un sofa. Une fois assise, elle aperçut Mac, et sursauta.

— Oh, lord Roland ! Je ne vous avais pas vu.

— Appelez-moi Mac, répliqua-t-il, prenant un fauteuil. Je suis à votre service, madame. Vous pouvez me demander tout ce qu'il vous plaira. J'essaierai de vous aider du mieux possible.

— C'est très aimable à vous, mais…

— Mère, intervint Isabella, qui s'était assise à côté de sa mère et lui tenait les mains. Ce n'est plus l'heure des formules de politesse. Et Mac allait droit au but. Nous savons que papa est ruiné. Et que ses créanciers veulent tout prendre. J'ai peur qu'il ne reste même pas assez d'argent pour des funérailles décentes.

Sa mère se ratatina.

— Le notaire m'a dit que j'avais une petite rente placée sur un fonds.

— Les créanciers risquent de vous la prendre également, fit valoir Mac. Pour l'instant, ne puisez pas dedans. Je vais assurer vos dépenses.

— Je ne peux pas accepter, Isabella. Ton père n'aurait pas voulu que je vive de votre charité.

Isabella frotta les mains de sa mère, qui étaient glacées.

— Ce qui vient de la famille n'est pas charité, dit-elle. C'est simplement notre devoir.

Le regard de lady Scranton trahissait le dilemme qui la tenaillait. Son orgueil lui interdisait de dépendre de Mac. Mais elle n'avait pas été préparée à tout perdre du jour au lendemain – son mari, et sa fortune. Lady Scranton demeurait pourtant parfaitement rigide, le dos droit et la posture impeccable, comme on le lui avait toujours enseigné, mais ses mains tremblaient.

— Isabella, je ne sais plus quoi faire, murmura-t-elle finalement.

Mac se releva.

— Vous n'avez rien à faire, chère madame, dit-il. Je me charge de tout. Restez à bavarder avec Isabella. Je vous promets que votre situation sera rétablie d'ici demain matin.

Lady Scranton leva un regard incrédule vers lui.

— Pourquoi feriez-vous cela pour moi ? Lord Scranton refusait qu'on prononce votre nom dans cette maison.

Mac prit la main de lady Scranton et lui offrit son plus charmant sourire.

— Je le fais, parce que j'aime votre fille, dit-il.

Et, sans lâcher la main de lady Scranton, il se pencha pour embrasser Isabella sur la joue.

— Reste avec elle jusqu'à mon retour, chérie.

Il étreignit une dernière fois la main de lady Scranton, et s'éclipsa.

— Que va-t-il faire ? demanda lady Scranton, avec inquiétude.

— Exactement ce qu'il a dit qu'il ferait, répondit Isabella. Vous pouvez lui faire confiance, maman. Il a bien des défauts, mais il sait s'occuper des gens. Il me l'a maintes fois prouvé.

Lady Scranton s'essuya les yeux avec un mouchoir presque détrempé.

— Je pensais qu'il rirait de notre déchéance.

— Mac n'est pas cynique à ce point. C'est au contraire quelqu'un de très généreux. Comme toute sa famille.

— Pourtant, avec ton père, nous avons refusé d'admettre votre mariage. Il aurait eu une belle occasion de se réjouir en apprenant que nous étions ruinés, et que je vais me retrouver à la rue.

— C'est bien mal connaître Mac que de penser une chose pareille. Il ne fera jamais cela. Et vous ne vous retrouverez pas à la rue, assura Isabella, reprenant la main de sa mère dans la sienne. Puis elle demanda : Maman, que s'est-il passé ? Je veux dire, avec papa, cette nuit ?

Lady Scranton semblait au moins aussi ravagée par la fatigue que par le chagrin.

— Hier après-midi, il m'a appelée dans son bureau, et il m'a dit d'emmener Louisa en Italie et de nous installer là-bas. Je lui ai demandé quand il nous rejoindrait, et il m'a répondu que ce ne serait pas avant plusieurs mois. Il souhaitait rester ici pour tenter de dépêtrer ses affaires.

Une larme toute fraîche roula sur sa joue. Elle ne l'essuya même pas et continua :

— Il voulait que je prépare mes valises pour partir tout de suite. Mais c'était impossible, bien sûr. Il y avait trop de dispositions à prendre. Le soir, je suis montée me coucher, qu'il était toujours dans son bureau. J'étais si inquiète, que je n'arrivais pas à dormir. Finalement, ne l'ayant pas entendu gagner sa chambre, je suis redescendue vers deux heures du matin. Je l'ai trouvé par terre, dans son bureau, le visage déformé par un rictus. Il y avait des papiers partout, et il avait renversé une table en tombant. Mais le docteur m'a dit qu'il était mort quasiment sur le coup. Il n'a pas eu le temps de souffrir. C'est au moins une consolation.

Isabella enlaça sa mère.

— Maman, je suis désolée.

— Dieu a décidé de me punir de ne pas avoir eu le courage de m'opposer à ton père. Je n'aurais pas dû le laisser te bannir de la famille. Mais je me suis pliée à sa volonté. J'ai même refusé que tu puisses voir ta sœur. Et maintenant, regarde où j'en suis.

De nouvelles larmes ruisselèrent sur ses joues.

Isabella la berça dans ses bras.

— Dieu n'est pas aussi cruel que cela, vous le savez bien. Mac m'a dit que papa avait commencé à perdre de l'argent quand j'étais encore élève de Mlle Pringles. Sa situation n'avait fait qu'empirer depuis. Ce n'est pas de votre faute.

Lady Scranton redressa la tête.

— Alors, pourquoi ne m'a-t-il jamais rien dit avant-hier soir ?

— Pour vous éviter de vous inquiéter, je suppose. Il espérait toujours renouer avec la fortune, et vous épargner la ruine.

Lady Scranton secoua la tête, mais garda le silence. Isabella repensa à tout ce que lui avait dit Mac, et qu'elle ne pourrait jamais révéler à sa mère. Lord Scranton avait emprunté beaucoup d'argent pour organiser le bal de débutante d'Isabella, avec l'idée d'en faire le plus brillant de la saison. Il espérait fiancer rapidement Isabella à l'un des trois jeunes gens fortunés dont il était déjà un gros débiteur de leurs parents. Un tel mariage lui permettrait d'effacer ses dettes, et de se refaire. Mais Isabella avait ruiné tous ses espoirs en s'enfuyant, ce soir-là, avec Mac, pour l'épouser.

— Pourquoi ne m'avait-il rien dit ? avait-elle demandé à Mac, indignée. Si j'avais su que je devais me marier pour le sauver, je ne me serais pas laissé tourner la tête par le premier beau cavalier venu.

— Ton père était très orgueilleux. Il voulait tout organiser, sans rien dire à personne. Et il pensait que tu te plierais sans aucune difficulté à ses intentions. J'ai bien peur, chérie, que ton père ne se soit persuadé que tu n'avais rien dans la tête.

— Mais alors, pourquoi a-t-il été si furieux que je t'épouse ? Toi et Hart, vous auriez pu facilement voler au secours de sa situation financière.

Mac avait souri.

— Mais il se serait senti redevable tout le restant de ses jours à un duc écossais. Il ne l'aurait pas supporté.

— Quel idiot, avait marmonné Isabella.

Mais c'était avant que Bellamy, à l'aube, ne vienne réveiller Mac pour lui confier le message de l'inspecteur Fellows, qui avait été appelé après la découverte du cadavre de lord Scranton. Fellows, bien sûr, avait conclu à une mort naturelle.

— Je suis là, maman, à présent, dit Isabella. Et je ne vous laisserai pas seule.

Lady Scranton fondit à nouveau en larmes.

Isabella resta auprès de sa mère, jusqu'à ce que lady Scranton déclare qu'elle souhaitait s'allonger. Isabella l'aida à monter dans sa chambre, où elle la confia à sa camériste. La servante exprima sa gratitude à Isabella : lady Scranton n'avait pas dormi une seconde depuis la découverte de la mort de lord Scranton, malgré les objurgations des domestiques pour qu'elle prenne un peu de repos.

Après avoir quitté sa mère, Isabella se rendit tout droit à la chambre de Louisa et frappa à la porte.

— Oui, qu'est-ce que c'est ? demanda une voix fatiguée.

Isabella entra sans prendre la peine de s'annoncer.

Louisa se releva de la méridienne sur laquelle elle se reposait, et laissa tomber la couverture qui lui tenait chaud.

Isabella en resta le souffle coupé. Louisa n'était plus du tout la gamine maigrichonne de son souvenir. À dix-huit ans, elle affichait une silhouette parfaite, et un visage clairement dessiné. Ses yeux étaient aussi verts que ceux de sa sœur, et bordés de grands cils noirs. Présentement, elle était comme sa mère entièrement vêtue de noir – mais elle ne portait pas de voilette. Sa tenue, cependant, n'empêchait pas de voir qu'elle était devenue une ravissante jeune femme. Elle tournerait toutes les têtes le soir de son premier bal.

— Isabella... commença Louisa, qui hésitait à bouger. On m'a dit que tu étais là, mais maman m'avait défendu de sortir de ma chambre.

Isabella retint difficilement un sanglot. Louisa avança d'un pas, puis d'un autre, avant de courir se jeter dans les bras de sa grande sœur.

Elles atterrirent, enlacées, sur la méridienne, pleurant toutes les deux.

— Pourquoi n'es-tu pas venue, l'autre jour ? demanda Louisa, quand elles purent parler. Mme Douglas avait tout organisé, mais tu n'étais pas à l'heure au rendez-vous, et nous n'avons pas osé attendre.

Isabella s'essuya les yeux. L'idée de mentir à Louisa lui répugnait, mais elle ne voulait pas non plus l'effrayer en lui parlant de Payne.

— Je sais, dit-elle. Je me suis trouvée brusquement souffrante.

— C'est ce que m'a dit Mme Douglas. Je me suis inquiétée pour toi.

— Ce n'était rien de grave. Je me suis vite remise. Mais j'étais désolée d'avoir manqué notre rendez-vous.

— Peu importe, de toute façon, à présent. Tu es là, c'est l'essentiel, répondit Louisa. Puis, étreignant les mains de sa sœur, comme l'avait fait sa mère, elle demanda : Isabella, que vais-je devenir ?

— Ne t'inquiète pas. Toi et maman, vous pourrez vous installer chez moi. Dès ce soir, si vous le souhaitez.

— Ce n'est pas de cela que je voulais parler, même si c'est très gentil de ta part.

Elle relâcha les mains d'Isabella et se releva. Son teint paraissait encore plus pâle, avec sa robe de taffetas noir.

— Je sais, reprit-elle, que ça peut paraître égoïste de ma part, après ce qui est arrivé à papa et ce que doit endurer maman, mais j'ai l'impression, depuis ce matin, de dégringoler d'une falaise. Hier, encore, j'essayais ma robe de bal. Et aujourd'hui, j'ai bien peur de ne jamais pouvoir la mettre. Ma saison est détruite avant d'avoir commencé. Je n'ai plus aucune chance de me marier, et je suis trop ignorante pour devenir gouvernante, ou quelque chose du genre. Je sens que je vais me retrouver demoiselle de compagnie d'une vieille dame, à passer mes journées à filer la laine ou caresser des petits chiens.

— Mais non, ma chérie ! se récria Isabella. Tu vas habiter avec moi, et je vais te prendre sous mon aile. Tu auras ton bal, et ta saison. Je suis sûre que les prétendants se bousculeront autour de toi.

— Crois-tu ? répliqua Louisa, en riant. Je ne suis plus un beau parti. Mon père est mort ruiné, en laissant derrière lui une flopée de créanciers. Dans ces conditions, quel gentleman respectable pourrait encore vouloir de moi ? Ils craindront que le scandale ne rejaillisse sur leur famille.

Isabella aurait aimé répondre à Louis qu'elle se trompait. Hélas, elle connaissait trop bien les règles des mariages aristocratiques pour ne pas savoir qu'une Louisa sans dot deviendrait beaucoup moins attractive.

— Tu n'intéresseras peut-être plus les gentlemen désireux de faire un brillant mariage, concéda-t-elle. Mais il me déplairait que tu épouses quelqu'un qui n'en voudrait qu'à ton argent, ou à tes relations. Je te souhaite d'avoir un mari qui t'aime. Et cela, quoi qu'ait pu faire ton père. Tu n'es pas responsable des erreurs de papa. Au moins, cette histoire devrait-elle t'encourager à ne plus suivre que les élans de ton cœur.

— À ton exemple ? répliqua Louisa, en colère. Tu nous as abandonnés, Isabella. Tu es partie sans un mot. Comment as-tu pu faire une chose pareille ?

Isabella était surprise par sa soudaine véhémence.

— Louisa, j'ai essayé de vous écrire. Je voulais vous revoir, pour tenter de m'expliquer. Mais papa ne l'a pas permis. Il me renvoyait mes lettres déchirées. Je n'ai pas insisté, pour ne pas te causer d'ennuis, ni à maman.

— Tu aurais quand même pu trouver un moyen. Mais tu étais trop occupée à jouer la grande dame de Mount Street. Oh oui, j'ai lu les journaux ! Je n'ai manqué aucun épisode, figure-toi. Peut-être valait-il mieux, au bout du compte, que je n'aie pas mon bal, car tout le monde se serait souvenu du tien, et les gens auraient spéculé dans mon dos, pour savoir si je m'enfuirais moi aussi avec le premier venu.

— Chérie, mes véritables amis ont vite compris que je ne m'étais pas enfuie sur un coup de tête. Je n'ai pas épousé Mac pour provoquer un scandale, mais parce que j'étais tombée amoureuse de lui.

— Alors, pourquoi l'as-tu quitté ? objecta Louisa, le regard accusateur. Si tu l'aimais tant que cela, et que votre mariage était si réussi, pourquoi t'es-tu encore enfuie ? L'as-tu prévenu, au moins, ou es-tu partie sans un mot, comme avec nous ?

— Louisa ! se récria Isabella, stupéfaite.

— Excuse-moi, Isabella, mais je n'ai pas décoléré contre toi pendant toutes ces années. Si tu aimais Mac au point de nous tourner le dos, pourquoi as-tu fini par lui tourner aussi le dos ?

Isabella se releva.

— Je ne vous ai pas tourné le dos. C'est papa qui m'a fermé votre porte. Il ne voulait plus que je vous adresse la parole, ni à maman ni à toi.

— Tu aurais pu le défier. Trouver un moyen de braver ses interdictions. Ton mari est riche. Vous auriez pu rembourser les dettes de papa. Si tu n'es pas revenue, c'est que tu n'en avais pas envie.

Des larmes roulaient sur les joues de Louisa. Isabella restait interdite, bouleversée à l'idée que Louisa avait raison. Isabella avait été si furieuse contre son père qu'elle avait construit un mur infranchissable entre son ancienne et sa nouvelle existence. Si elle avait vraiment insisté, peut-être serait-elle venue à bout des préjugés de son père. Mais la colère de lord Scranton l'avait elle-même aveuglée. Isabella n'avait pas compris que ses parents ne puissent pas se réjouir de son bonheur d'avoir épousé Mac. Mais Louisa, prise entre deux feux, n'avait vu qu'une chose : l'éloignement d'Isabella.

— Louisa, je suis désolée, murmura-t-elle. Sincèrement désolée.

— Aimes-tu toujours lord Mac ?

— Oui, acquiesça Isabella, dont le cœur se souleva d'enthousiasme à cette idée. Je l'aime énormément.

— Alors, pourquoi ?

— Le mariage n'est pas une chose si simple, Louisa. On s'en aperçoit vite avec les années. C'est d'ailleurs sans doute pour cela qu'au moment d'échanger les vœux, on évoque « pour le meilleur et pour le pire ».

— Et cependant, tu l'aimes ?

— Je l'aime.

Louisa se releva à son tour. Elles avaient la même taille, à présent. La petite sœur d'Isabella avait bien grandi.

— Je suis contente pour toi, dit Louisa. Mais est-ce qu'il t'aime, lui ?

Isabella hocha la tête.

— Oui, je crois qu'il m'aime beaucoup.

— Alors, je comprends encore moins pourquoi tu l'as quitté.

— C'est difficile à expliquer. Disons qu'il ne m'aimait pas assez, à l'époque. Ou très mal. Il disparaissait pendant des semaines, en s'imaginant que cela me soulagerait. Il n'a jamais pensé une seule fois à me demander ce qui me rendrait réellement heureuse, ni ce que j'attendais exactement de lui. Mac n'agissait qu'en fonction de ce qu'il considérait être bien, sans se soucier de mon avis.

— C'est pour cela que tu l'as quitté ?

— Oui.

Isabella se remémora la période très sombre qui avait suivi sa fausse couche. À ce moment-là, il y avait trop de tristesse et de colère entre elle et Mac, pour qu'ils puissent encore communiquer.

— Un jour, reprit-elle, se parlant à moitié à elle-même, je me suis réveillée avec les idées claires. Je ne pouvais plus rester avec Mac, car il recommencerait toujours les mêmes choses. Et je n'avais plus le courage de les affronter.

— Lui en as-tu parlé ? Lui as-tu laissé une chance de s'amender ?

Isabella soupira.

— Je ne pense pas que tu saches tout, Louisa. J'étais enceinte, mais j'ai perdu mon bébé. Cette tragédie m'a beaucoup marquée. Mac souffrait lui aussi, bien sûr, mais il était incapable de nous aider à surmonter l'épreuve. Et moi, je n'avais plus la force physique de supporter ses errements.

— Et maintenant ? demanda Louisa. Je l'ai vu arriver avec toi, tout à l'heure. Ma chambrière m'a dit qu'il vivait de nouveau avec toi, dans ta maison.

Isabella hocha la tête.

— Mac a changé. Il s'est apaisé. Oh, il lui arrive encore d'être impétueux. Et, à l'occasion, il est toujours aussi exaspérant ! Mais ça fait partie de son charme.

— Donc, tu l'aimes toujours ?

Louisa soutenait son regard, attendant sa réponse. Isabella réalisa qu'après cette tragédie, c'était désormais sa petite sœur qui pouvait préserver l'unité de leur famille. Leur mère était trop anéantie pour prendre la moindre initiative. Louisa deviendrait la solide épaule sur laquelle lady Scranton pourrait s'appuyer.

Isabella pensa aussi avec émotion à Mac, qui devait, en ce moment même, s'échiner pour que ni sa mère ni sa sœur ne manquent de rien. Mac n'avait pourtant aucune obligation légale envers sa famille. Et encore moins d'obligation affective, pour des gens qui avaient refusé de lui parler dès lors qu'il avait épousé Isabella. Il aurait très bien pu décréter que le drame des Scranton n'était que mérité, et s'en laver les mains.

Mais il ne l'avait pas fait. Et Isabella savait bien pourquoi : sa compassion était aussi grande que son cœur. Sinon, il ne se serait pas proposé spontanément pour adopter Aimée et lui assurer une vie confortable.

Même après qu'Isabella l'eut quitté, Mac avait veillé à ce qu'elle puisse continuer à profiter du luxe auquel elle était habituée. Il ne l'avait pas punie. De même qu'il ne s'était pas précipité dans les bras d'une autre femme pour se consoler. En revanche, il avait cessé de boire, de fréquenter ses amis qui lui avaient fait perdre tant de soirées.

Tout cela pour elle.

— Oui, je l'aime, murmura-t-elle à Louisa.

Même si cet amour renaissant l'inquiétait un peu.

20

On raconte que notre lord écossais serait reparti sur le continent pour peindre. Sa dame s'y trouverait également, pour quelques jours de vacances. Ils ont été aperçus dans les mêmes endroits à Paris, mais chacun semblait ignorer superbement la présence de l'autre.

Juin 1881

Mac vit très peu Isabella au cours des deux semaines suivantes : elle fut d'abord très absorbée par l'organisation des funérailles de son père, puis elle s'occupa beaucoup de sa mère. Mais chaque fois qu'ils se croisaient, Isabella lui décochait un sourire qui lui gonflait le cœur – et, accessoirement, une autre partie de son anatomie.

Il aurait voulu l'arrêter pour la prendre dans ses bras, quand elle lui embrassait la joue, le matin, après le petit déjeuner, avant de filer chez sa mère, pour l'aider dans son déménagement. Mais il avait lui-même fort à faire. Avec Cameron, ils passaient le plus clair de leurs journées dans la City, auprès de banquiers ou d'investisseurs, pour racheter, une à une, les dettes de Scranton.

Mac avait l'intention de rassembler toutes ces dettes qu'il avait rachetées, et de les déchirer théâtralement devant lady Scranton, dans l'espoir de lui ramener un sourire. Avec un peu de chance, également, Isabella se jetterait dans ses bras pour lui exprimer sa gratitude. Il n'était pas interdit de rêver.

Le soutien de Cameron lui était très précieux, car son frère n'était pas réputé pour sa générosité débordante. Mais quand Mac voulut le remercier, Cameron parut surpris : « Isabella fait partie de la famille », se contenta-t-il de répondre, sur le ton de l'évidence.

Hart les aida également. Et Ian revint même d'Écosse – avec Beth, bien sûr – pour apporter son concours. Ils s'installèrent chez Hart, car la maison d'Isabella était trop petite à présent, avec sa mère, sa sœur, Aimée, Mlle Westlock et Mac. Toutefois, Ian et Beth passaient très souvent chez Isabella, ainsi que Cameron, et Mac avait bien du mal à trouver des moments d'intimité avec la jeune femme. Cependant, après plus de trois ans de solitude, il ne songeait pas non plus à se plaindre que la maison fût pleine. Du reste, Isabella ne lui avait pas suggéré une seule fois de s'installer chez Hart, pour faire de la place à sa mère et à sa sœur, et c'était l'essentiel.

Mac n'oubliait pas Payne. Mais celui-ci semblait s'être volatilisé. Il n'avait pas apporté d'autres tableaux à Crane, et il n'était toujours pas passé récupérer son argent. Quant à la police, elle avait perdu toute trace de lui. Payne n'avait même pas cherché à retrouver Aimée, ce qui soulageait bien sûr Mac, mais le confirmait également dans le mépris qu'il éprouvait pour ce gredin. Quel genre d'homme était-ce, pour abandonner ainsi son enfant ? D'un autre côté, Mac était bien content que Payne ne vienne pas lui retirer sa fille.

Lord Scranton eut des funérailles décentes, et sa famille le conduisit jusqu'à son dernier repos, dans leurs terres du Kent. Son héritier, un cousin éloigné d'Isabella, reprit la propriété – le seul bien qui restât de la fortune familiale. Mais ce cousin, un célibataire affable, dans la quarantaine, fit savoir qu'il

serait heureux que lady Scranton et Louisa s'instal-
lent là-bas, avec lui.

Lady Scranton approuva tout de suite l'idée. Elle
pourrait ainsi continuer à conduire une maisonnée, comme elle l'avait toujours fait. Mais elle se
voyait également déjà organiser des fêtes pour les
villageois, et présider aux œuvres de charité de la
paroisse.

Louisa fut moins enthousiaste. Mais Isabella lui
promit qu'entre ses séjours en famille à Kilmorgan,
ou chez sa sœur à Londres, elle ne courrait pas le
risque de s'enterrer vivante à la campagne. Il fut
par ailleurs convenu que Mac et Isabella organise-
raient le premier bal de Louisa – avec le concours
de lady Scranton. Simplement, Louisa ne serait pas
lancée dans le monde le printemps prochain, comme
prévu, parce que la famille serait encore en deuil,
mais au début de la saison suivante.

Au sortir des funérailles, auxquelles Hart et
Daniel avaient assisté, Ian se planta devant Mac.

— Alors, as-tu réussi ? demanda-t-il, le regardant
droit dans les yeux.

— Tu veux savoir si Isabella est de nouveau ma
femme ?

— Oui.

— À ton avis ?

— Je n'en sais rien. C'est bien pour cela que je
te pose la question.

Mac se frotta le menton. Il se sentait bizarrement
nerveux.

— Je suppose que tu n'as pas manqué de nous
observer, depuis une semaine. Et tu es quelqu'un
de très intuitif. Donc, j'en conclus que tu dois avoir
un avis.

— Couchez-vous ensemble ?

— Parfois. Pas aussi souvent que je le souhaite-
rais, mais ces derniers temps, elle a été quelque peu
préoccupée.

— Tu devrais en profiter pour la réconforter.

— C'est ce que je fais. Quand elle m'y autorise.

Ian écarta les bras, exaspéré.

— Êtes-vous redevenus mari et femme, oui ou non ?

— J'essaie de t'expliquer, mon cher frère, que je n'en sais rien. Certains jours, j'ai envie de répondre oui, mais en d'autres occasions… J'ai voulu précipiter les choses en faisant révoquer notre séparation. J'ai compris que je l'avais effrayée, et je ne suis pas près de recommencer la même erreur.

Le regard de Ian devenait pesant.

— Tu ne mets pas assez de conviction.

— Si, Ian. Je t'assure que je fais de mon mieux.

— Tu ne lui montres pas tes vrais sentiments, parce que tu as peur de passer pour un idiot.

C'était assez ironique à entendre, de la part de quelqu'un qui éprouvait les pires difficultés à manifester ses émotions. Beth était la seule à toujours parfaitement le comprendre.

Mac s'esclaffa.

— Tu te trompes. Je n'ai pas eu peur de me conduire comme un idiot devant elle : tu aurais dû me voir, avec la fanfare de l'Armée du Salut ! Je frappais mes cymbales avec l'énergie du désespoir.

— Isabella m'a raconté. Mais c'était une pantomime. Tu as bien fait rire tout le monde, ce jour-là. Sauf que ce n'est pas ainsi qu'on dévoile ses vrais sentiments.

Mac avait déjà perdu son sourire.

— Que veux-tu que je fasse, Ian ? Que je me jette à ses pieds ?

— Oui. Et que tu mettes ton cœur à nu. Hart m'a expliqué, il y a déjà longtemps, ce que signifiait cette image.

— Je ne suis pas sûr que ce soit ce que souhaite Isabella. Elle veut le Mac charmeur et séducteur, le Mac qui la fait rire. Pas d'un Mac pathétique qui se traînerait à ses pieds.

— Demande-lui.

Mac soupira encore.

— Tu es dur, Ian Mackenzie.

Ian ne répondit pas. Ce qui pouvait signifier qu'il n'avait pas compris ce que voulait dire Mac. Ou qu'il s'en moquait. Ou les deux.

Ils rejoignirent les autres. Isabella était avec sa mère, sa sœur et Beth – qui tenait Aimée dans ses bras. Toutes étaient vêtues de noir, mais Isabella était magnifique, en robe de deuil. D'un bras, elle enlaçait sa mère à la taille et, de l'autre, Louisa.

— Tu vois, chuchota Mac à Ian, je suis désolé qu'il ait fallu une tragédie pour en arriver là, mais Isabella a enfin retrouvé sa famille. Les péchés d'hier sont pardonnés. Même si nous ne redevenons jamais entièrement mari et femme, il me suffit de la voir heureuse, aujourd'hui, avec les gens qu'elle aime.

Ian le dévisagea un long moment, avant de répondre, implacable :

— Non, ça ne peut pas te suffire.

Il quitta Mac, pour aller rejoindre Beth.

Mac repensa longuement aux paroles de Ian, durant le trajet qui les ramena à Londres. Louisa avait préféré rester dans le Kent, pour aider sa mère à s'installer, et ne pas l'abandonner toute seule trop rapidement. Isabella les avait déjà invitées à passer Noël à Kilmorgan. Lady Scranton avait d'abord hésité, mais Mac, très jovial, avait réussi à la convaincre. Isabella lui avait souri de gratitude.

Mais Ian avait raison. Sa gratitude n'était pas assez.

Cependant, Mac n'était pas habitué à « dénuder son cœur », comme le lui avait conseillé Ian. Et puis, il pensait avoir déjà mis son cœur à nu, lorsqu'il avait raconté à Isabella ce qu'il avait souffert après avoir décidé de renoncer à l'alcool. Il réalisait à présent que son aveu ne lui avait pas seulement gagné la sympathie de la jeune femme : elle avait compris, ainsi, qu'il prenait leur mariage vraiment au sérieux. Il lui fallait maintenant achever de se dévoiler. Au risque qu'Isabella ne lui piétine les entrailles, et ne se détourne de lui.

Cela valait quand même la peine d'essayer.

L'occasion lui en fut fournie, un matin qu'il travaillait dans son atelier. Isabella entra sans s'être invitée. Levant les yeux de sa table de travail, Mac sentit aussitôt son cœur bondir dans sa poitrine. Elle portait, ce matin-là, une robe noire festonnée de dentelle noire – ses cheveux et ses yeux étant les seules notes colorées dans tout ce noir.

— Mac, demanda-t-elle abruptement, as-tu gardé ma lettre ?

— Quelle lettre ?

— Celle que je t'avais adressée après t'avoir quitté.

Ah, cette lettre-là.

— Pourquoi l'aurais-je gardée ?

— Je n'en sais rien. Mais je voulais savoir. C'est bien pourquoi je te pose la question.

— Tu t'exprimes comme Ian.

— Ian sait comment obliger les gens à lui répondre.

Mac reposa sa palette.

— Touché. Bon, très bien. Suis-moi.

Il redescendit dans sa chambre – qui était toujours sa chambre : il n'avait plus recouché avec Isabella, depuis la nuit où son père était mort.

Mac ouvrit la penderie et il en sortit une boîte que Bellamy, sachant que son maître y conservait ses plus précieux trésors, avait pu sauver de l'incendie. Il posa la boîte sur une console et l'ouvrit. Une lettre, froissée par le temps et les multiples relectures, trônait au-dessus. Mac la prit et la tendit à Isabella.

— La voilà.

— Veux-tu me la lire ? demanda-t-elle.

Mac n'avait même plus la force de plaquer un faux sourire sur ses lèvres.

— Pourquoi faire?

— J'aimerais réentendre ce que je t'ai écrit.

Pourquoi lui demandait-elle cela? Attendait-elle de lui, comme Ian, qu'il «mette son cœur à nu»?

Il ouvrit la lettre.

Chacun des mots qu'elle y avait écrits lui avait écorché le cœur à la manière d'une aiguille. Du reste, Mac n'avait pas réellement besoin de lire, car il connaissait le texte par cœur. Il s'obligea cependant à river ses yeux sur la lettre.

— *Cher Mac*, commença-t-il.

Isabella dansa d'un pied sur l'autre, comme si elle était nerveuse. Et Mac dut s'éclaircir la voix avant de pouvoir continuer.

Cher Mac,

Je t'aime, et je t'aimerai toujours.

Mais je ne peux plus vivre avec toi. J'ai essayé d'être forte. J'ai essayé pendant trois ans. J'ai échoué. J'aurais voulu répondre à tes attentes, Mac, je ne peux plus. Je suis désolée.

Je voudrais t'écrire que j'ai le cœur brisé, mais c'est faux. Il s'est brisé il y a déjà un moment, et je viens de comprendre que je pouvais l'abandonner, tel quel, derrière moi, et poursuivre mon chemin.

La décision de te quitter n'a pas été facile à prendre. C'est une décision douloureuse. Et j'ai conscience que tu pourrais, légalement, me causer beaucoup de torts. Au nom de l'amour que nous avons partagé, je te demande de n'en rien faire. Il se pourrait d'ailleurs que cette séparation ne soit pas définitive. Mais, dans l'immédiat, j'ai besoin de solitude pour guérir.

Tu m'as expliqué que tu partais pour mon bien, que tu pensais me soulager en agissant ainsi. C'est à mon tour de partir, avec les mêmes motifs, dans l'espoir que cela nous donnera une chance, à tous les deux, de respirer un peu. Vivre avec toi, c'est un peu comme vivre avec une étoile filante: elle brille inten-

sément, mais elle se consume avec une telle ardeur
qu'à la fin, il n'en reste plus rien.

Je sais que tu seras furieux en lisant ces lignes, et je
connais tes colères! Mais quand ta rage se sera apaisée,
tu comprendras que ma décision est juste. Ensemble,
nous nous détruisons mutuellement. Séparés, je me
souviendrai avec chaleur de notre amour.

Ian a consenti à te porter cette lettre en mon nom,
et il m'informera des décisions que tu prendras. Je fais
confiance à Ian pour servir d'intermédiaire honnête.
Je te demande donc de ne pas chercher à me revoir.

Je t'aime, Mac. Et je t'aimerai toujours.

Porte-toi bien.

Isabella

Quand il eut terminé, Mac ne regardait plus la
lettre, mais Isabella. La jeune femme s'était dépla-
cée vers la fenêtre.

À l'extérieur, la circulation battait son plein.
Les sabots des chevaux résonnaient sur les pavés,
les cochers sifflaient leurs bêtes et les piétons conver-
saient entre eux. À l'intérieur, tout était parfaitement
silencieux.

Mac laissa son regard retomber sur la lettre.

— Pourquoi l'as-tu gardée? demanda Isabella,
sans se retourner.

Mac déglutit.

— Je n'en sais rien. J'ai essayé de la brûler, mais
je finissais toujours par la replier et la ranger dans
cette boîte.

Isabella revint vers lui et posa la main sur la lettre.
Après un moment de tension, Mac la lui céda.

Elle la relut, en silence. Puis, d'un geste vif, elle la
déchira en deux. Et avant que Mac ait pu protester,
elle courut la jeter dans le poêle.

Quand Mac, qui s'était précipité derrière elle, lui
saisit enfin le poignet, c'était trop tard.

— Que fais-tu ?

— Pourquoi ne voudrais-tu pas que je la brûle ?

— Parce que cette lettre m'expliquait ce que tu ressentais. J'avais besoin de savoir.

— Mais c'étaient mes sentiments *à l'époque*. Ils ne sont plus les mêmes aujourd'hui.

La lettre n'était déjà plus qu'un tas de cendres sur les charbons du poêle. Bon sang ! Elle lui avait servi de bouée. Elle lui avait rappelé pourquoi il avait décidé de renoncer à l'alcool et de réformer son existence.

— Je la lisais pour me consoler, confessa-t-il. Les pires nuits, quand j'étais tenté de replonger dans l'alcool pour apaiser mes douleurs, je la lisais et la relisais sans cesse. Et je te répondais – dans ma tête –, que j'essayais de changer. Pour toi. Que tu n'avais plus besoin de t'inquiéter. Que je ne me consumerais pas totalement. Et que je te reviendrais, comme un nouvel homme. Cette lettre m'a aidé à rester sobre.

N'était-il pas en train de se mettre à nu ? En tout cas, il n'aurait jamais osé avouer, avant cet instant, qu'il s'était raccroché à une simple lettre pour ne pas sombrer.

Une partie de lui avait envie de pleurer. Le petit garçon qu'il avait été autrefois, et que son père battait quand il s'apercevait qu'il remplissait ses cahiers de dessins, au lieu d'y recopier ses leçons.

Mais c'était plus fort que lui. Mac sentait naître des images au bout de ses doigts – des oiseaux, des paysages, des visages, celui de sa mère, et même celui de son père... Mac avait toujours vécu dans l'ombre de Hart et de Cameron, ses aînés, plus grands que lui, et tellement plus athlétiques. Mais l'art était son jardin secret.

Leur père, cependant, avait toujours méprisé son penchant pour la peinture. Quand Mac avait commencé à fréquenter des maîtresses, à l'âge de quinze ans, le vieux duc n'avait pas caché son

276

soulagement. Il s'était imaginé que Mac préférerait les garçons.

Mais son père ne manquerait pas de le détester tout autant aujourd'hui, s'il savait que Mac avait décidé de changer de vie pour une femme.

Les femmes sont comme le goudron, aimait lui répéter son père, très satisfait de cette image qu'il avait trouvée. *Elles ont leur utilité, mais si l'on n'y prend pas garde, elles ont vite fait de vous engluer. Couche avec celles qui te plairont, épouse celle qui sera le meilleur parti, mais surtout, surtout, veille à ce qu'elles restent à leur place.*

« J'ai encore besoin de cette lettre », sanglotait l'enfant enfoui en lui.

Mais peut-être se trompait-il. D'une part, il aurait pu la réciter par cœur : chaque mot était imprimé dans sa mémoire. Et d'autre part, il avait changé. Réellement changé.

— Quels sont tes sentiments, aujourd'hui ? demanda-t-il à Isabella.

La jeune femme détournait le regard.

— Il y a trois ans, tu me demandais de te pardonner, mais je n'en avais plus la force. Depuis, je t'ai pardonné. J'étais informé de tous tes faits et gestes, après t'avoir quitté. Ian me faisait son rapport – et quand Ian fait un rapport, tu peux être sûr qu'il n'oublie aucun détail.

Ils sourirent d'un air entendu. Ian était capable de se rappeler une liste de nombres trois mois après l'avoir vue, ou de répéter mot à mot une conversation vieille d'une semaine, et que personne ne croyait qu'il avait entendue.

— Mais où en sommes-nous, aujourd'hui ? demanda Mac. Tu as épousé un garçon débauché et imprévisible, qui s'est mué en un abstinent père d'une fillette adoptive. Pourras-tu aimer le Mac que je suis devenu ?

Isabella lui prit la main.

— En fait, je pense que tu es plus toi-même, à présent. Le vrai Mac a surgi des artifices derrière lesquels il se cachait. Comme si tu étais nu, désormais.

— Je peux me déshabiller, si tu veux, plaisanta Mac. Il ne fait pas froid, ici.

— Mais heureusement, tu as conservé des traits de l'ancien Mac, ceux qui me plaisaient le plus. J'adore ton humour, ta capacité à dédramatiser les choses en riant d'elles. J'aime ton charme. L'autre jour, quand tu jouais avec la fanfare dans la rue, tu y mettais un tel aplomb que tes amis, qui croyaient te ridiculiser, se sont retrouvés comme des idiots. J'étais très fière d'être ta femme, ce jour-là.

Mac lui baisa les doigts.

— Le sergent m'a dit que j'étais le bienvenu parmi eux. Si tu veux, tu auras plein d'autres occasions de me montrer que tu es fière de moi.

— Et j'aime ta façon de tourner toutes nos conversations en jeux de séduction.

— Ah ça, c'est bon à savoir.

— Je me sens aimée et désirée, comprends-tu, dit-elle.

Et, couvrant la main de Mac avec la sienne, elle ajouta :

— J'ai envie d'essayer de redevenir ta femme.

Le cœur de Mac battait si fort dans sa poitrine qu'il pouvait à peine respirer. Il en avait presque oublié d'avoir perdu la lettre. Posséder Isabella valait cent fois mieux.

— Pourrais-tu préciser ce que tu entends par là ? Je ne voudrais pas mal interpréter tes propos. Je n'ai plus la force de m'appuyer sur de faux espoirs.

— Je voulais dire que j'étais disposée à vivre de nouveau avec toi, comme étant ta femme. Du moins, à essayer. Arrêtons de jouer, à présent. Contentons-nous de nous laisser vivre.

Mac lui baisa une dernière fois les doigts, avant qu'elle ne retire sa main.

— Essayer? Juste essayer? Ce n'est pas « Oui, Mac, annulation de notre séparation » ?

— Ne bouscule pas les choses. Commençons par vivre tout simplement comme mari et femme. Si la suite nous montre que nous avons réellement changé, et que nous sommes capables d'être heureux ensemble, alors il sera toujours temps de convoquer Me Gordon pour régler officiellement les papiers.

Mac se réjouissait de ses paroles, tout autant qu'il s'en impatientait. Il aurait préféré mettre un point final à cette histoire, afin de passer à autre chose, et de ne plus s'inquiéter qu'Isabella ne le quitte une nouvelle fois.

D'un autre côté, il n'était pas entièrement sûr de lui. Il avait commencé à se dénuder devant elle avec la lettre. Mais elle ne lui avait pas permis d'aller plus loin. Or, cette lettre ne résumait pas tout. Isabella se trompait : il se cachait encore derrière certaines choses.

— J'accepte tes conditions, dit-il, avec son sourire le plus charmeur. Ce n'était pas exactement ce que j'avais en tête, mais tant pis.

— Mac?

— Oui, mon ange?

— J'aimerais que nous tentions d'avoir un autre bébé.

Sa requête lui redonna plus d'espoir que tout le reste. Isabella avait été si angoissée à l'idée de tomber à nouveau enceinte après sa fausse couche, qu'ils avaient cessé de dormir dans le même lit. Mac, comprenant qu'elle aurait besoin de temps pour cicatriser, n'avait pas protesté. Mais de faire chambre à part avait encore un peu plus distendu les liens de leur mariage.

— Cela me paraît une très bonne idée, répondit-il sobrement, prenant garde à ne pas trop manifester sa jubilation. D'ailleurs, nous avons déjà plus ou moins essayé. Il en sortira peut-être quelque chose.

Isabella secoua la tête.

— J'ai eu mes règles, tout récemment.

— Hmm, fit Mac, pour masquer sa déception. Eh bien, nous n'avons plus qu'à réessayer avec encore plus d'ardeur. Et le plus souvent possible.

— Nous pourrions commencer dès aujourd'hui ?

— Certainement.

Mac était en pleine érection sous son kilt – ce dont elle avait dû s'apercevoir.

— Il y a justement un lit tout à côté, dit-il, évoquant le matelas qui avait servi de décor au dernier tableau.

Isabella sourit, et Mac l'entraîna jusqu'au lit. La jeune femme, aujourd'hui, lui avait largement ouvert son cœur. En revanche, les blessures de Mac attendraient une autre occasion pour sortir au grand jour.

— Milady, pardon de vous déranger, commença Mlle Westlock, le lendemain matin, en faisant irruption dans la salle à manger des petits déjeuners.

Isabella, occupée à lire son courrier, leva les yeux et sursauta. Mlle Westlock, d'habitude toujours tirée à quatre épingles, était tout échevelée. Le col de sa robe était déchiré.

À l'autre bout de la table, Mac abaissa son journal.

— Que se passe-t-il ? demanda-t-il.

— Comme vous le savez sans doute, milord, j'ai l'habitude de faire une petite marche dans Hyde Park, avant qu'Aimée ne se réveille.

— Oui, fit Mac, qui s'impatientait déjà.

Mlle Westlock était réglée comme un métronome et ne s'accordait aucun écart : toujours levée avant l'aube, des marches quotidiennes, jamais d'alcool, et des repas légers.

— Il m'est arrivé quelque chose de bizarre ce matin. Un gentleman s'est approché de moi. J'ai d'abord cru que c'était vous, milord.

Mac se raidit. Le cœur d'Isabella s'emballa dans sa poitrine.

— Oui ? pressa-t-elle Mlle Westlock.

— Mais de plus près, j'ai bien vu que ce n'était pas milord. Il lui ressemblait, pour sûr, mais son regard n'était pas le même.

Isabella resserra ses doigts sur sa serviette.

— Que vous a-t-il dit ?

— Il m'a demandé à quelle heure je sortais Aimée pour sa promenade quotidienne, car il désirait lui parler. Je lui ai demandé pourquoi, et il a prétendu être son père. Je n'avais évidemment aucun moyen de savoir si c'était vrai, aussi lui ai-je conseillé de s'adresser directement à milord. C'est alors qu'il s'est énervé. Il m'a assuré qu'il était lord Mackenzie, et que vous n'étiez qu'un usurpateur.

Mac ne dit rien. Mais Isabella vit une veine palpiter dans son cou, et elle comprit qu'il était très, très en colère. Elle l'avait déjà vu plusieurs fois furieux. Il leur était même arrivé de se quereller vertement. Cependant, cela n'allait jamais très loin.

Mais là, c'était de la rage pure.

— Que lui avez-vous répondu ? demanda-t-elle à Mlle Westlock.

— Je lui ai souhaité une bonne journée, et j'ai repris ma promenade. C'était visiblement un fou, et on m'a toujours dit qu'il ne fallait jamais chercher à converser avec les fous. Mais le croirez-vous ? Il m'a saisi le bras, et il a tenté de m'emmener avec lui.

Isabella se releva à moitié sur son siège.

— Tout va bien ? Nous allons appeler la police.

— Non, milady, inutile de vous donner cette peine. Je me suis débarrassé de lui en quelques coups d'ombrelle. Quand il a vu que je lui résistais, il s'est empressé de s'enfuir. Il n'avait pas envie qu'un gardien le surprenne en train de s'en prendre à une faible femme.

Personne n'irait s'aviser de prendre Mlle Westlock pour une faible femme – et encore moins lorsqu'elle était armée de son ombrelle. Mais Isabella était trop préoccupée pour sourire.

— Avez-vous pu voir dans quelle direction il s'enfuyait ? demanda-t-elle.

— Il est ressorti par Knightsbridge, mais ensuite, il pouvait aller n'importe où, milady. Peut-être même aura-t-il pris un fiacre.

— Bon sang ! s'emporta Mac, faisant sursauter les deux femmes.

Il se leva, les poings plaqués sur la table.

— Cette fois, j'en ai assez, dit-il.

Il repoussa sa chaise et appela Bellamy.

— Mac ! s'alarma Isabella. Où vas-tu ?

— Voir Fellows. Je veux que Payne soit arrêté le plus vite possible.

Isabella se releva à son tour.

— Tu ne devrais pas…

— Il ne me fait pas peur, Isabella. Je vais demander à Fellows de m'épauler, et nous allons le prendre en chasse.

— Mais il peut être dangereux !

Mac lui décocha un sourire carnassier.

— Pas aussi dangereux que moi, chérie.

Isabella aurait voulu lui crier de rester auprès d'elle, mais elle était elle-même très en colère. Payne devait cesser ses agissements au plus vite.

Mlle Westlock approuva la tournure des événements.

— Milady et moi, allons tenir le fort, pendant que vous irez à la bataille. À nous tous, nous finirons bien par le vaincre.

Mac s'arrêta devant Isabella et l'embrassa sauvagement sur la bouche. Elle put ainsi mesurer toute sa détermination. Mais, trop vite à son goût, Mac relâcha leur étreinte, et se rua hors de la pièce.

21

La famille Mackenzie est arrivée en ville, et tout le
monde a été surpris d'apprendre que c'était pour célé-
brer le mariage du plus jeune des frères, lord I**. Notre
lord bien connu, l'artiste, s'est installé à l'hôtel pour
ce court séjour. Sa dame, qui était descendue dans
le même établissement, s'est empressée de changer
d'hôtel.

Août 1881

Mac n'était toujours pas rentré. La pluie s'était
mise à tomber, puis elle avait cessé, et Mac n'était
toujours pas là quand Morton sonna le gong du
dîner. Isabella s'assit toute seule à table, picora dans
son assiette, et renvoya la plupart des plats sans
les avoir touchés.

Puis elle retourna au salon, à faire les cent pas,
pendant que les soubrettes tiraient les doubles
rideaux. Isabella détestait ne pas savoir où se trouvait Mac, et ce qu'il faisait. Avait-il trouvé Payne,
avec le concours de l'inspecteur Fellows ? Ou leur
était-il arrivé quelque chose ?

La pendule de la cheminée égrena les heures.
Huit heures. Neuf heures. Dix heures. Onze heures.
À minuit, Maude se présenta à la porte, les bras
croisés, pour indiquer qu'elle estimait que sa maîtresse devrait monter se coucher.

— Pas tant que je n'aurai pas eu de nouvelles de Mac, répondit Isabella.

Mais à trois heures du matin, malgré sa nervosité, elle succomba à la fatigue, et laissa Maude la mettre au lit.

«Je vais dormir un peu, se dit-elle. Et, à mon réveil, Mac sera là. Ou du moins, il m'aura fait parvenir un message».

En se blottissant sous les couvertures, elle se fit la réflexion que lorsque Mac disparaissait sans prévenir, les premières années de leur mariage, elle ne s'en était jamais inquiétée. Elle était mécontente, bien sûr, mais nullement soucieuse. Elle savait qu'il se trouvait avec ses amis, ou qu'il était parti sur le continent, et que tôt ou tard elle recevrait un mot pour la tenir au courant.

Mais ce soir c'était différent. Un fou dangereux les menaçait, et l'inquiétude d'Isabella la maintint éveillée. Une nouvelle relation s'était tissée entre elle et Mac – plus profonde qu'autrefois –, mais ce lien était encore fragile, et Isabella craignait qu'il ne se rompe.

Plus exactement, elle craignait de perdre Mac tout court. Elle l'aimait. Sa disparition creuserait, dans sa vie, un trou qu'elle ne pourrait jamais combler.

Isabella roula jusqu'à l'oreiller sur lequel il avait dormi la nuit précédente, et elle respira son odeur, avant de finalement trouver le sommeil. Mais elle rêva de lui.

À son réveil, le soleil était déjà haut dans le ciel, et Mac n'était toujours pas revenu.

Douze heures plus tôt

Lloyd Fellows autorisa Mac à le suivre, ainsi que son équipe, pour chercher Payne. Au début, Fellows avait rechigné – il aurait préféré que Mac reste tranquillement chez lui, à attendre le dénouement. Mais pour Mac, c'était tout bonnement impossible : il ne se voyait pas se tourner les pouces, pour finalement apprendre que Fellows avait encore perdu la trace de Payne. Il était impatient d'en finir, pour être sûr qu'Isabella n'aurait plus rien à craindre.

Ses ancêtres écossais auraient traqué Payne sans relâche, jusqu'à obtenir sa peau, puis ils seraient rentrés chez eux afin de célébrer leur victoire par des chants et des libations. Mac pouvait se passer des chants et des libations, mais il voulait retrouver Payne.

Durant tout l'après-midi, ils écumèrent, par petits groupes, Chancery Lane et ses environs, commençant par la dernière adresse connue de Payne. Payne n'y était jamais revenu, mais il connaissait le quartier, et il n'était pas impossible qu'il se cache à proximité.

Mais les heures s'écoulaient, et ils restaient bredouilles. Mac se rassurait en pensant que Payne n'avait aucune chance de s'en prendre à Isabella : plusieurs anciens camarades pugilistes de Bellamy gardaient la maison de North Audley Street. Et Bellamy souffrait peut-être du genou, mais ça ne l'empêchait pas d'être un excellent tireur, qui ne manquait jamais sa cible.

Ils poursuivirent leurs recherches jusqu'à la tombée de la nuit. Et encore au-delà. Quand toutes les horloges de la ville sonnèrent trois heures du matin, Fellows conseilla à Mac de rentrer chez lui, avec un regard qui laissait entendre qu'il était prêt à le raccompagner d'autorité à son domicile.

Mac capitula, et trouva un fiacre. Il voulait informer Isabella de ce qu'ils avaient découvert – c'est-à-dire rien –, et réfléchir au calme sur la conduite à tenir.

Pour être tout à fait honnête, Mac brûlait surtout d'envie de se glisser dans le lit de la jeune femme, et de se blottir avec elle sous les draps. Maudit Payne, qui lui gâchait l'existence !

Il s'assoupit à moitié dans le fiacre qui le rame-
nait à la maison, ses pensées s'égarant sur ce qu'il
aimerait faire à Isabella – et ce qu'elle lui ferait en
retour. Sa chère femme avait toujours su comment
l'exciter.

Le fiacre stoppa brutalement. Mac rouvrit les
yeux, juste au moment où un homme grimpait dans
l'habitacle et refermait la portière.

Mac, poussant un rugissement, se jeta sur l'intrus. Il voulait l'étrangler. Mais un cercle de métal
glacé lui toucha le visage : le canon d'un pistolet.
Un Webley, songea machinalement Mac. L'arme
préférée de Hart.

C'était bien sûr Payne qui le brandissait.

Mac écumait de rage. Payne était capable de le
tuer. Cependant, ce n'était pas sa mort qui l'effrayait
le plus, mais la perspective de disparaître sans avoir
pu revoir Isabella.

— Je vous ai bien eu, dit Payne, d'une voix aiguë.
Pendant que vous me cherchiez, je vous cherchais.
Et c'est moi qui ai gagné.

— Vous voudriez que je vous félicite ? grogna
Mac.

Le canon du pistolet s'enfonça un peu plus dans
sa joue.

— Vous allez vous éloigner de ma femme, dit
Payne.

Mac dominait difficilement sa rage.

— Si tu touches à ma femme, crapule, je te tue.

— Vous n'êtes pas en position de me menacer.

— Crois-tu ? Même si tu me troues la peau, tu
n'arriveras pas à te débarrasser de Hart. C'est un
adversaire redoutable. Et il n'aime pas, mais alors
pas du tout, qu'on s'en prenne à sa belle-sœur.
Tu verras que quand Hart sera à tes trousses, tu
regretteras de ne pas m'avoir épargné.

Payne ne paraissait pas le moins du monde
inquiet, ce qui prouvait bien sa stupidité. Hart était
terriblement vindicatif. Et il ne renonçait jamais.

— Dis-moi simplement une chose, reprit Mac. Pourquoi tiens-tu tant à être Mac Mackenzie ?

Payne cligna des yeux, et Mac s'attendit à recevoir une balle en pleine tête.

— Mac a tout, répondit Payne. Le talent, les amis, la famille.

— Samson Payne possède aussi une famille, rétorqua Mac. À Sheffield. Et du talent. J'ai vu ton travail, c'est diablement bon. Pour ce qui est des amis, je ne sais pas.

— Samson n'a pas pu prendre de leçons de peinture. Et Samson est obligé de travailler pour vivre. Pas comme Mac, qui n'a qu'à lever le petit doigt pour obtenir tout ce qu'il désire. Pourtant, je peins aussi bien que lui.

Sa voix chantonnante inquiétait Mac.

— Je t'aurais volontiers donné des leçons, répliqua-t-il. Il suffisait de me le demander.

— Vous auriez vu, alors, que j'étais meilleur que vous.

— Bah ! Des tas de peintres sont meilleurs que moi. Je peins ce qui me plaît, sans me soucier de ma place dans l'histoire de l'art. C'est d'ailleurs pour cela que je préfère donner mes toiles à mes amis, plutôt que de les vendre.

Payne ne semblait pas l'écouter.

— Sortez d'ici ! lui cria-t-il.

Mac essayait de calculer ses chances d'écarter le pistolet, avant que Payne n'appuie sur la gâchette. Arme à feu ou non, il n'avait en tout cas aucunement l'intention de descendre de ce fiacre pour laisser Payne continuer tout seul jusqu'à North Audley Street – c'est-à-dire jusqu'à Isabella.

Payne lui caressait presque la joue avec le canon du pistolet. Mac se demanda pourquoi il n'était pas plus effrayé que cela. Sans doute sa colère primait-elle sur tout.

— Si tu me tues, cela va faire du bruit, dit-il, d'une voix posée. Et les gens voudront t'arrêter.

— Ils comprendront mon geste.

Mlle Westlock avait raison. Il était fou, et il ne servait à rien de vouloir discuter avec lui. Dans l'esprit dérangé de Payne, il allait tuer le faux Mac, et Isabella l'accueillerait à bras ouverts.

Mac laissa parler le fauve qui était en lui. Il donna un violent coup de coude à Payne, et plongea en avant en même temps qu'une détonation résonnait à ses oreilles. Les chevaux, affolés par le bruit, firent un écart, et Mac entendit le cocher crier pour les ramener dans le droit chemin.

Le pistolet était tombé quelque part, mais Mac ne parvenait pas à le retrouver. C'était sans importance : il tuerait Payne à mains nues.

Mais celui-ci se débattit comme un beau diable. Et, dans les soubresauts du fiacre, la portière s'ouvrit soudain à la volée. Payne en profita pour sauter sur le pavé.

— Ah, ça, non ! Tu ne m'échapperas pas !

Mac se lança à sa poursuite. Il réussit à l'attraper par le manteau, mais Payne se libéra d'un mouvement sec, bondit entre deux attelages et s'engouffra dans une ruelle sombre.

Mac le suivait toujours. La pluie tombait maintenant à verse, lui bouchant la vue. Il n'aurait pas su dire où ils se trouvaient, mais Payne semblait se faufiler d'une ruelle à l'autre avec beaucoup d'aisance, comme s'il connaissait parfaitement les lieux.

Mac accéléra l'allure. La pluie lui fouettait le visage. Payne, cependant, gardait son avance.

Ils traversèrent une rue plus large, encombrée de véhicules. Payne courait de plus en plus vite. Mais Mac avait assez d'énergie en réserve pour ne pas le lâcher. Il aurait tout le temps de se reposer quand Payne serait mis hors d'état de nuire.

Payne emprunta encore une ruelle étroite. Des rats couraient le long des murs. *Voilà Payne en bonne compagnie*, songea Mac.

La ruelle se terminait en cul-de-sac : Mac tomba sur un mur aveugle. Pas la moindre porte. Et plus de Payne.

Bon sang ! Il avait dû rebrousser discrètement chemin. Au moment où Mac tournait les talons, un éclair, suivi d'une détonation, déchira la nuit. Mac fit encore deux pas, avant de constater que ses jambes ne le portaient plus. Il s'écroula sur le pavé.

Que m'arrive-t-il ? Que m'arrive-t-il ? se demandait-il, angoissé, essayant de se relever.

Une odeur de poudre se répandait dans la ruelle. Mac vit Payne revenir sur ses pas, et s'approcher de lui. Il voulut crier, mais aucun son ne sortit de sa gorge.

Tout à coup, la douleur se fit sentir. Une douleur atroce, qui lui élança tout le côté gauche.

Payne rengaina son pistolet, souleva Mac par les aisselles, et commença à le traîner sur le pavé.

— J'ignore où il se trouve, répéta pour la énième fois l'inspecteur Fellows, sans cacher son irritation. Je vous l'ai dit : à trois heures du matin, lord Mac est monté dans un fiacre en disant qu'il rentrait chez vous. C'est la dernière fois que je l'ai vu.

Isabella faisait les cent pas dans le salon en croisant et décroisant les mains. Elle avait difficilement tenu en place pendant que Maude l'habillait, mais elle avait convenu qu'elle pouvait encore plus difficilement se ruer au rez-de-chaussée en peignoir. Une lady, fille de comte et femme d'aristocrate, ne pouvait pas se permettre de se montrer en tenue légère devant des visiteurs, quelles que soient les circonstances. À son réveil, voyant que Mac n'était toujours pas là, elle avait convoqué en urgence Fellows et Cameron, qui étaient accourus sur-le-champ.

— Il n'est jamais revenu à la maison, assura-t-elle. Morton et Bellamy étaient chargés de l'attendre.

Elle préférait ne pas songer au pire pour l'instant. Si jamais elle apprenait que Mac était mort, le monde cesserait de tourner. À cet instant, elle se moquait de savoir si Mac préférait vivre avec elle, ou s'éclipser à Paris pour peindre, ou s'amuser avec ses amis : elle désirait simplement le savoir sain et sauf. Parce qu'elle l'aimait.

— Nous allons le chercher, dit Fellows.

— Cherchez bien, répliqua Isabella. Mettez tous vos hommes sur l'affaire. Je veux que vous me le retrouviez.

— *Moi*, je vais le retrouver, intervint Cameron. Je m'y engage.

— Je viens avec vous, décréta Isabella.

Les deux hommes s'échangèrent un regard, mais Isabella, les ignorant, appela Maude pour lui demander son manteau.

Cameron se planta devant elle.

— Isabella...

— N'essayez pas de m'amadouer, Cameron Mackenzie. Je viens avec vous.

Cameron la dévisagea un instant sans rien dire, avant de lâcher :

— Bon, d'accord.

Mac, à son réveil, fut d'abord surpris de se trouver vivant. Sa deuxième pensée fut pour Isabella : il éprouvait un terrible désir de la revoir.

Ouvrant les yeux, il constata qu'il gisait sur un plancher, recouvert d'un tapis de laine. Une douleur lancinante lui fouaillait le flanc gauche.

Mac s'obligea à ne pas bouger, et il tenta de contrôler sa respiration. Il avait besoin d'avoir les idées claires, s'il voulait s'enfuir d'ici. Mais d'abord, il devait déterminer où il se trouvait.

Une odeur de renfermé empestait l'air, comme dans les maisons restées trop longtemps inhabitées.

À mesure que ses yeux s'accoutumaient à la lumière, il s'aperçut que la pièce était peinte dans des tons criards : du rose, du rouge... Des tableaux aux cadres lourdement dorés recouvraient les murs. Celui ou celle qui avait décoré la pièce avait fait assaut d'argent... et de mauvais goût.

Sa vision se précisa encore davantage, et Mac reconnut les tableaux.

« Bon sang » !

C'étaient les siens. Quelques-uns, du moins. Des originaux, qu'il avait peints des années plus tôt. Les autres toiles imitaient son style, mais il n'en était pas l'auteur. Il y avait des vues de Kilmorgan, de la maison du Buckinghamshire, des chevaux de Cameron, des chiens des Mackenzie, mais aussi des paysages parisiens ou italiens.

Deux des murs ne comportaient que des représentations d'Isabella.

Mac sentit un frisson glacé lui vriller l'échine. Isabella était toujours peinte entièrement nue. Isabella assise dans un fauteuil, les jambes écartées ; Isabella alanguie sur un sofa ; Isabella sortant du bain ; Isabella dans un jardin, une main accrochée à une branche d'arbre...

Elle n'avait bien sûr jamais posé pour ces tableaux. Payne avait engagé un modèle – probablement Mirabelle, la mère d'Aimée –, et il lui avait substitué le visage d'Isabella. Le contraire, en somme, de ce qu'Isabella avait suggéré à Mac pour ses quatre compositions érotiques.

Sa colère ressuscitait Mac. Il la sentait pulser dans tout son corps.

— Tu es fou ! hurla-t-il, le plus fort qu'il put. Tu m'entends, Payne ? Tu es fou à lier !

La porte s'ouvrit à la volée. Mac entendit quelqu'un s'approcher. L'instant d'après, Payne s'immobilisait devant lui.

Mac leva les yeux.

En pleine lumière, il pouvait voir que Payne lui ressemblait vraiment. Du moins, superficiellement. Ses yeux étaient plus foncés, par exemple, et ses joues plus creuses. Fellows avait sans doute vu juste : Payne devait les gonfler, lorsqu'il en éprouvait la nécessité, avec des artifices de maquillage.

Il portait un kilt aux couleurs des Mackenzie. À une certaine distance, ou dans la pénombre, il n'aurait eu aucune peine à se faire passer pour Mac.

— Vous avez tout faux, dit Payne. C'est moi qui vais vous tuer.

Mac s'esclaffa, malgré la douleur qui l'élançait.

— Pourquoi ne l'as-tu pas déjà fait ?

— Parce que je veux qu'elle vienne ici.

Le sang de Mac se glaça dans ses veines. Il comprenait, à présent, la manœuvre de Payne : il n'avait jamais eu l'intention de le tuer dans le fiacre. Il voulait simplement que Mac le poursuive dans les rues, jusqu'à son terrier. Et il était tombé dans le piège.

— Elle ne viendra pas, dit-il.

La tête lui tournait. Il devait faire des efforts pour parler.

Payne posa un genou au sol, pour se rapprocher de lui.

— Si. Elle viendra vous voir mourir. J'ai prévenu un policier, pour lui dire que j'avais trouvé Payne. À l'heure où nous parlons, la nouvelle doit déjà lui être parvenue. Elle accourra. Et elle sera en sécurité avec moi.

— Jamais de la vie !

— Isabella a vainement essayé de se libérer de vous. Je pensais qu'elle avait fini par réussir, quand elle vous a quitté, il y a trois ans. Mais non. Vous l'avez suivie. Vous l'avez harcelée. Alors même qu'elle ne voulait plus de vous.

Mac était effrayé à l'idée que Payne ait pu les espionner aussi longtemps, sans que personne – pas même lui – ne se soit douté de quelque chose.

— Isabella est la seule personne à qui je tienne, dit-il. Mais je ne vois pas pourquoi je discute avec toi. Tu es fou.

— Vous ne tenez pas à elle. Vous vous aimez trop vous-même, pour vous soucier de savoir ce qu'elle aime, et ce dont elle a besoin. Moi, je chéris Isabella. Je saurai la protéger, et lui donner tout ce qu'elle mérite.

— Si tu t'imagines qu'Isabella rêve d'être hissée sur un piédestal, tu te trompes lourdement. Elle aime avant tout son indépendance.

Payne secoua la tête.

— Elle veut qu'on la dorlote. Je m'en chargerai. Pas pour prouver à mon père que je peux faire quelque chose. Simplement pour elle. Même mon art n'est pas aussi important que sa personne.

Bonté divine ! Qu'il était humiliant d'entendre certaines vérités sortir de la bouche de Payne. Oui, Mac avait désespérément cherché, pendant des années, à ce que son père soit fier de lui, même s'il assurait ne pas s'en soucier. Et il avait continué à vouloir se prouver qu'il valait quelque chose même après la mort du vieux duc.

Quant à Isabella…

— Je l'aime, s'entendit-il murmurer, sa colère cédant provisoirement le pas à une sorte de calme intérieur.

— Alors, pourquoi ne restiez-vous pas avec elle ? Pourquoi vous échappiez-vous sans cesse ? Moi, je l'aurais traitée comme un ange. Mais vous n'avez jamais su apprécier ce que vous aviez sous la main.

— Elle ne se tournera pas vers vous, assura Mac. Elle verra tout de suite la différence.

Payne se redressa.

— Elle viendra, dit-il. Elle restera avec moi.

« Isabella. Sois raisonnable. Ne viens pas. Laisse-moi mourir. »

Payne s'éloignait déjà. La vision de Mac se troubla à nouveau, et le désespoir le gagna.

Il ne reverrait jamais Isabella. Il ne pourrait jamais plus la serrer dans ses bras.

Ses pensées divaguèrent, et il se revit, dansant avec elle, au bal des Abercrombie, le soir où elle portait cette robe de satin bleu, avec des roses jaunes piquées dans son chignon.

Mets-toi à nu, lui avait conseillé Ian.

Mac avait commencé à se dénuder devant elle. Mais il n'était pas allé jusqu'au bout, et à présent, il se le reprochait amèrement.

« Je l'ai séduite et kidnappée pour l'épouser. Car si je ne l'avais pas fait, si je lui avais laissé le choix, elle ne m'aurait jamais dit oui ».

Mais depuis, Mac avait beaucoup changé. Pour elle. Ou du moins, voulait-il le croire. Mais une petite voix pernicieuse lui chuchotait à l'oreille : « N'es-tu pas en train de te donner le beau rôle ? Pour qu'elle pleure sur toi, et te traite en martyre ? »

Bon sang ! Il ne pouvait même pas gagner une conversation avec lui-même !

« Isabella, je t'en prie, j'ai besoin de te revoir une dernière fois ».

Il avait aimé la débutante un peu naïve qu'il avait connue le premier soir. Il avait aimé la jeune femme qu'elle était devenue, assez pugnace pour se faire une place dans la vie fort encombrée de Mac, entre ses amis de débauche, et ses modèles dénudés. Pourtant, rien dans sa naissance ni dans l'éducation qu'elle avait reçue ne l'avait préparée à rencontrer quelqu'un comme Mac – pas même la redoutable Mlle Pringles ! Mais elle avait brillamment surmonté l'épreuve.

Mac aimait la femme épanouie qu'elle était devenue : admirée par la bonne société, indépendante, capable d'affronter toutes les rumeurs. Du reste, quand elle avait déserté le domicile conjugal, personne n'avait songé à la blâmer : tout le monde avait fait porter la responsabilité de l'échec de leur mariage sur Mac.

Ils avaient eu raison.

« Je veux continuer à t'aimer, Isabella. Pas en tant que Mac le scandaleux, ni même en tant que Mac le tempérant. Mais pour moi-même. Pour le véritable Mac. Celui qui t'aime du fond du cœur. Car je t'aime, Isabella. »

Hélas, il n'aurait plus l'occasion de le lui dire.

22

Une rumeur fort surprenante, mais dont on ne peut que se réjouir, laisse entendre qu'un certain lord écossais, bien connu de nos lecteurs, se serait installé chez sa dame, sur North Audley Street. Il faut dire que la demeure londonienne de notre lord, à Mount Street, a presque entièrement brûlé. Il semblerait que sa dame l'ait accueilli à bras ouverts. Quoi qu'il en soit, ils ont été plusieurs fois aperçus ensemble dans des réceptions.

Septembre 1881

Le temps avait cessé d'avoir la moindre signification. Le décor tanguait doucement autour de lui, et la femme des portraits – la fausse Isabella – semblait le toiser du regard. Son œil d'artiste avait cependant convaincu Mac que ces toiles étaient de l'excellent travail. Payne était typiquement le genre de garçon qu'il aurait pu prendre sous son aile, pour contribuer à lancer sa carrière.

Mais évidemment, il n'en était plus question.

Des périodes d'obscurité alternaient avec d'autres, lumineuses. La pièce, cependant, restait constamment allumée, au moyen de lampes à gaz : quand le noir se faisait, c'est que la vision de Mac se dérobait. En outre, il avait perdu toute sensation dans les jambes et dans les pieds.

Payne allait le laisser mourir sur place.

Une vieille ritournelle s'invita soudain dans l'esprit embrumé de Mac.

> *Dans ma ville natale*
> *Résidait une jolie fille*
> *Qui affolait tous les cœurs*
> *Elle s'appelait Isabella...*

La dernière fois qu'il avait fredonné ce couplet, Isabella avait surgi dans la salle de bains, très en colère. Mais la jeune femme s'était immobilisée, pour le contempler dans son bain. Bizarrement, Mac avait redouté qu'elle ne fût pas impressionnée par ce qu'elle voyait.

Voudra-t-elle encore de moi ? s'était-il demandé. A-t-elle encore envie de mon corps ? Envie de l'admirer, de le caresser ?

Elle s'appelait Isabella...

— Mac ?

« Je suis là, mon amour. Viens me rejoindre dans le lit. J'ai froid ».

— Mac ? Oh, Mac !

Mac s'obligea à rouvrir les yeux. Il ne vit d'abord que du noir. Mais il sentit une main lui caresser la joue. Puis un parfum de roses envahit ses narines. Et enfin le beau visage d'Isabella s'encadra au-dessus de lui.

— Isabella, murmura-t-il. Je t'aime.

— Tu saignes, Mac. Que t'est-il arrivé ?

Ce fut de nouveau le noir, pendant quelques instants, avant que la lumière ne revienne, et Mac sentit qu'on pressait quelque chose – un linge, une serviette ? – sur son flanc. La douleur était terrible, et en même temps merveilleuse, car elle lui prouvait qu'il était toujours en vie.

Mais l'hideuse réalité le frappa soudain. Avec elle, la peur.

— Non! cria-t-il, de toutes ses forces – celles qui lui restaient. Isabella, enfuis-toi! Vite!

— Ne t'inquiète pas. Cameron est ici. Avec l'inspecteur Fellows.

— Et Payne?

— Ils le cherchent. Mac, ne t'endors pas, s'il te plaît. Regarde-moi.

— Avec plaisir.

Même sourire le faisait souffrir. Mais sa femme était à ses côtés, et son parfum chassait l'âcre odeur du sang.

— J'ai besoin de me mettre à nu, mon amour. Me laisseras-tu le faire pour toi?

Elle se pencha un peu plus vers lui.

— Chut, chéri. Nous allons te ramener à la maison. Tout va bien se passer, tu verras.

— Non. Je t'ai menti. Je ne me suis pas entièrement dénudé.

Il vit des larmes rouler sur ses joues.

— Mac, ne meurs pas, je t'en supplie.

— Je fais… de mon mieux.

Son élocution, il le savait, était laborieuse. Isabella risquait de ne pas saisir toutes ses paroles. Pourtant, il tenait absolument à ce qu'elle le comprenne.

— Je ne veux pas te perdre, Mac, dit-elle, lui caressant les cheveux. Sans toi, je n'aurais plus l'impression d'être entière.

Entier. Voilà, c'était le mot exact. Avec Isabella, Mac avait le sentiment d'être entier. Privé d'elle, il n'était plus qu'une moitié de lui-même. À peine une moitié.

Il tendit la main et fut soulagé de voir qu'elle s'en saisissait.

— Je… j'ai besoin de toi, mon amour.

— Ne m'abandonne pas maintenant, lui fit écho Isabella.

— Isabella!

Mac cligna des yeux, car ce n'était pas lui qui avait dit cela. Tout à coup, une ombre s'étendit sur eux : l'ombre de la silhouette de Payne.

— Sauve-toi ! cria Mac. Vite !

Au lieu de s'enfuir, Isabella se releva pour affronter courageusement son ennemi.

— Vous lui avez tiré dessus, sale brute !

Et elle se jeta sur lui. Payne se retrouva vaciller sous l'assaut d'une femme enragée, qui le bourrelait de coups de poing. Mac assistait à la scène, partagé entre l'angoisse et l'hilarité. Son Isabella était forte, il avait eu l'occasion de l'expérimenter.

Pas assez forte, hélas, pour venir à bout de Payne. Reprenant l'initiative, celui-ci emprisonna la jeune femme dans ses bras, et plaqua une main sur sa bouche, pour l'empêcher de crier.

La fureur de Mac devint primaire. Il aurait pu jurer entendre le cri de guerre de ses ancêtres écossais résonner dans ses oreilles. S'il avait eu une hache dans la main, il aurait débité ce maudit Anglais en tranches.

D'ailleurs, c'est ce qu'il allait faire, hache ou pas. Un sursaut d'énergie lui permit de se relever. Il avait froid, sa vision se troublait, mais il sauverait au moins la femme qu'il aimait. Tant pis s'il devait mourir sur le champ de bataille.

Il se jeta sur Payne qui relâcha Isabella... pour dégainer son pistolet, et le pointer sur la jeune femme.

Non !

Mac saisit Payne par le bras, de toutes ses forces. Payne se débattit comme un beau diable : il laissa d'abord tomber le pistolet, mais parvint à le rattraper et planta son canon dans les côtes de Mac. Isabella poussa alors un cri d'horreur, et se rua sur les deux combattants.

Le canon du pistolet déserta les flancs de Mac, pour ceux de la jeune femme. Dans un sursaut ultime, Mac réussit à s'interposer, écartant si rudement Isabella qu'elle tomba à terre.

C'est alors que la détonation retentit.

Mac s'attendit au noir absolu. Ou à une douleur fulgurante. Ou les deux.

Au lieu de quoi, Payne s'écroula au sol, avec un air d'incrédulité. Du sang jaillit d'un trou, pile au centre de son front.

Mac ne comprenait plus.

Puis il distingua la silhouette de l'inspecteur Fellows, qui brandissait lui aussi un pistolet, encore fumant – un autre Webley. Derrière lui, Cameron était également armé. Ses yeux reflétaient la même rage implacable que ressentait Mac.

— Beau tir, inspecteur. En plein dans le mille.

Isabella gisait toujours sur le tapis, ses jupes évasées autour d'elle, les yeux écarquillés d'horreur. Alors qu'elle tentait de se relever, les jambes vacillantes de Mac le trahirent. Il se sentit chavirer.

— Mac ! hurla la jeune femme, se précipitant à temps pour l'empêcher de tomber.

Il lui jeta un regard furieux.

— Bon sang, quelle mouche t'a piquée de t'interposer ! Tu aurais pu te faire tuer ! explosa-t-il.

Mais sa voix était de plus en plus vacillante.

— Mac, tais-toi, s'il te plaît, répliqua-t-elle, le visage ruisselant de larmes. Ne prononce plus un mot. Je ne veux pas te perdre !

Cameron les rejoignit, pour aider Isabella à le soutenir.

— Tout ce que tu veux, mon amour, chuchota Mac. Tu n'as qu'à demander.

— Je t'aime, Mac.

Mac lui embrassa la joue.

— Je t'aime, mon Isabella, trouva-t-il encore la force de murmurer, avant d'ajouter : Je crois bien que je vais m'évanouir.

Il sombra dans le néant, le bruit de la voix d'Isabella résonnant dans ses oreilles. Elle lui répétait qu'elle l'aimait.

Vêtue d'une robe noire, Isabella se tenait assise dans l'atelier de Mac, les mains croisées sur les genoux. Un bouquet de roses jaunes trônait sur une table, près d'elle – il mélangeait des roses encore en boutons aux fleurs pleinement épanouies et à celles qui avaient commencé de perdre leurs pétales.

Mac était à moitié caché par son chevalet : on n'apercevait que ses jambes, en bas, et son crâne ceint d'un foulard, en haut. La toile qu'il peignait empêchait de voir le bandage qu'il portait toujours à la taille, là où la balle de Payne lui avait traversé les chairs. Mais il se rétablissait rapidement. « J'ai une solide constitution », avait-il assuré, avec un haussement d'épaules nonchalant. C'était du pur Mac Mackenzie, cette insouciance apparente pour les choses les plus graves de la vie.

Isabella commençait de ressentir des raideurs dans le dos, à force de rester assise bien droite, mais elle n'osait pas bouger, de peur de briser la concentration de l'artiste. Un pétale de rose n'eut pas cette prévention : il tomba du bouquet. Mais la jeune femme l'admonesta mentalement.

Tout à coup, Mac abaissa son pinceau et se recula. Il étudia un long moment son travail, sans rien dire. Voyant qu'il demeurait parfaitement immobile, Isabella s'alarma. Elle abandonna brusquement la pose.

— Mac, que se passe-t-il ? Tu as mal ?

Il avait beau se prétendre robuste, elle savait que sa blessure n'était pas encore complètement cicatrisée.

Mac ne répondit rien. Il fixait toujours le tableau. Isabella regarda, par curiosité, mais elle n'aperçut rien d'inquiétant. C'était un tableau dans le plus pur style Mac Mackenzie, dans des tons feutrés, avec des touches éclatantes de rouge et de jaune qui rehaussaient l'ensemble. Un léger sourire flottait sur les lèvres d'Isabella, et ses yeux semblaient pétiller d'humour. Le tableau n'était pas encore achevé.

— C'est magnifique, dit-elle. Qu'est-ce qui te trouble ? Ça ne te plaît pas ?

Mac se tourna vers elle, une lueur étrange dans le regard.

— Bien sûr que si. Je n'ai jamais rien peint d'aussi beau.

— Encore plus beau que tes compositions érotiques ? ironisa Isabella.

— Ce n'est pas comparable... Ça...

Il pointa le tableau avec son pinceau.

— ... c'est la beauté à l'état pur.

— Je suis ravie de constater que tu as retrouvé une très haute opinion de toi-même.

Mac reposa son pinceau et prit la jeune femme par les épaules, sans se soucier de tacher sa robe de jaune. Il la dévisagea avec intensité, son regard brillant toujours de cette lueur étrange.

— Chérie, Ian a eu raison de me dire, après la mort de ton père, que je devais me mettre à nu devant toi. Tout est là, le bon et le mauvais. Mon âme est représentée dans ce portrait.

Isabella reporta son attention sur la toile qui lui renvoyait une image d'elle, souriante.

— Je ne comprends pas ? C'est juste un portrait de moi.

— Juste un portrait, répéta Mac.

Il riait, mais des larmes perlaient à ses yeux.

— Oui, en effet. C'est *juste* un portrait de toi. Peint par moi. Avec mon amour qui transparaît à chaque coup de pinceau. Voilà pourquoi mon talent est enfin revenu.

Il avait l'air si heureux, qu'Isabella brûlait d'envie de l'embrasser, mais elle ne comprenait toujours pas.

— Si tu pouvais m'expliquer un peu mieux ?

— C'est difficile, pourtant je vais essayer. J'ai toujours pensé que mon talent n'était qu'un don du ciel, ou qu'il était alimenté par l'alcool, ou par le désir que tu m'inspirais. Quand j'ai réussi les compositions érotiques, j'ai cru que c'était parce que je te désirais très fort.

Isabella fronça les sourcils.

— Mais tu as fini par t'apercevoir que tu ne me désirais pas tant que cela ?

— Non, je te désire toujours autant, assura-t-il, lui caressant la nuque.

— Tu avais commencé à m'expliquer...

Il sourit.

— Ce n'était pas le manque d'alcool, qui m'avait ôté mon talent. C'était mon amertume. Je viens enfin de le comprendre. Même après mon sevrage, j'étais toujours furieux contre toi de m'avoir quitté, et furieux contre moi d'avoir été responsable de ce drame. Alors j'ai tenté d'ignorer mon amour pour toi, parce que c'était trop douloureux. Mes toiles sont devenues affreuses. Quand j'ai décidé que je ne pouvais plus ne plus t'aimer, simplement t'aimer, quoi que tu puisses penser de moi, mon talent est revenu.

Isabella sentit son cœur se gonfler de bonheur.

— Il y a un hic dans ton raisonnement, dit-elle cependant.

— Lequel ?

— Tu peignais déjà très bien avant de me rencontrer. J'ai vu tes premières toiles. Elles étaient excellentes. Ne me dis pas le contraire.

— Je pense qu'à l'époque, je me contentais d'être amoureux de la vie. J'étais jeune, et j'avais réussi à échapper à l'emprise de mon père. Je me sentais pousser des ailes. Mais quand je t'ai rencontrée, mon petit monde s'est écroulé.

Isabella aurait voulu fixer ce moment pour l'éternité : Mac la serrant dans ses bras, et le regard ivre d'une émotion sincère.

— Pourquoi nous sommes-nous rendus si malheureux ? demanda-t-elle.

Et sa question s'adressait en partie à elle-même.

— Tu étais innocente. J'étais débauché. Ça ne pouvait pas marcher.

Isabella l'enlaça aux épaules.

— Tu déployais beaucoup d'énergie pour te conduire mal, mais au fond tu étais quelqu'un de bien. Tu as toujours veillé sur moi. C'est dans ta nature. Tu te soucies de tous ceux que tu aimes.

Mac parut s'indigner.

— *Je suis* un débauché, chérie, insista-t-il. J'ai passé des années à cultiver ma détestable réputation. Rappelle-toi comment je t'enseignais à boire du whisky sec, et à t'asseoir sur mes genoux pour m'embrasser devant mes amis ?

Il redevint plus sérieux et ajouta :

— J'aurais aimé que tu me suives sur la mauvaise pente, car je pensais que je ne serais jamais assez bien pour toi.

— Tu as toujours été parfait avec moi, répliqua Isabella.

— Chérie, tu me vexes. Un débauché a sa fierté.

Se libérant de l'étreinte de la jeune femme, il lui prit les mains, pour les serrer dans les siennes.

— J'essaie de te dévoiler mon âme, Isabella. Laisse-moi continuer.

— Comme tu voudras.

Mac prit une profonde inspiration, ferma les yeux et tomba à genoux. Son mouvement lui arracha une grimace de douleur.

— Regarde-moi, dit-il, lui tenant toujours les mains. Que vois-tu ?

— Un très bel homme. Que j'ai épousé.

— Non, ce que tu vois à tes pieds, c'est un homme à nu. Le débauché, l'amoureux de bons mots, le charmeur insouciant... tout cela n'était qu'une façade. Je craignais de te montrer ma vraie nature, de peur que tu ne me méprises.

Isabella lui sourit.

— Si j'avais pensé cela une seconde, je ne t'aurais jamais épousé.

— T'ai-je seulement laissé le choix ? Non. C'est bien pour cela que tu as eu raison de me quitter. Je t'avais tout pris, sans rien te donner en retour. Aujourd'hui, je te demande de m'accepter de nouveau dans ta vie.

Il lâcha les mains d'Isabella.

— Cette fois, reprit-il, la décision n'appartient qu'à toi. Si tu réponds non, je partirai. Ne t'inquiète pas : je continuerai à subvenir à tes besoins, comme auparavant. Sans la moindre contrepartie. Et sans que tu n'aies plus à subir mon obsession pour toi.

Son obsession. Isabella se souvenait des tableaux qu'elle avait vus dans l'antre de Payne. Ces portraits d'elle qui lui avaient donné la nausée. Ils étaient tous détruits à présent, mais ils avaient été peints sous l'emprise d'une obsession.

Son regard se posa sur le tableau sur lequel Mac travaillait, et à ceux – les compositions érotiques – qu'il avait tournés contre le mur, pour qu'aucun domestique ne puisse les voir.

Mac avait peint toutes ces toiles sous l'influence de l'amour. Payne n'avait été mû que par la jalousie et un désir morbide. C'était donc très différent. Du reste, le résultat transparaissait dans les tableaux.

Mac *aimait* Isabella. De tout son être.

— Mac, dit-elle, j'ai toujours choisi d'être avec toi. Et mon souhait le plus cher est de continuer.

Mac leva vers elle un regard étonné. Ses yeux étaient à nouveau embués de larmes.

— Non, dit-il, je t'ai forcé la main.

Elle lui sourit.

— Non. J'ai choisi librement, assura-t-elle, lui caressant la joue.

— Ah, zut !

— Pauvre Mac. Tu t'es mis à genoux pour rien.

Un sourire malicieux éclaira soudain ses lèvres.

— Pas pour rien, mon amour. Cette fois, j'entends procéder dans les règles.

Il était superbe dans cette posture, à moitié nu, avec ce foulard dans les cheveux. Isabella brûlait d'envie de se jeter dans ses bras.

— Que veux-tu dire ?

— Eh bien, pour te faire la cour. N'oublie pas que je suis supposé jouer le parfait gentleman courtisant la parfaite lady. Ouvrir mon cœur comme je l'ai fait, dans mon atelier, n'est pas très décent.

— Ce n'est pas grave. J'ai bien aimé.

Mac plissa les yeux.

— Ne me donne pas des idées de te posséder avant d'en avoir fini convenablement. Je n'ai jamais rien fait dans les règles, avec toi.

— Bon, très bien. Si tu y tiens.

Mac resta agenouillé. Il reprit les mains d'Isabella dans les siennes.

— Je voudrais te poser une question très importante, dit-il.

Le pouls d'Isabella s'emballa quelque peu.

— Oui ?

— J'ai demandé à des amis de m'aider. Veux-tu bien t'approcher de la fenêtre ?

— Si tu veux.

Isabella trouvait difficile de rester calme, alors qu'il se montrait si mystérieux. Mac se releva péniblement, et la jeune femme feignit d'ignorer sa nouvelle grimace de douleur. Puis elle le suivit jusqu'à la fenêtre.

Mac l'ouvrit en grand. De l'air frais – on était en novembre – s'engouffra dans la pièce.

— Maintenant ! cria-t-il, se penchant au-dehors.

Aussitôt, une fanfare attaqua un morceau endiablé. Isabella s'approcha de la rambarde et reconnut la petite formation de l'Armée du Salut, conduite par le même sergent, qui jouait avec enthousiasme.

Cameron, Daniel et les amis de Mac s'étaient postés à côté des musiciens.

Ils brandissaient quelque chose – une bannière. Au signal de Mac, ils la déroulèrent, et Isabella put lire : « Veux-tu m'épouser ? (Une deuxième fois...) »

Isabella fondit en larmes. Se retournant vers Mac, elle vit qu'il s'était de nouveau agenouillé. Il tenait quelque chose dans sa main fermée.

— La première fois, je n'avais pas d'alliance à ma disposition, lui rappela-t-il. J'avais été obligé de te prêter l'une de mes chevalières. Elle était si grande, que tu devais la tenir pour l'empêcher de glisser de ton doigt.

Il ouvrit sa main, découvrant une bague en or, sertie de saphirs et surmontée d'un gros diamant.

— Épouse-moi, Isabella. Tu feras de moi le plus heureux des hommes.

— Oui, murmura Isabella.

Et se retournant, elle cria par la fenêtre :

— Oui !

En bas, tout le monde cria de joie. Daniel sautait à pieds joints. Cameron lâcha la bannière et sortit sa flasque de whisky, pour boire une rasade à leur santé.

Mac se releva et serra la jeune femme dans ses bras.

— Merci, mon amour.

— Je t'aime, lui répondit Isabella, qui n'avait jamais autant parlé avec son cœur.

Mac frotta son nez contre le sien.

— Et pour ce bébé que nous avions parlé de faire ?

Isabella ne put davantage retenir son excitation. Voilà près d'une semaine qu'elle gardait le secret, afin d'être sûre d'elle avant d'annoncer la nouvelle à Mac.

— Je crois qu'il ne sera pas nécessaire d'essayer davantage, dit-elle.

Mac se recula, les sourcils froncés.

— Je ne compr... commença-t-il, avant de s'interrompre, interloqué. Que veux-tu dire, exactement ?

— Je pense que tu es parfaitement capable de
comprendre ce que je veux dire.

Les larmes qui embuèrent ses yeux se communi-
quèrent à ceux d'Isabella.

— Ô mon Dieu ! s'exclama-t-il, prenant le visage
de la jeune femme dans ses mains, pour déposer un
baiser sur ses lèvres.

Puis, la relâchant, il se pencha à la rambarde et
cria à tue-tête :

— Je vais être père !

Daniel se mit à courir en rond, tirant derrière lui
la bannière comme un étendard. Bertram Clark mit
ses mains en porte-voix pour crier en réponse :

— Tu n'as pas perdu de temps, vieux bougre !

Mac referma la fenêtre, et tira les rideaux. Puis il
attira Isabella dans ses bras.

— Je t'aime, Isabella Mackenzie. Tu es toute ma
vie.

Isabella était trop émue pour lui répondre. Elle se
contenta d'accrocher son regard, les yeux mouillés.

Ils n'eurent pas le temps d'aller jusqu'à la chambre.
Mac glissa l'alliance au doigt d'Isabella avant de s'emparer de ses lèvres, et de se laisser tomber, avec elle,
sur le tapis.

Épilogue

Lord Roland F. Mackenzie et sa femme sont heureux d'annoncer la naissance d'une fille, Eileen Louisa Mackenzie, le 22 juillet 1882, au matin.

Écosse, aux environs du château de Kilmorgan, Septembre 1882

Mac étalait consciencieusement les couleurs sur sa toile, sans se préoccuper du vacarme l'entourant. Il était tout entier concentré par le jeu d'ombres et de lumières qui se jouait entre le soleil et les nuages au-dessus du paysage verdoyant qu'il peignait.

À côté de lui, sa femme, son plus jeune frère, sa belle-sœur, son neveu et trois enfants pêchaient, regardaient pêcher ou couraient en criant. Enfin, Aimée était la seule à courir. Le fils de Ian, et le bébé de Mac et d'Isabella étaient encore trop petits pour marcher. Ils se tenaient sagement dans leur couffin. Ce qui ne les empêchait pas de crier aussi.

Ian figurait au premier plan du tableau, debout au bord du torrent, en kilt et manches de chemise, sa canne à pêche à la main. Beth et Isabella s'apercevaient au second plan : deux ladies assises sur une couverture de pique-nique, à proximité des couffins. Daniel poursuivait Aimée, lui arrachant des cris de bonheur. Et les chiens – les cinq au complet – se déplaçaient d'un groupe à l'autre.

Mac peignait rapidement, pour tenter de capturer la scène avant qu'un nouveau changement de luminosité n'en modifie l'aspect. Quand il s'estima satisfait du résultat, il reposa son pinceau et il étira ses bras.

— Il était temps que tu finisses ! lui dit sa femme. Je meurs de faim.

Elle avait quitté le deuil de son père quelques jours avant la naissance de leur fille. Aujourd'hui, Isabella portait une robe couleur du ciel d'été, tandis que Beth était en rose. Deux fleurs, sur une prairie écossaise.

— Nous vous avons attendu pour commencer le pique-nique, renchérit Beth, qui déballait déjà le contenu du panier que leur avait préparé la cuisinière du château. Ian ! On mange !

Ian continua de pêcher sans se retourner.

— Je vais le chercher, dit Mac.

Au passage, il s'arrêta devant le couffin d'Eileen Louisa et plaqua un baiser sonore sur ses joues. Sa fille cligna des yeux. Mac la prit dans ses bras, et rejoignit Ian.

— Ces dames ont faim, lui dit-il.

Ian ne répondit pas. Il gardait les yeux rivés sur le courant.

— *Ian ?*

Ian abandonna finalement sa contemplation pour se tourner vers Mac et le regarder droit dans les yeux. Exactement droit dans les yeux. Ian n'avait cessé de progresser, ces derniers mois.

— Ces dames ont faim, répéta-t-il, du même ton dont avait usé Mac. Tant mieux. Moi aussi. Tu en as pris du temps, pour peindre.

Mac haussa les épaules.

— Je ne voulais pas arrêter avant d'avoir terminé.

Ian récupéra sa ligne. Il sourit à Eileen Louisa, et lui gratta le menton. Il avait appris à faire cela, également. Eileen lança ses petits pieds en l'air. Cela signifiait qu'elle était contente.

— Es-tu heureux, avec Isabella ? demanda Ian, alors qu'ils rebroussaient chemin.

— Tu veux dire, depuis que nous nous sommes remariés ?

Me Gordon avait failli s'évanouir de joie au moment de leur faire signer l'annulation de leur séparation.

Ian attendit patiemment que Mac lui réponde.

— Oui, lâcha-t-il finalement. Nous sommes pleinement réconciliés. Et aussi heureux qu'il soit possible de l'être. Surtout depuis ces derniers temps.

Au cours de l'année écoulée, Mac s'était beaucoup inquiété pour la grossesse d'Isabella. Il avait senti, au regard de la jeune femme, qu'il l'exaspérait parfois, en se montrant trop protecteur avec elle. Mais il ne voulait pas prendre le risque qu'elle puisse perdre un autre bébé.

Le jour où Eileen était née avait été le plus beau jour de sa vie. Quand il était entré dans la chambre d'Isabella, pour découvrir sa femme serrant son bébé dans ses bras, avec un sourire de triomphe, il n'avait eu qu'une envie : la peindre sur-le-champ, dans son rôle de toute jeune mère.

Isabella avait été consternée par son idée, convaincue qu'elle n'était pas présentable. Mais, pour Mac, elle n'avait jamais été aussi belle que ce jour-là. Il avait pris Eileen dans ses bras et il lui avait baisé le front, remerciant Dieu de lui accorder autant de bonheur.

— Pour tout t'avouer, continua Mac, qui avait du mal à contenir sa joie, Isabella m'a annoncé ce matin qu'un deuxième bébé était déjà en route.

Mac souriait aux anges, à ce souvenir encore tout frais. Car, bien sûr, ils avaient célébré sur-le-champ, comme il se devait, une aussi grande nouvelle.

— Je suis supposé te féliciter, répliqua Ian, le tirant de ses pensées. Mais tu vas devoir également me féliciter.

— Ah bon ? Parce que toi aussi ?

Ian hocha la tête.

— Beth attend un deuxième enfant.

Mac éclata de rire, et tapa sur l'épaule de son frère.

— Nous œuvrons de concert, on dirait !

Et, redevenant plus sérieux, il demanda :

— Mais toi, Ian ? Es-tu heureux ?

Ian porta son regard vers Beth, qui riait à gorge déployée avec Isabella. Dans son hilarité, elle perdit son chapeau, dont un chien s'empara aussitôt. Beth se releva et se lança à sa poursuite.

Ian se tourna vers Mac et lui sourit. Son regard exprimait un bonheur incommensurable.

— Oui, dit-il. Je suis heureux.

Et il courut aider Beth à récupérer son chapeau.

Mac rejoignit Isabella, qui riait toujours, et s'assit à côté d'elle sur la couverture. Il berçait Eileen dans ses bras.

— Qu'y a-t-il de si drôle, ma chérie ?

— Les jambes des Highlanders.

Mac regarda la partie de ses jambes qui dépassait de son kilt.

— Qu'ont-elles, mes jambes ?

— Rien du tout, chéri. Mais Beth songeait à écrire un article sur les Écossais.

Mac regarda Beth qui courait toujours après le chien. Mais Ian coupa la route à l'animal et l'attrapa par le collet.

— Franchement, je ne vois pas ce qu'il y a de bizarre dans mes jambes ? insista Mac.

— Mais elles n'ont rien du tout, je t'assure. Et j'adore les caresser.

Mac boucha les oreilles d'Eileen.

— Je te trouve bien indécente.

— J'aimerais l'être encore plus. Je crois que la prochaine fois, nous n'irons pique-niquer que tous les deux.

— Je pourrais très facilement nous arranger cela.

— C'est étrange, reprit Isabella, d'un air songeur. Je n'aurais jamais pensé que je serais autant excitée, en étant enceinte.

Mac eut envie d'éclater de rire devant sa franchise.

— En tout cas, je ne songerai jamais à te le reprocher, dit-il.

— Tant mieux. Et d'ailleurs, si nous commencions, pendant qu'ils continuent à s'amuser avec le chien ?

Mac regarda Ian, qui tentait de persuader l'animal de lâcher le chapeau de Beth, mais la partie ne semblait pas gagnée d'avance. Beth attendait, les mains plaquées sur les hanches, un sourire éclairant ses lèvres. Et Daniel avait fini par attraper Aimée, et il la lançait dans les airs.

Mac enlaça Isabella à la taille et s'empara de ses lèvres. Eileen, au milieu, gloussa de joie.

— Je t'aime, Mac Mackenzie, murmura Isabella.

— Je t'aime, lady Isabella.

— Nous avons eu un premier mariage scandaleux, dit-elle, les yeux pétillants de malice. Nous pourrions peut-être rendre celui-ci encore plus scandaleux ?

Mac l'embrassa de nouveau, avant de répondre :

— Tes désirs sont des ordres, ma petite débutante très coquine. Vautrons-nous dans le scandale. La bonne société tombera en pâmoison devant le spectacle de notre décadence.

Isabella le gratifia d'un sourire espiègle.

— J'ai hâte de voir cela.

Découvrez les prochaines nouveautés
de nos différentes collections J'ai lu pour elle

AVENTURES
& PASSIONS

Le 6 juillet :

Les débauchés — 1 La fille du Lion
Loretta Chase
Esme est décidée à venger le meurtre de son père, surnommée le Lion.
Rien ni personne ne doit la distraire de son objectif. Y compris lord
Edenmont. Ayant perdu au jeu toute la fortune familiale, adepte du
moindre effort, fréquentant les lits douillets des femmes faciles, Varian n'a
pas du tout l'intention de partir à l'aventure avec cette rouquine armée
jusqu'aux dents.

Splendide **Julia Quinn**
Il y a deux choses que tout le monde sait, à propos d'Alex Ridgely. Il est le
duc d'Ashbourne, et il ne veut surtout pas se marier. Du moins, jusqu'au
jour où une jeune Américaine se jette sous les roues d'un fiacre pour sauver
la vie de son neveu. Elle est tout ce qu'Alex n'imaginait pas qu'une femme
puisse être. Drôle, intelligente, courageuse, droite. Mais elle est aussi
femme de chambre, ce qui ne peut absolument pas convenir à un duc... À
moins qu'elle ne soit pas tout à fait ce qu'elle prétend...

Les frères Malory — 6 La faute d'Anastasia
Johanna Lindsey
Toute la famille Malory s'est réunie pour célébrer Noël. Un paquet
enrubanné, posé près de la cheminée, suscite la curiosité. L'emballage doré
ne révèle qu'un vieux cahier relié de cuir, pourtant chacun a la certitude
que son existence va être bouleversée. Car il s'agit du journal à quatre
mains qu'ont tenu, un siècle plus tôt, Christopher Malory et son épouse, la
mystérieuse Anastasi.

La rose de Charleston   Kathleen Woodiwiss

Angleterre, 1825. Alistair, le neveu de sa chère et tendre amie, a jeté à la rue Cerynise Kendall. Elle gagne les docks où elle espère trouver un moyen de se rendre à Charleston pour y retrouver son oncle. Elle retrouve un ami d'enfance, le capitaine Birminghan. Mais Alistair poursuit la jeune fille. Pour le capitaine, la seule solution pour aider Cerynise : l'épouser. C'est donc en temps que mari et femme qu'ils entament leur traversée. Mais il leur faudra affronter bien des périls s'ils veulent connaître le bonheur.

Inédit   *Jeunes filles en fleurs — 4 Séduction*
Laura Lee Guhrke

Fin du XXe. Daisy Merrick vit avec sa sœur aînée, Lucy, dans une pension à Londres. Orphelines, les deux jeunes filles sont obligées de travailler pour survivre. Impulsive, bavarde, elle a du mal à garder son emploi. Elle décide donc de se consacrer à sa passion, l'écriture. On lui propose de critiquer la dernière pièce du célèbre auteur, le comte d'Avermore, Sebastian Grant. Critique, elle éreinte la pièce, et sera fort embarrassée lorsqu'elle sera obligée de travailler avec le comte.

Inédit   *Les Hathaway — 4 Matin de noces*
Lisa Kleypas

Depuis deux ans, Catherine Marks est demoiselle de compagnie auprès des sœurs Hathaway – un emploi agréable, avec un bémol. Leur frère aîné, Leo Hathaway, est absolument exaspérant. Elle se refuse à croire que leurs prises de bec pourraient dissimuler une attirance réciproque. Mais, quand l'une de leurs querelles se termine par un baiser, Cat est choquée par l'intensité de sa réaction – et encore plus choquée lorsque Leo lui propose une dangereuse liaison.

Le 13 juillet :

Duel sur la lande   Rebecca Brandewyne

Laura Prescott est promise à Christopher Chandler depuis sa naissance. Mais elle aime en réalité son frère cadet, le tendre Nicholas Chandler. Les deux frères se disputent Laura, et la jeune femme est torturée par un terrible dilemme. Tout bascule lorsqu'elle réalise les véritables sentiments de Nicholas et qu'elle se venge de lui. Tandis que leurs familles se déchirent sous le poids des rivalités, des jalousies et des passions, Laura prend conscience des élans de son cœur envers Christopher…

Passé trouble **Elizabeth Thornton**

Il y a trois ans, le père de Jessica a été assassiné sous ses yeux. Le choc, d'une violence inouïe, lui a fait perdre la mémoire. Seule trace de son passé : une horrible scène qui ne cesse de la hanter. Et le meurtrier court toujours... Peut-il s'agir de lord Dundas, le nouveau propriétaire de Hawkshill Manor ? Non, c'est absurde ! S'il avait commis ce forfait, il n'aurait jamais accepté de louer le manoir à la jeune femme. Jessica ne peut dissimuler ni ses craintes envers lui ni ce trouble qui l'envahit...

Inédit ### *Les débauchés — Le comte d'Esmond*
Loretta Chase

Il y a neuf ans, la ravissante peintre Leila Beaumont a perdu son père, assassiné en d'étranges circonstances. Lorsque l'on découvre cette fois le corps inanimé de son mari, la jeune femme est inévitablement soupçonnée. Bien décidée à découvrir la vérité, elle demande l'aide du très séduisant comte d'Esmond, qui semble cependant cacher sa véritable identité et un passé fort trouble. Mais Leila, ne peut ignorer plus longtemps la passion qui la consume et se risque à un jeu particulièrement dangereux avec le comte.

Inédit ### *Les Huxtable — 5 Le temps du secret*
Mary Balogh

Chaque printemps, le séduisant Constantine Huxtable choisit une maîtresse parmi les jeunes veuves de Londres. Il jette son dévolu sur Hannah Reid, duchesse de Dunbarton, qui arrive au terme de son deuil. Hannah a retrouvé sa liberté et elle sait exactement qu'en faire : prendre un amant, mais pas n'importe lequel. Elle n'en veut qu'un, Constantine Huxtable. Les deux jeunes gens, aux mœurs libertines et scandaleuses, réalisent très vite qu'ils ne peuvent se dérober à la passion qui les embrase...

Passion intense

Quand l'amour vous plonge dans un monde de sensualité

Inédit **Nuits blanches — 1 L'homme de minuit**

Lisa Marie Rice

Le très sexy John Huntington, commandant de la Navy, vient de s'installer chez la ravissante Suzanne Barron, jeune décoratrice d'intérieur. Tous deux succombent très vite à une ardente passion mais la jeune femme s'inquiète face à cette liaison torride : qui est réellement John, et ses intentions sont-elles sérieuses à son égard ? Et, lorsqu'un violent individu tente de l'assassiner, Suzanne ne peut espérer la protection que d'un seul homme : John. Mais, qui la protègera de cet intrigant séducteur ?

Sous le charme
d'un amour envoûtant

CRÉPUSCULE

Inédit **Les amants de l'Apocalypse** **Joss Ware**

Lorsque le docteur Elliott Drake se réveille après un sommeil de cinquante ans, il est horrifié : l'Apocalypse a eu lieu, les villes sont désertées, la nature a tout envahi, et l'Humanité est menacée par les « Immortels », des êtres criminels. Dans ce monde ravagé, il rencontre la ravissante Jade, une jeune femme farouche, qui, séduite et troublée, le laisse approcher. Mais Elliott protège un terrible secret et Jade ne sait si elle peut écouter son cœur et lui faire entièrement confiance. Une chose est certaine, s'ils veulent survivre aux ténèbres, ils doivent s'unir et combattre les forces du mal qui s'acharnent contre eux...

PROMESSES

Le 6 juillet :

Inédit *La mariée en cavale*   **Rachel Gibson**

Au moment de dire oui, Georgie a paniqué et s'est enfuie. Elle a convaincu John, un des hockeyeurs de l'équipe dirigée par feu le fiancé, de l'emmener. Bien sûr, John ne sait rien et, lorsqu'il découvre quelques kilomètres plus tard son identité, il comprend que son avenir dans l'équipe de hockey est bien compromis, mais Georgie est si charmante...

Inédit *Cedar Springs — 2 L'été de l'espoir*

Julia London

Adoptée à la naissance, Jane a besoin de retrouver ses racines pour avancer dans la vie. Pour effectuer ses recherches, elle accepte un poste de nurse auprès des deux enfants d'un chef d'entreprise veuf. Au début, leurs deux mondes semblent s'opposer, mais leurs douleurs respectives et leur sentiment de solitude les rapprocheront l'un de l'autre. Ils devront alors faire face à leur culpabilité avant de s'avouer leur amour. Restera encore à vaincre les résistances de la fille d'Asher, adolescente rebelle.

Et toujours la reine du roman sentimental :

Barbara Cartland

« Les romans de Barbara Cartland nous transportent dans un monde passé, mais si proche de nous en ce qui concerne les sentiments. L'amour y est un protagoniste à part entière : un amour parfois contrarié, qui souvent arrive de façon imprévue.

Grâce à son style, Barbara Cartland nous apprend que les rêves peuvent toujours se réaliser et qu'il ne faut jamais désespérer. »

Angela Fracchiolla, Rome, Italie

Le 6 juillet :
L'amour fou de Zivana
L'amour à portée de main
A la poursuite d'un rêve

Le 13 juillet :
Ensorcelée !

9613

Composition
CHESTEROC LTD

Achevé d'imprimer en Italie
par GRAFICA VENETA
le 16 mai 2011.

Dépôt légal mai 2011.
EAN 9782290034750

ÉDITIONS J'AI LU
87, quai Panhard-et-Levassor, 75013 Paris

Diffusion France et étranger : Flammarion